VIVANT

Pierre Rabhi
Fabrice Nicolino
Bernard Chevilliat

VIVANT

Entretiens à contre-temps

LE PASSEUR
ÉDITEUR

www.lepasseur-editeur.com

12 rue du Dragon – 75006 Paris

ISBN : 978-2-36890-953-9

« Notre syndicat représente les bactéries, les champignons et les moisissures aussi bien que les nouveaux riches que sont les poissons, les oiseaux et les animaux, et l'établissement terrestre des arbres nobles et des plantes inférieures. En effet, toutes les choses vivantes sont membres de notre syndicat et elles sont en colère contre les libertés diaboliques prises par les gens avec leur planète et leurs vies. »

JAMES LOVELOCK

Préambule

Fabrice Nicolino

J'ai aimé Pierre Rabhi, qui me le rendait bien, mais j'avais souvent un point de vue différent du sien. L'amitié vraie accepte et parfois recherche la différence, et même les écarts. Ce livre tourne autour d'une seule question : comment faire ? Comment aider si peu que ce soit les humains à trouver une voie meilleure ? D'un côté, ce n'est plus l'heure des paroles, mais des actes. Et de l'autre, nous aurons toujours grand besoin d'échanger et de confronter nos points de vue. Par-delà nos visions respectives, Pierre, Bernard et moi sommes convaincus depuis des lustres qu'il faut sortir de la route fatale qui nous mène au vide.

Je dois avouer que je suis parfois fatigué. J'écris en effet sur le dérèglement climatique depuis près de trente ans. Trente ! Je me suis opposé avec mes (tout) petits moyens, mais publiquement, à un certain Claude Allègre, quand le Tout-Paris médiatique se pâmait devant ses mensonges. Le 4 décembre 1997, j'écrivis ainsi :

> Jusqu'à ces derniers mois, Allègre disposait chaque semaine dans *Le Point* d'une chronique scientifique. Celle du 8 mai 1995 – il y a deux ans à peine – mérite, comme on dit, le détour. Que déclame-t-elle ? Que l'effet de serre serait tout simplement une fausse

> alerte. Mieux : une véritable mystification entretenue par des lobbies scientifiques et de mystérieux groupes industriels. Comme on aimerait savoir lesquels ! Hélas, hélas ! les élucubrations de monsieur Claude ne sont pas une plaisanterie.

À l'époque, Claude Allègre était l'un des principaux ministres de Lionel Jospin, et il a largement contribué à ce que la France ne prenne aucune mesure contre la crise climatique. Aucune. En septembre 2002, après l'échec retentissant du Sommet de la terre de Johannesburg, je publiai un autre article, sous le titre « Le crétinisme scientifique ». En effet – qui l'ignore ? –, on peut être un scientifique de renom et raconter n'importe quoi. Je notai :

> On pourrait – et il serait fort agréable de – se foutre purement et simplement de Claude Allègre. Mais l'homme est socialiste, scientifique, et les médias lui déroulent constamment sous les pieds un tapis rouge. On l'entendait l'autre matin, sur France Inter, ridiculiser ceux qui tentent d'alerter le monde sur la crise écologique. Et peu avant dans sa chronique hebdomadaire de *L'Express*, l'ancien ministre y allait plus fort encore, si c'est possible. En résumé, notait-il, « la situation écologique du globe ne cesse de s'améliorer ».

Est-ce croyable ? C'est.

Et je le répète donc : comment faire ? Je ne sais pas. Mais je suis sûr en tout cas qu'il nous faut brûler nos vaisseaux. Plusieurs personnages de l'histoire ont proprement détruit les navires qui les avaient conduits à leur point d'arrivée. Agathocle de Syracuse, Guillaume le Conquérant, Hernán Cortés. Tous étaient des conquérants militaires, qui marquaient ainsi leur volonté de ne pas revenir en arrière. Nous en sommes bien loin, Pierre, Bernard et moi. Non violents et profondément démocrates, nous sommes pourtant proches d'eux sur un point au moins : nous voulons (re)conquérir. L'espoir. La vie. La beauté du monde.

Préface

Bernard Chevilliat

Pierre Rabhi nous a quittés le 4 décembre 2021. Une vieille blessure l'a emporté.

Bien des années auparavant, il avait subi un traumatisme crânien après avoir perdu le contrôle de sa voiture alors qu'il revenait d'une conférence. Il en avait gardé des maux de tête quasi permanents et surtout des pertes de mémoire de plus en plus récurrentes. Depuis des années, sa mémoire immédiate était déficiente et cette infirmité nouvelle l'accablait. Il s'en plaignait souvent. Il pouvait oublier les rencontres qu'il avait faites la veille, la nature des entretiens qu'il avait eus, ou se répéter lors de ses conférences... Impuissants, tous ses proches compatissaient et l'accompagnaient du mieux qu'ils le pouvaient dans ces difficultés qui allaient grandissantes avec la fatigue et l'âge. C'est ce vilain traumatisme qui aura prématurément eu raison de notre ami.

Pour beaucoup, Pierre faisait figure de sage des temps modernes. Lorsque nous nous déplacions en France, au Maroc ou en Mauritanie, il n'était pas rare que des passants viennent le saluer avec empressement en lui disant avec émotion : « J'aime beaucoup ce que vous faites ! » Pierre était aimable et il accordait à chacun un peu d'attention et des sourires. Lorsque j'étais avec lui, j'avais parfois un peu l'impression d'accompagner le chef amazonien Raoni. Pierre avait quelque chose d'un autre temps et d'un ailleurs ; c'était avant tout un conteur, un homme de la parole et du faire. Il aimait à se raconter, n'hésitant pas à utiliser le récit de sa vie pour engager les autres à agir. Au fil des ans, à travers toutes ses initiatives, Pierre était devenu un porte-parole de l'agroécologie de terrain et un vrai « semeur d'espoir ». Son discours simple et solaire, émaillé d'historiettes, était perçu par un très large public comme un appel à « faire sa part », à l'instar du colibri qu'il avait popularisé, une part, si modeste qu'elle fût, qui devait s'inscrire dans l'inéluctable changement de société que beaucoup d'entre nous appellent de leurs vœux. Il n'hésitait pas à stigmatiser la « société pathogène », le « mythe du progrès », le « caractère carcéral du système », l'enfermement mental des individus dans des boîtes ou des « barricades intérieures », à vitupérer la « lucropathie » dominante ou l'ère du « pétrolithique » ; et surtout, il dénonçait la modernité comme « une immense imposture » fondée sur une déconnexion totale entre l'humain et la nature. L'industrialisation de l'agriculture avec son flux de pesticides et de manipulations génétiques n'était pour lui qu'une facette du problème. Il récusait le dogme de la croissance économique indéfinie – ce Graal des politiques –, fustigeait la mainmise de la « mauvaise économie » et la « vulgarité » de la finance, et, depuis au moins vingt ans, appelait à une « insurrection des consciences », tout en prônant la modération et la « sobriété heureuse ».

Sa singulière trajectoire d'enfant du désert et de descendant d'esclaves transposé en France l'avait ainsi conduit à développer une philosophie naturaliste aux antipodes du discours ambiant, véritablement à « contre-temps ».

En dépit de ses déboires de santé, Pierre avait cependant gardé intacte sa lucidité, et c'est pour l'entendre et échanger sur des sujets qu'il n'avait pas toujours traités que Fabrice Nicolino, l'insubmersible et brillant activiste écologiste, un homme libre par excellence, et moi-même l'avions rencontré et enregistré en octobre 2021, chez lui, à Montchamp, pour préparer ce livre que nous imaginions comme un débat plutôt que comme une interview. Nous étions convenus d'y adjoindre un entretien que j'avais recueilli chez lui en 2014 ainsi que quelques documents, dont le bouleversant témoignage de Fabrice, rédigé depuis son lit d'hôpital huit jours seulement après le carnage de *Charlie Hebdo* au cours duquel il fut grièvement blessé. J'ai pris l'initiative de reproduire aussi la toute première « autobiographie » de Pierre parue dans une petite revue d'études cévenoles en octobre 1963, alors qu'il n'avait que 25 ans. La candeur et la détermination du jeune déraciné en voie de marcottage m'ont semblé intéressantes à découvrir. Toute sa vie durant, Pierre nous a offert, en conteur-né, un récit didactique qui s'est nourri de son quotidien.

Nous étions aussi convenus de revenir sur la « blessure » qu'avait été pour Pierre l'article paru en août 2018 dans *Le Monde diplomatique* et qui nous avait déjà tous trois réunis. Dans cet article à charge, et dans ses répliques radiophoniques, l'auteur avait tenté de discréditer le travail de toute une vie en cherchant à faire de Pierre un épigone de la réaction la plus extrême, presque un imposteur, et à tout le moins le profiteur d'un système pécuniaire avantageux. Bien qu'il n'ait jamais eu ni smartphone ni ordinateur, bien qu'il n'ait par conséquent jamais parcouru lui-même les réseaux sociaux ni su très exactement tout ce dont on l'accusait, Pierre en avait été profondément meurtri, mais, peu enclin aux joutes oratoires, il peinait à se défendre. Outrés par le procédé et les biais utilisés, Fabrice et moi-même – parmi tant d'autres ! – nous étions déjà retrouvés à l'époque pour défendre publiquement notre ami et compagnon de route. Je l'avais d'autant plus volontiers soutenu que je l'accompagnais au plus près depuis dix ans en présidant son Fonds de dotation, seule structure à laquelle il participait encore activement.

Nous récidivons ici, car le torrent insensé d'inepties, d'insanités et de contre-vérités qui a accompagné son décès nous a définitivement convaincus qu'il nous fallait de nouveau porter le fer et, *a minima*, rappeler la vérité pour défendre sa mémoire. C'est déjà ce qu'avait fait, à l'initiative de Nelly Pons et de Cyril Dion notamment, un collectif d'une centaine d'amis, dont nous étions, en prenant la parole en décembre 2021 pour dénoncer les accusations sans fondement d'homophobie, de misogynie, voire de dérives anthroposophiques dont on l'accusait en boucle[1]. Pierre était un homme façonné par une autre culture, par une autre temporalité, mais il avait su, grâce à son parcours de vie, élaborer sa propre philosophie sans se croire tenu de reprendre tous les

1. « Des amis de Pierre Rabhi prennent la parole », in *Reporterre*, 13 décembre 2021, https://reporterre.net/Des-amis-de-Pierre-Rabhi-prennent-la-parole

attendus de la modernité. C'était son regard décalé qui faisait tout l'intérêt des échanges que l'on pouvait avoir avec lui.

De ces entretiens, nous avons gardé la spontanéité, la vivacité parfois, ainsi que la chronologie, mais Pierre n'aura évidemment pas pu se relire. Par conséquent, s'il y a des erreurs de retranscription, elles nous incombent. Il va sans dire qu'on ne trouvera ici aucune considération sur l'actualité au-delà du mois d'octobre 2021.

Entretiens à contre-temps

Pierre Rabhi
Fabrice Nicolino
Bernard Chevilliat

Octobre 2021

1

Clair-obscur – L'heure des monstres – Quel héritage ? – 1968 – La jeunesse de Pierre – Le secret des roumis – Kenadsa et Isabelle Eberhardt – Utopie ou mirage ? – Un père thaumaturge – le Dr Richard, l'initiateur cévenol – L'arrivée à la terre de Bernard – Le Larzac de Fabrice – Un petit tour dans les années 1970

FABRICE. — Qui ne voit l'évidence ? Nous sommes dans une impasse. Or c'est bien dans ces périodes incertaines que surgissent les monstres, les solutions folles et absurdes, comme celles que proposent Zemmour et consorts…

PIERRE. — Zemmour ? Tu veux parler de la nouvelle divinité supérieure ?

BERNARD. — Une nouvelle divinité du Panthéon médiatique en tout cas ! Fabrice, tu convoques d'entrée Gramsci, si j'ai bien compris, avec son fameux : « Le vieux monde se meurt, le nouveau monde tarde à apparaître et dans ce clair-obscur surgissent les monstres… » Le « clair-obscur » ! Quelle image pour décrire l'ambivalence de notre temps ! Il parlait du fascisme naissant… mais cela s'applique comme un gant à notre époque redoutable.

FABRICE. — C'est cela, c'est l'heure des monstres, comme l'exprimait l'Italien Antonio Gramsci, dans cet entre-deux où le nouveau n'est pas encore tandis que le vieux achève de mourir. Nous cherchons à tâtons la sortie au milieu des hydres et des démagogues…

BERNARD. — Il y a une dimension cyclique en ce que l'on voit de nouveau poindre des idées toxiques et simplistes qui ont prospéré il y a soixante ans avant de presque s'éteindre. C'est vrai que le retour de ces idées ségrégationnistes et racistes donne le vertige, mais n'est-ce pas surtout l'heure des somnambules dont parle Christopher Clark à propos des mois et des années qui ont précédé 1914 ?

FABRICE. — On a le sentiment qu'il y a des invariants. En effet, on assiste à cet éternel retour d'idées mortifères et folles d'ailleurs, comme à chaque fois que les sociétés ne trouvent pas leur voie. Mais il y a cette fois du nouveau, car les problèmes posés par la crise écologique sont sans précédent depuis *Homo habilis* il y a deux millions d'années. Comme nous refusons le désespoir, nous devons à toute force proposer ici un message d'espoir pour la jeunesse, un message pour l'avenir.

BERNARD. — J'aimerais que dans cet ouvrage nous puissions revenir sur vos vies singulières et, plus accessoirement, sur la mienne, même si elle est moins spectaculaire que les vôtres. Fabrice, toi le rescapé de deux attentats, tu as une vie extraordinaire, tellement différente des nôtres. Nous ferons au moins converger nos consciences ! Nous savons que nous nous retrouverons sur l'essentiel ;

néanmoins, nous avons aussi des divergences fortes. À ce propos, Simone Weil écrivait ceci à Gustave Thibon, un écrivain ardéchois dont nous reparlerons plus tard : « Il faut que les divergences n'amoindrissent pas l'amitié et que l'amitié ne pousse pas à amoindrir les divergences... »

PIERRE. — Simone Weil... Thibon disait d'elle qu'elle était son urticaire...

BERNARD. — Nous en resterons, quant à nous, au poil à gratter !

FABRICE. — Je te laisse responsable de tes audacieuses paroles à mon égard...

PIERRE. — Ce qui apparaît de manière très claire, c'est que nous sommes dans une phase chaotique et que la formule de Fournier, « on ne sait pas où on va, mais on y va », se confirme de jour en jour. L'héritage que nous allons transmettre à la jeunesse s'apparente surtout à une patate chaude, tant la situation est critique et tant il y aura de choses lourdes à corriger demain...

FABRICE. — Mais en même temps, c'est une période géniale. Angoissante, certes, mais, quand on est jeune, un tel défi – la poursuite de l'aventure humaine – a une dimension exaltante !

PIERRE. — On peut la comparer aux années 1968 dans le contexte d'une société suralimentée et sans espace de créativité, une société de prospérité excessive où l'on ne proposait que la seule option de consommer toujours plus. Mais la situation semble tout de même différente de celle des « Trente Glorieuses ».

BERNARD. — Je crains que ce ne soit beaucoup plus grave aujourd'hui ; pour l'avenir de l'écosystème surtout. Mais, Fabrice, je suppose que tu n'es pas d'accord avec l'idée de surabondance des années pré-soixante-huit ?

FABRICE. — Je viens en effet du sous-prolétariat de la banlieue parisienne, de la Seine-Saint-Denis. Je dis « sous-prolétariat » parce que mon père était un ouvrier pauvre, que nous avions une famille nombreuse et que nous habitions une banlieue vraiment déclassée. Mon père est mort quand j'avais 8 ans et ma mère s'est retrouvée totalement désemparée et confrontée à de rudes conditions de vie avec cinq enfants à élever. Nous achetions tous les jours à manger à crédit.

PIERRE. — C'était pour vous une affaire de survie...

FABRICE. — À l'époque, il n'y avait pas encore ces grandes et folles surfaces que l'on connaît, il y avait l'épicier du quartier. En l'occurrence Mme Noël, que nous appelions la mère Noël grâce aux facilités qu'elle nous faisait. Elle notait tout, jour après jour, sur des bouts de papier qu'elle rassemblait, et que nous payions chaque mois... quand arrivaient les allocations familiales. C'était un événement majeur : on voyait arriver un homme avec une grosse veste de cuir et une sacoche dans laquelle il gardait des trésors en argent liquide. Bien sûr, il était armé d'un flingue, parce qu'il s'était fait agresser plusieurs fois, mais les quelques fois où il nous l'a montré, nous avions les yeux qui brillaient. C'était comme un western. Il comptait les sous devant nous. Je revois les billets de cent nouveaux francs, avec dessus la tête d'un Bonaparte jeune.

Deux heures avant, peut-être, nous demandions à la mère Noël de nous faire le compte du mois écoulé et deux fois sur trois elle ne l'avait pas fait. Il y avait donc dans la petite boutique une queue invraisemblable, huit ou dix personnes attendaient. On arrivait enfin auprès d'elle et on attendait avec inquiétude. Comme elle n'avait pas fait le compte, tout le monde s'impatientait. Elle prenait son crayon derrière l'oreille et comptait lentement. On payait finalement avec l'argent des allocs et dès le lendemain la ronde recommençait et on achetait de nouveau à crédit. Tout ça pour dire que l'opulence de 68 n'était pas pour tout le monde.

Mais il est vrai que la jeunesse s'est révoltée contre une société qui plaçait la consommation au sommet de la vie humaine. Mille fois hélas ! la plupart de ces jeunes se sont vite noyés dans l'hyperconsommation, aussi paradoxal que cela puisse paraître. Où est passée leur révolte ? J'aimerais tant qu'elle revienne.

PIERRE. — C'est vrai que la situation était très inégalitaire. Il reste que cette protestation planétaire, très forte alors, s'est diluée.

BERNARD. — N'était-elle pas d'abord celle des étudiants et des ouvriers par raccord ? Ces derniers revendiquaient alors l'augmentation de leur capacité à consommer. Ils se moquaient un peu de la plage et de la poésie qu'il y a sous les pavés ! Mai 68 reste à mon sens une révolte bicéphale et ambivalente. Je l'ai vécu en spectateur sceptique – du fait de mes origines, peut-être –, puisque je n'avais pas encore 16 ans et que ma quête était alors autre.

FABRICE. — Il y a eu deux moments et deux attentes. Dans mon milieu ouvrier, très influencé par le PC, il y avait une forme de mépris pour les fils de bourgeois qui cassaient des voitures... Mai 68 reste un événement singulier, qui s'est dissipé de manière inattendue.

BERNARD. — La contestation était sanctuarisée, germanopratine ou cantonnée à l'origine dans le Quartier latin. Elle s'est généralisée lorsque la grève s'est étendue au pays à la faveur du mouvement étudiant, mais elle était orchestrée par un autre monde, celui des ouvriers qui entendaient percevoir leur dû de la prospérité retrouvée. Deux mondes se conjuguaient et, vu de la province, le pays profond regardait, médusé. Le plus étonnant fut de voir ce qu'il en a résulté dans les dix ans qui ont suivi avec le courant de contestation de la société marchande, le *peace and love* et le retour à la campagne, sinon à la terre. Je ne crois pas que c'était la revendication première accompagnée par nombre d'intellectuels. Ce qui est plus frappant encore, c'est que cette pandémie contestataire, venue des États-Unis, s'est très vite étendue au reste du monde, peut-être même par mimétisme.

FABRICE. — Le Mexique a lui aussi été secoué par des révoltes et il y a eu un massacre de trois cents étudiants sur la place des Trois-Cultures, dix jours avant l'ouverture des Jeux olympiques au même endroit. Et partout ailleurs, des États-Unis au Japon, du « mai rampant » italien (*maggio strisciante*) à l'Allemagne des manifestations géantes, et jusque dans l'Espagne franquiste, la jeunesse bouillonnait.

BERNARD. — Et toi, Pierre, pendant ce temps-là, que faisais-tu, ici, en Ardèche ?

PIERRE. — En 1961 et 1962 déjà, du fait de ma double nationalité, de ma double culture religieuse notamment, je m'étais interrogé sur les contradictions de la société qui m'accueillait... Et j'avais fait ma petite révolution...

FABRICE. — Tu étais un choc des civilisations à toi tout seul !

PIERRE. — En passant du Sahara aux Cévennes, le choc avait été rude et je m'étais mis à lire des philosophes. Je cherchais à comprendre ce monde nouveau en parcourant des écrits anciens.

BERNARD. — Mais précisément, dans *Du Sahara aux Cévennes*, où tu parles plus qu'ailleurs de ceux que tu appelles les philosophes, ou dans *Le Gardien du feu* ou *Paroles de Terre*, tu t'exprimes surtout - et cela représente plus de la moitié de ton premier livre - sur ton passé saharien, comme s'il fallait que jaillisse de toi ce passé qui, somme toute, ne représente que les dix ou quinze premières années de ta vie dans l'oasis, avant que tu n'ailles à Oran. On a le sentiment que tu as alors emmagasiné un gros bagage mémoriel, puisque tu parles aisément de contes et de coutumes, que tu emploies des formules arabes et que tu cites des sourates que tu as apprises à l'école coranique... Mais après cette flambée, tout cela disparaît un peu et tu sembles avoir oublié le détail de ce passé, ou à tout le moins l'avoir rangé dans ta mémoire profonde...

PIERRE. — Peut-être que c'est une forme d'exorcisme... Il faut savoir que j'ai été au pied d'un oncle imam qui serait sans doute considéré aujourd'hui comme radical ou salafiste. Il s'inquiétait de ma fréquentation des roumis et considérait que j'étais en train de me détacher de mes racines et de l'islam.

J'essayais de louvoyer. J'avais de grandes difficultés à concilier le Dieu Un et transcendant avec le Fils de Dieu incarné des chrétiens, ce que d'aucuns, chez moi, considéraient comme une proposition blasphématoire. C'était un imam des hauts plateaux, il conduisait les prières et délivrait un enseignement traditionnel à la mosquée et au sein de son école coranique et, par là même, il n'était pas enclin à admettre une autre forme de vérité. C'est avec lui que j'ai appris à lire l'arabe dans le Coran… avant de l'oublier.

BERNARD. — Dans *Du Sahara aux Cévennes*, tu parles de son allure princière, avec ses vêtements blancs et ses babouches orange…

FABRICE. — Ton oncle devait désapprouver au plus haut point ce que ton père avait fait en te confiant à des roumis ?

PIERRE. — Aucun membre de ma famille ne l'approuvait. Mais mon père s'obstinait, parce qu'il pensait que j'allais en quelque sorte dérober le secret des Français, celui de leur réussite matérielle, et que je reviendrais ensuite parmi eux. La découverte de la houille à Kenadsa avait bouleversé l'ordre ancien. Les roumis devenaient prédominants et maîtres de la situation. Alors que les mines auraient dû être à nous, ils les ouvraient à leur compte et embauchaient des gens. Cela faisait un chamboulement énorme. Certes, ils donnaient du travail, mais dans des emplois subalternes.

FABRICE. — Parce que jusque-là, Kenadsa était un lieu de quelle nature ?

PIERRE. — C'était un lieu privilégié, fondé par un thaumaturge soufi. L'opposé du va-t'en-guerre, un sage qui avait créé un village pacifique et hospitalier. Au contraire de la guerre sainte, du djihad, il prônait la transformation de soi, car le soufisme est une ascèse.

BERNARD. — Il parlait sans doute plus volontiers du « djihad intérieur », la guerre contre l'ego...

PIERRE. — Oui, tout à fait, la transformation de soi, comme le préconisent Socrate et d'autres !

BERNARD. — Même s'il est parfois contesté, voire combattu par les musulmans formalistes, le soufisme est la voie intérieure de l'islam, et ce mouvement est largement antérieur au salafisme ou au quiétisme salafiste qui se présente pourtant comme un retour aux sources. Il est notamment aux antipodes du wahhabisme, aujourd'hui omniprésent sous une forme ou une autre, qui naît dans le Nedjd au XVIIIe siècle et se répand hors d'Arabie aux XIXe et surtout XXe siècles. Les wahhabites ont même attaqué La Mecque en 1805 ! Napoléon voyait en eux un facteur de division susceptible d'affaiblir les Ottomans qui régnaient alors en maîtres. Ce sont les Ottomans qui, via l'Égypte voisine, ont maté férocement la première insurrection wahhabite en 1818. C'est un fait connu aujourd'hui que le wahhabisme était alors considéré comme une hérésie littéraliste. Et pourtant, ce sont eux qui, grâce au pétrole et aux Américains, ont pris le leadership de l'islam au XXe siècle... et empoisonné les relations internationales en s'infiltrant partout via les pétrodollars. On en reparlera peut-être, mais l'arrivée sur l'échiquier politique des fondamentalistes wahhabites et de leurs épigones salafistes est un signe des temps.

FABRICE. — Mais on veut en savoir plus sur Kenadsa, cette oasis devenue mythique pour tes admirateurs. Elle était comment, au moment de ta naissance ?

PIERRE. — C'était une cité presque sacrée. Les préceptes édictés par le cheikh fondateur étaient précisément fondés sur la non-violence et la tolérance.

FABRICE. — Si tu plonges dans ta mémoire ancienne, tu revois des scènes, des visages ? Comment était l'école ?

PIERRE. — C'était un village de terre et de pierres. Mon père était quelqu'un de très habile, forgeron et musicien, à qui rien ne faisait peur. Notre maison avait un petit air presque luxueux, parce qu'elle était mieux construite que celles des autres villageois plus malhabiles.

BERNARD. — De ton père, tu sembles n'avoir qu'une photo posée ici sur une étagère, où il arbore un calot où se trouve cousu un tissu avec deux mots imposants manuscrits en arabe : *Allah* et *Muhammad*. C'est dire combien il était lui-même un homme pieux ! Il était fin de traits et vous vous ressemblez un peu…

PIERRE. — Oui, un peu. Il était adepte de l'ésotérisme islamique, c'était un soufi…

FABRICE. — Tu dormais avec tes frères et sœurs ?

PIERRE. — L'architecture était classique, c'est-à-dire qu'il y avait la partie où l'on vivait l'été et la terrasse où l'on dormait le soir quand il faisait trop chaud. Double espace, double vie : le jour dans la maison et la nuit sur le toit.

BERNARD. — À propos de Kenadsa, il y a un témoignage extraordinaire. C'est celui d'Isabelle Eberhardt, qui a vécu à Kenadsa plusieurs mois et qu'elle décrit longuement en 1904. Je t'ai apporté ses *Écrits sur le sable*[1], c'est un recueil de récits, de notes et un journal. Elle y livre une description d'une soixantaine de pages sur ta ville natale, alors même qu'elle souffre d'une crise de paludisme :

> À l'horizon, embrumée de vapeurs roses, Kenadsa apparaît : des taches noires d'arbres disséminés, une ligne bleuâtre qui est une grande palmeraie et, montant au-dessus des sables, un minaret cassé qui, dans le soleil encore oblique, semble de bronze roux. [...] Kenadsa monte devant nous, grand ksar en *toub* de teinte foncée et chaude, précédé, vers la gauche, de beaux jardins très verts. Le ksar dévale en un désordre gracieux de terrasses superposées, suivant la pente douce d'un monticule.

Et plus loin :

> À Kenadsa, l'esprit théocratique arabe a triomphé de l'esprit berbère, républicain et confédératif. C'est le chef de la zaouïa qui est le seul seigneur héréditaire du ksar. C'est lui qui tranche toutes les questions et qui, en cas de guerre, nomme les chefs militaires. C'est lui qui rend la justice criminelle, tandis que les affaires civiles sont jugées par le cadi. Mais là encore, le marabout est la dernière instance, et c'est à lui qu'on en appelle des jugements du cadi. Sidi M'hammed ben Bouziane, le fondateur de la confrérie, a voulu faire de ses disciples une association pacifique et hospitalière. La zaouïa jouit du droit d'asile : tout criminel qui s'y réfugie se trouve à l'abri de la justice humaine... [...] Grâce à la zaouïa, la misère est inconnue à Kenadsa. Pas de mendiants

1. Isabelle Eberhardt, *Écrits sur le sable*, tome 1, Grasset, 1989.

dans les rues du ksar ; tous les malheureux vont se réfugier dans l'ombre amie, et ils y vivent autant que cela leur plaît. La plupart se rendent utiles comme serviteurs, ouvriers ou bergers, mais personne n'est astreint à travailler.

Il y aurait encore beaucoup d'autres descriptions très évocatrices, mais ce serait trop long de les énumérer.

PIERRE. — Merci pour ce beau témoignage que j'ignorais. C'était tout à fait ça, même plus tard à mon époque.

FABRICE. — Quel dommage de ne pas l'avoir connue à cette époque…

BERNARD. — Dans cette utopie, le pouvoir temporel est assujetti à l'autorité spirituelle… À l'évidence, c'est elle qui arbitre, comme souvent en terre d'islam.

FABRICE. — Je reviens en arrière. De quoi vivait-on ? Il y avait encore des bergers, des troupeaux ?

PIERRE. — Des palmiers dattiers, des parcelles maraîchères sous l'ombrage des palmiers, et puis c'était la sobriété et la frugalité…

BERNARD. — Isabelle Eberhardt parle aussi des jardins. Je ne résiste pas au plaisir de vous en lire encore quelques lignes :

> Le jardin est au pied des hautes maisons qui font face à l'ouest. Les cultures sont en contre-bas, dominées par le sentier aboutissant à une terrasse où sont étendus de beaux tapis du Djebel-Amour, dont la haute laine molle prend des reflets de velours sombre sous la lumière terne de l'orage. En bas, les vignes vierges s'enroulent librement autour des troncs sveltes des dattiers et des branches grises et tordues des figuiers. Deux gazelles

captives jouent à se poursuivre sous les feuillages et sautent les seguias envahies de menthes dorées.

PIERRE. — Je revois tout ce qu'elle décrit à merveille...

BERNARD. — Lorsque nous sommes allés en 2019 à Maaden, en Mauritanie, tu as retrouvé ces mêmes cultures : dattes, maraîchage, carottes, henné... avec là aussi, un cheikh fondateur quelque peu utopiste...

PIERRE. — Je n'ai pas été du tout dépaysé. Cela m'était familier, même si je suis aujourd'hui dans un tout autre registre.

BERNARD. — Kenadsa et ta nostalgie m'apparaissent dans ta trajectoire comme fondatrices de tes démarches à venir, notamment sur les *Oasis en tous lieux*. Kenadsa est encore un monde à part, que la modernité rattrape avec l'extraction du charbon. Je ne sais si tu te souviens, mais Yasmina Khadra, qui est lui aussi originaire de ce village, t'a proposé d'y retourner ensemble un jour. Lui est né en 1955, et il écrit ceci : « Je suis né aux portes du désert à Kenadsa, un village coincé entre le reg et la *barkane* (autrement dit la dune en forme de croissant) semblable à un nénuphar sur les eaux évanescentes de réverbération[1]. » Décidément, Kenadsa est un mirage !

FABRICE. — Un lieu où les criminels sont protégés et où il n'y a pas de mendiants dans la rue ne peut être qu'un mirage...

BERNARD. — Te souviens-tu d'un minaret en forme de phare dont parle Isabelle Eberhardt, et du ksar ?

---

1. Yasmina Khadra, *Ce que le mirage doit à l'oasis*, Flammarion, 2017.

PIERRE. — Je suis né dans le ksar. C'est le village de terre et de *toub*. Notre maison s'y trouvait. Je me souviens surtout de mon père et de son habileté. Je revois des gerbes d'étincelles et je le déifiais. Pour moi enfant, c'était Hercule. Mais comme il ne s'en sortait pas avec son travail de forgeron, il est devenu horloger. Et comme il ne s'en sortait toujours pas, il s'est fait embaucher par la compagnie minière. Et parce qu'il était débrouillard et capable de réparer les machines, il est devenu conducteur d'un locotracteur qui tirait les wagonnets hors de la mine. Le charbon partait ensuite pour le Nord et la France. Je le voyais revenir le soir, noir de suie...

FABRICE. — Passer de la forge à l'horloge est déjà un changement radical, puisqu'on passe d'une activité de force à une activité de précision...

BERNARD. — Quand tu dis qu'il était thaumaturge, autrement dit guérisseur, cela montre qu'il était plus qu'un simple forgeron frappant sur son enclume. En Afrique, le forgeron, l'homme qui œuvre avec le feu, est un personnage qui revêt une dimension presque alchimique, il est souvent craint...

PIERRE. — Il a effectivement un statut à part. Il a été l'un des premiers à soigner les piqûres de scorpion, à la suite de celle qui a failli vous priver de ma personne ! Ce scorpion un peu vachard m'avait piqué à la nuque et comme il fallait faire un garrot... Il a couru en me portant dans ses bras jusqu'à la personne qui disposait du secret... Sa terreur a été telle qu'il s'est dit qu'il n'y avait aucune raison de ne pas détenir ce secret d'ordre spirituel !

BERNARD. — Fabrice, l'homme qui sauve Pierre écrit un verset coranique avec du suint et lui fait boire la formule qu'il dilue... On est en pleine magie blanche.

PIERRE. — Et cela suffit ! Ce type de pouvoir s'apparente à ce que l'on trouve en Ardèche chez ceux qui arrêtent le feu par imposition des mains ou la jaunisse avec des morceaux de pain sec... Un jour, je me suis fait couler de la cire brûlante sur le bras – c'était une brûlure au troisième degré, d'après ce que l'on m'a dit. Je suis allé voir un paysan qui a marmonné des formules et, cinq ou dix minutes après, la douleur, qui était à hurler, a disparu. Ce n'est pas des « on m'a dit », je l'ai vécu dans ma chair. Je ne comprends pas pourquoi la médecine moderne a balayé tout ça d'un revers de manche. À mon sens, il y a un hiatus : on éradique un savoir antérieur qui a fait ses preuves, ou on le réduit à un savoir d'ignorant... Il y a eu ici un médecin extraordinaire, le Dr Richard, qui parcourait la campagne en 2CV. Il m'est arrivé de l'accompagner dans ses périples et j'ai pu constater qu'il savait prendre en compte ces savoirs méconnus.

BERNARD. — Très belle figure cévenole que celle du Dr Richard. Il a été l'artisan de la création du Parc naturel des Cévennes...

PIERRE. — Il est mort d'épuisement. Il n'avait que 51 ans, je crois. Un jour d'hiver, en pleine nuit, il a porté et tiré jusqu'à sa voiture, sur un traîneau de fortune, une femme épileptique qui était en train d'accoucher. Ensuite il a dormi cinq ou six jours d'affilée, mais on a attribué sa mort à cet effort.

Il était vraiment un médecin de campagne hors du commun, qui a perdu la vie à sa tâche.

BERNARD. — Selon tous les témoignages que j'ai pu recueillir ici, il était de ceux pour qui le don de soi est une seconde nature, une raison d'être. Il a œuvré à la création du Parc parce qu'il aimait profondément la nature et sa beauté, mais aussi la culture populaire qui s'y rattachait. C'était un humaniste intégral, représentatif de ces nombreux Ardéchois d'adoption qui, marqués par la dimension sauvage et inviolée de l'Ardèche des années 1950 et 1960, en sont devenus d'ardents défenseurs. Plus récemment, la levée de boucliers instantanée contre le gaz de schiste est une preuve que ce combat perdure au-delà des ans ! Quand je suis arrivé ici, provisoirement à la fin des années 1960, puis définitivement dans les années 1970, les Compagnons du Gerboul œuvraient encore à Thines, au fin fond de la vallée perdue où tu t'es marié ! L'idée fondatrice était de maintenir une agriculture rurale et un artisanat digne de ce nom dans un pays alors vraiment en voie de désertification. Les fermes abandonnées et isolées abondaient. Le Dr Richard était l'un de ses principaux artisans. Je suis d'autant plus sensible à cette particularité que mes futurs beaux-parents s'étaient installés en 1958 dans une ferme abandonnée et cachée dans un magnifique vallon du village de Gras. Ce fut pour eux, vrais bergers d'antan, une épopée. J'ai connu l'Ardèche grâce à eux en 1969. Mon beau-père et sa famille géraient – et gèrent toujours – leurs troupeaux de vaches Aubrac à cheval... Une formidable expérience de sobriété heureuse, même si ce ne fut pas tous les jours Noël...

PIERRE. — Monsieur Lux, le prince des chevaux !

BERNARD. — Le berger métaphysicien qui m'a beaucoup appris… et beaucoup donné. Ma propre révolution écologique a été assez précoce.

Mais puisque nous sommes convenus de nous présenter chacun à notre tour, je vais d'ores et déjà me prêter au jeu. Je viens d'une famille très hostile au productivisme et à la modernité. Mon père était devenu un guénonien convaincu dans sa jeunesse, juste après-guerre ; à mon tour, à 16 ans à peine, j'ai lu *La Crise du monde moderne* de René Guénon, qui fut tout de suite pour moi un livre-clé. Mon père, quoique assureur maritime et juriste, était un jardinier émérite, connaissant toutes les vertus des plantes ainsi que leurs noms latins. J'avais découvert *Le Printemps silencieux* de Rachel Carson dans la bibliothèque familiale. La chimie lourde avait mauvaise presse chez moi et le DDT avait été proscrit de longue date. Mon père fréquentait les premiers magasins bio, qu'on appelait alors « magasins de régime ». En 1970, lorsque Jacques Monod et François Jacob, tous deux prix Nobel en 1965 avec André Lwoff pour leurs travaux sur les virus et le désormais célèbre ARN messager, ont publié *Le Hasard et la Nécessité* et *La Logique du vivant*, je me suis littéralement plongé dans la biologie moléculaire avec délice. J'ai abordé aussi avec passion le travail impressionnant et truffé d'exemples concrets de Pierre-Paul Grassé, sans doute le biologiste et zoologue le plus érudit du XXe siècle. Trois ans plus tard, Konrad Lorenz, Karl von Frisch et Niko Tinbergen ont gagné le prix Nobel de médecine pour leurs travaux sur l'éthologie, le comportement animal, qui me fascinait aussi, et j'ai envisagé de me tourner vers cette spécialité. Von Frisch avait découvert le « langage » des abeilles... Mon premier contact avec mes futures compagnes ! Entre-temps, j'avais parfait ma culture écologique en lisant notamment Jean Dorst, qui avait écrit *Avant que Nature ne meure* et *La Nature dé-naturée. Pour une écologie politique*[1]. C'était nouveau qu'un scientifique parle de l'écologie comme d'un combat politique. J'adhérais aux combats de la Sepanso, la fédération des sociétés de protection de la nature dans le Sud-Ouest, qui avait ses quartiers généraux dans les locaux de la fac de sciences. Elle se battait contre l'aménagement de la côte Aquitaine et gérait la réserve du banc d'Arguin dans les passes du bassin d'Arcachon. Les sternes caugek venaient y nidifier durant leur périple migrateur. Je faisais signer des pétitions dans les rues de Bordeaux contre la future centrale nucléaire du Blayais – celle qui a failli être mise en grave difficulté avec la montée des eaux de l'estuaire en 1999 et une autre fois encore après – et j'arborais l'autocollant de DuBouillon où l'on voyait un paysan furieux extraire une carotte tirebouchonnée sur fond de centrale nucléaire en hurlant : « Non au nucléaire ! » Petit clin d'œil de l'histoire, DuBouillon habite le même village que moi... Je lisais aussi *L'Escroquerie nucléaire* des Amis de la Terre, ou *L'énergie, c'est vous*[2] du professeur Philippe Lebreton, *alias* Pr. Mollo Mollo. C'était l'un

1. Jean Dorst, *La nature dé-naturée. Pour une écologie politique*, Point, 1970.
2. Pr. Mollo Mollo, *L'énergie, c'est vous*, Stock, 1975.

des fondateurs de *La Gueule ouverte*, tout comme Bernard Charbonneau d'ailleurs. Le duo amical Ellul-Charbonneau est extraordinaire. Ils se sont partagé la critique du système. Jacques Ellul, juriste et grand spécialiste de Marx, que mon père avait eu comme professeur de droit, protestant austère et auteur du *Bluff technologique*, a fait une critique féroce de la société technicienne qui se reproduit et s'auto-accroît comme une machine incontrôlée sans pilote au risque de menacer l'avenir. Dans *Tristes campagnes*, Charbonneau parlait de la destruction des paysages et de la malbouffe. Tout ce que les écologistes disent aujourd'hui était déjà présent chez tous ces auteurs, hormis, sans doute, la question climatique. En 1973, j'ai réussi à convaincre mes amis du Cercle naturaliste bordelais d'organiser au sein de l'université une « semaine de l'environnement ». L'année précédente, Les Amis de la Terre avaient organisé des « assises de l'écologie » dans des locaux communaux et je m'étais mis en tête de faire de même au cœur de la fac de sciences, pour mobiliser des étudiants assez peu sensibilisés, à dire vrai... En pleine grève estudiantine à cause de la loi Debré sur le service militaire, nous avons rempli des amphis en faisant témoigner notamment Jacques Ellul et Bernard Charbonneau, qui ont pu ferrailler avec le doyen Jacques Valade, aménageur du littoral aquitain proche d'Émile Biasini et futur adjoint de Chaban-Delmas avant d'être ministre, que j'avais convaincu de venir dans ce four... Ce fut l'occasion de ma première radio.

En 1974, René Dumont s'est présenté à la présidentielle, avec pour programme son livre *L'Utopie ou la mort*. Je l'ai bien sûr lu avec intérêt, mais il a eu du mal à me convaincre de la justesse de sa posture politique ; quant à la question des intrants chimiques, j'étais déjà en désaccord avec son laxisme. En revanche, j'ai encore dans ma bibliothèque l'ouvrage programmatique – sous couverture en kraft ! – sur l'histoire et les argumentaires de la campagne de René Dumont qui déclare la « naissance de l'écologie politique ». On y retrouve beaucoup de thèmes qui sont toujours, hélas ! d'actualité[1]. Le drame de Minamata, au Japon, avec la naissance d'enfants anormaux liée au déversement de mercure dans un lac poissonneux m'a aussi bouleversé et marqué. En 1976, mon diplôme de bio en poche, j'ai choisi de quitter les labos pour m'installer en Ardèche en pleine nature afin de devenir apiculteur, agriculteur et gardien de chevaux… C'était l'heure de l'arrivée à la terre, et depuis lors, j'ai toujours gardé un statut agricole !

Cinq ans plus tard, mon frère, mon épouse (Nûriël, qui est ardéchoise) et moi avons créé, à partir des produits de la ruche, Melvita (le miel et la vie !) qui allait devenir, au fil des ans, la première marque française de cosmétiques bio avec des centaines de salariés. Ce fut une belle aventure de trente ans… Dans le même temps, j'ai animé et parfois présidé plusieurs associations de défense de la nature ou de gestion de labels bio comme Cosmébio, qui a permis d'évacuer les fausses revendications bio et naturelle

1. René Dumont et les membres de son comité de soutien, *À vous de choisir : l'écologie ou la mort. La campagne de René Dumont et ses prolongements. Objectifs de l'écologie politique*, Jean-Jacques Pauvert, 1974.

des produits de cosmétique, mais ce serait trop long à développer ici… En deux mots, et hors l'épisode des recherches de gaz de schiste qui ont mobilisé contre elles toute l'Ardèche, nous avons réussi, en 1987-1988, à faire capoter un projet EDF de lignes THT provenant de la centrale nucléaire de Cruas et contournant les Gorges de l'Ardèche pour rejoindre l'Espagne ; en 2005-2008, nous avons empêché la réalisation absurde d'un centre d'enfouissement technique de déchets ultimes en pleine zone naturelle et touristique. Ensuite, devenu journaliste et éditeur par passion du livre, j'ai créé et animé pendant six ans la revue *Ultreïa !*, un magazine-livre dédié à l'étude des sagesses du monde, ce qui m'a permis d'écrire sur plusieurs questions que nous abordons d'ailleurs aujourd'hui.

FABRICE. — Eh bien, le Larzac a été aussi une drôle d'aventure ! Une aventure que j'ai connue à l'été 1972. Je venais d'avoir 17 ans et, comme on le sait depuis Rimbaud, « on n'est pas sérieux quand on a dix-sept ans ». J'ai fait du stop jusqu'à Millau, qui me paraissait alors le bout du monde. Quantité de jeunes chevelus circulaient en bagnole, et je n'eus aucun mal à monter sur le plateau, là où l'armée entendait agrandir son camp d'entraînement de 3 000 à 17 000 hectares. Dieu qu'il y faisait chaud ! J'ai d'ailleurs dormi sous les étoiles, avec une bonne centaine d'autres, et au matin, en allant me promener un peu, je dois avouer que je n'ai pas aimé. Tout me semblait sec, absurdement pelé, et pour moi qui n'aime que l'eau et les arbres, c'était déprimant… Mais oui, les amis. J'ai même pensé – il y a prescription, non ?

– que les militaires avaient bien choisi leur proie. J'ai par la suite basculé dans un amour inconditionnel. Je mourrai en emportant en moi l'image des clapas – des tas de pierre calcaire –, des lavognes – de somptueuses mares empierrées –, des lauzes sur les toits, des brebis retrouvant les chemins bordés de buis, des genévriers, des engoulevents du soir, de la petite chapelle de Saint-Martin-du-Larzac. Il faut que j'arrête, je le crains. Je suis donc allé au Larzac en 1972, et j'y suis retourné en 1974, en 1977, en 1979, en 1980. J'ai connu la neige sur La Couvertoirade, le cagnard sur les rochers du Rajal del Gorp, le formidable marché paysan de Montredon. Et plus tard, en 1999, j'ai acheté une petite maison par là-bas. Du bonheur. Quand je pense qu'on aurait pu y voir déferler des engins de guerre...

BERNARD. — On voit que tu as succombé au charme des Causses...

PIERRE. — C'est vrai. Quant à moi, j'ai suivi cette histoire de loin... Nous avions fait notre propre révolution en 1961 et si, depuis notre campagne, nous étions témoins de ces protestations et effervescences, nous n'y étions pas directement associés. En 1968, j'avais l'oreille collée au poste pour suivre tous les événements – j'espérais beaucoup, je me disais : « Ça y est ! » –, mais lorsque j'ai vu déferler la nature des revendications, les gourous idéologiques ou politiques comme Mao, c'était du réchauffé, et j'ai fermé les écoutilles.

FABRICE. — Pierre, c'est une loi sociale. Le présent s'appuie – trop parfois – sur le passé et n'arrive pas à concevoir l'avenir. Une partie des jeunes de Mai 68 ont cru à de très vieilles – ou plus jeunes – barbes appelées Lénine, Trotski, Mao, Guevara, sans comprendre une seconde qu'elles n'annonçaient aucun futur possible. De la même manière qu'une autre génération de gauche a pu jauger et juger la Seconde Guerre mondiale à l'aune de la Première. Comme la Première avait débouché sur la révolution russe et de fortes secousses dans l'Europe entière, ceux-là pensaient que la Seconde conduirait droit à une société nouvelle, sans classes sociales. Sans parler de ces culottes de peau militaires, incapables, dans les années 1930, de concevoir la guerre de mouvement qui allait permettre aux nazis de camper à Paris. J'ajoute que j'ai cru, pendant quelques années de ma jeunesse, à ces promesses de lendemains qui chantent. J'avais très envie de chanter.

2

Une histoire de bouée – La loi de Gabor –
Hubris destructeur – Porteurs d'égards –
Dune et les Fremen – « Nous n'avons qu'une terre » –
Les lumières clignotantes – Le progressisme,
une maladie ? – S'accrocher à son lit – Le Nil

PIERRE. — Vous ne trouvez pas que c'est une caractéristique de l'histoire humaine que de toujours vouloir s'accrocher à des bouées ? Pour apprendre le lendemain qu'il y a une autre bouée... Est-ce que vous sentez vraiment qu'il y a une évolution réelle de la conscience humaine ? Conscience notamment de l'extraordinaire situation qui est la nôtre, de l'admiration que nous devons à la vie, de l'enchantement qu'elle nous offre alors que nous n'arrêtons pas de la détruire. Cela devrait être notre viatique. Cette absence de conscience est un crève-cœur pour moi.

FABRICE. — Le grand mystère, nous le connaissons tous. Une espèce qui ne cesse de s'admirer dans le miroir et qui se pense supérieurement intelligent organise le chaos et la destruction, au point qu'il faille désormais douter de notre avenir même. Je ne discute pas les capacités techniques des hommes. Elles sont étrangement grandioses. Mais, après Ellul, je souhaite poser une question simple : comment contrôler une telle puissance ?

PIERRE. — Nous avons une fâcheuse tendance à confondre aptitude et intelligence. Nous mettons souvent sous la rubrique « intelligence » des choses qui ne relèvent que de l'aptitude. Faire une bombe atomique demande beaucoup d'aptitudes scientifiques, techniques et industrielles, mais dans le fond il n'y a rien de plus stupide que de faire une bombe atomique. Il y a quelque chose de satanique dans l'idée même de vouloir éradiquer l'humain de la planète. Je crois qu'on ne peut pas exclure qu'il y ait un monde auquel nous n'accédons pas ou une force qui nous échappe et qui interfère avec notre univers. Bernanos dit : « La plus grande ruse de Satan, c'est de laisser penser qu'il n'existe pas. » La société rationnelle ou rationaliste a voulu clouer au pilori tout ce qui n'était pas sous sa domination, parce que la société technicienne a la prétention extraordinaire de tout expliquer. Il y a en nous quelque chose de fondamentalement limité et, pour citer une fois encore le grand Socrate, il faut garder en tête que « tout ce que nous savons, c'est que nous ne savons rien ».

FABRICE. — L'astrophysique, notamment, est impressionnante. On s'interroge sur la présence d'objets vieux de milliards d'années, éloignés de nous de tant d'années-lumière qu'on ne compte plus. Est-ce bien vrai ? Peut-être. Ou non. Pour ma part, j'aime ces voyages de l'esprit, sans jamais perdre de vue leur dimension hypothétique, et même spéculative. Étions-nous bien faits pour passer d'un univers clos, stable et cyclique à cette quête sans limite apparente de possession et de conquêtes ? Et que faut-il penser de cette prétention de tout comprendre, d'éclairer les zones d'ombre avec nos si pesantes machineries ?

PIERRE. — Pour moi, c'est grotesque. Comment notre petit cerveau peut-il prétendre appréhender tout le réel ?

BERNARD. — Des traditions anciennes, comme l'hindouisme, affirment que le Soi ou le Réel dépassent notre réalité tangible et que ce Réel est inexprimable, indicible, donc inatteignable et inappropriable... Patrick Viveret a une belle formule à propos des philosophies anciennes et des sagesses, il dit qu'elles sont la « nappe phréatique » de la condition humaine. C'est là que gît la sagesse foncière, une et intemporelle, de l'humanité...

FABRICE. — Adolescent, je m'interrogeais comme bien d'autres sur les paradoxes si perturbants de la limite. Comment pouvait-on concevoir un monde fini, surtout si on le présentait comme infini ? Je voyais bien que les deux abstractions, la fin comme l'infini, échappaient à notre si petit esprit.

PIERRE. — Ce qui est fantastique, c'est que l'être humain en a conscience.

BERNARD. — La conscience de l'illimité, de l'infini se conjugue à la conscience de l'absolu. C'est en tout cas ce que disent les sagesses anciennes. Dire que « tout est relatif » est une contradiction dans les termes, puisqu'on absolutise ce précepte. Tout est relatif... mais dans le monde du relatif seul, autrement dit dans notre monde matériel. S'il n'y a pas d'absolu, il n'y a plus ni langage ni intelligence. Juste un mot encore sur la bombe atomique. Jacques Ellul parle de la « Loi de Gabor » qui régirait la société technicienne : « Ce qui peut être fait le sera. » Cette société ne se connaît pas de limites techniques, elle peut arriver aux pires extrémités parce qu'elle ne peut pas s'empêcher de faire...

FABRICE. — Le moins que l'on puisse dire, c'est que c'est angoissant. En 1989, j'ai lu *L'Hypothèse Gaïa* de James Lovelock et cela a transformé ma vie. La Terre y apparaît comme un être vivant. Un super-organisme dont tous les éléments concourent à y maintenir la vie. Par un phénomène d'homéostasie inouï, l'équilibre – par exemple, la composition de l'atmosphère – se maintient. Jusqu'à un certain point, que nous avons commencé de dépasser. Et dans ce cas – vision d'horreur –, ne serions-nous pas les parasites de Gaïa ?

PIERRE. — Nous sommes tous conscients de notre finitude. Vous êtes au courant que nous nous sommes tous inscrits pour le grand départ ? Et qu'on ne se bouscule pas pour obtenir son billet ?

BERNARD. — Fabrice qui a survécu à deux attentats refuse catégoriquement de prendre son billet !

FABRICE. — Un refus ferme et définitif !

PIERRE. — Nous avons dramatisé la mort et il est légitime que cette perspective nous hante. Qu'on le veuille ou non, nous portons en nous cette interrogation et cette peur aussi. J'ai la conviction que c'est de cette peur de la mort que naît la fermentation qui conduit à détruire le monde.

FABRICE. — J'ai longtemps pensé, comme beaucoup, que cette *hubris*, cette infernale toute-puissance, était réservée aux sociétés d'après la révolution industrielle. Mais j'ai beaucoup lu sur les sociétés anciennes, autochtones, aborigènes, et j'en suis moins sûr. Car je sais aujourd'hui que la mégafaune d'Amérique a probablement disparu à cause de chasses exterminatrices, au moment où ce vaste continent était tout de même peu peuplé. C'est le cas aussi en Australie, où existaient avant l'arrivée de l'homme de très grands koalas ou des kangourous géants. L'homme est-il le responsable de ces extinctions ? La discussion continue, et je préférerais que la réponse soit « non ». Par ailleurs, les Pygmées d'Afrique centrale, les Indiens d'Amazonie, les Negritos des îles Andaman n'ont pas détruit le milieu qu'ils habitent depuis des millénaires...

BERNARD. — Et les Indiens des plaines portaient une attention particulière aux animaux, voire à l'« esprit » de chacun d'eux. Leurs mythologies, leurs rites chamaniques et leurs coutumes et modalités de chasse étaient empreints de respect, d'un respect tutélaire même.

FABRICE. — C'est vrai, mais Jared Diamond, dans son chef-d'œuvre *Effondrement*[1], montre comment les Mayas, qui avaient bâti l'une des plus belles civilisations de l'histoire humaine, l'ont détruite parce qu'ils ont mis des sols en culture (de maïs), causant la déforestation et le ravinement, afin de nourrir une population qui dépassait les limites possibles de cette époque.

---

1. Jared Diamond, *Effondrement. Comment les sociétés décident de leur disparition ou de leur survie*, Gallimard, « Folio », 2006.

BERNARD. — Oui, et *in fine*, c'est la nature qui les a avalés et effacés du paysage... Je crois quand même que globalement les peuples anciens avaient une certaine conscience écologique, même si elle n'est pas la nôtre. Ils vivaient en symbiose avec la terre et au rythme des saisons. On le voit encore au Japon ou en pays berbère, par exemple, où l'on célèbre toujours le retour cyclique des saisons, les « portes de l'année ». Baptiste Morizot parle très justement des « égards » que nous devrions avoir pour la nature. Il affirme que nous devons être « porteurs d'égards » envers ce monde qui nous a faits ce que nous sommes[1]. Les modernes ne se sentent pas tenus au respect, et c'est cette négligence qui expliquerait notre propension à laisser le monde s'abîmer... Les peuples anciens avaient des cosmologies cycliques qui prenaient en compte la finitude du monde, mais aussi la dimension patrimoniale. Dans leurs cosmogonies, les rochers parlent, les bisons parlent. Chez les aborigènes d'Australie, les sources parlent aussi. Les peintures aborigènes, qui sont en fait de conception moderne, mais d'esprit ancien, n'évoquent que des points d'eau, des chemins ou des relations avec la nature. C'est représentatif des égards que nous devons à notre maison commune. On veut nous faire croire que l'homme est un prédateur par essence, mais j'ai le sentiment qu'il ne l'est que quand il sort de sa sagesse ancestrale, ce bouclier anti-*hubris*. Les nomades – comme le furent plus tardivement les Indiens des plaines – qui

1. Baptiste Morizot, *Manières d'être vivant. Enquêtes sur la vie à travers nous*, Actes Sud, 2020.

ont constitué l'aube de l'humanité n'épuisaient pas les sols, puisqu'ils avançaient lentement et retournaient régulièrement vers les mêmes pâturages... Le mot « nomade » vient d'ailleurs du grec *nomos*, qui désigne le pâturage...

PIERRE. — Le célèbre chef Seattle ne comprenait pas non plus pourquoi l'envahisseur faisait table rase au lieu d'avoir des égards vis-à-vis de la nature...

FABRICE. — En 1804, une prodigieuse aventure commence. Emmenée par les capitaines de l'armée américaine Lewis et Clark, une belle troupe de trente-trois trappeurs et de soldats s'embarque sur le Missouri, à bord d'un voilier et de quelques pirogues. En deux ans, ils atteignent pour la première fois le Pacifique et reviennent. Eh bien, quand on lit le formidable récit de la traversée – *Far West* et *Le Grand Retour* –, on ressent physiquement l'omniprésence des grands animaux, du grizzly au bison.

On pense que l'espèce du pigeon d'Amérique comptait alors de 3 à 5 milliards d'individus. Certains textes parlent de vols si denses que les chasseurs ne visaient pas, mais tiraient verticalement. Cet oiseau a totalement disparu, éradiqué par les chasseurs et les paysans blancs qui disaient vouloir protéger leurs cultures. Moi, je pense encore à la splendeur des grandes prairies d'avant le maïs intensif.

BERNARD. — Ce devait être somptueux... En dépit de conditions parfois très rudes, les Indiens des plaines et leurs voisins avaient le sentiment de vivre au paradis. Tous leurs dires le confirment. Le célèbre auteur de *Black Elk parle*, le sage Nicholas Black Elk, racontait que les natifs étaient interloqués par cette volonté dévastatrice des Blancs : « Mais pourquoi veulent-ils détruire le paradis ? » Poussé et vaincu par l'inexorable avancée du rouleau compresseur américain, cet homme-médecine prodigieux s'est, pendant un temps, retrouvé enrôlé dans la troupe de Buffalo Bill...

FABRICE. — Quel sinistre destin ! Je me demanderai jusqu'à la fin ce que seraient devenus ces mondes disparus sans toutes ces invasions. Oui, que seraient devenus l'Empire inca, le monde aztèque, mais aussi les Indiens des plaines ?

PIERRE. — Il est vrai qu'en passant par l'islam et le christianisme – le monothéisme –, ma pensée première a été conditionnée, mais aujourd'hui et depuis longtemps je ne suis plus en résonance avec ce parti-pris. Je m'interroge toujours : pourquoi l'homme est-il si mauvais ? Il détruit son semblable et la création en l'empoisonnant, et il en vient même à tuer pour se divertir. C'est pour moi une énigme totale... J'ai envie de dire à tous : « Ne mettez pas de poison dans la terre, vous pouvez la cultiver et la récolter sans la tuer ! »

BERNARD. — Une fois encore, nous devons être « porteurs d'égards » ! Nos contemporains oublient qu'ils font partie intégrante de la nature et que les animaux sont leurs frères d'existence, leurs compagnons de vie... *Mitakuye oyasin*, disent les Lakotas, autrement dit « nous sommes tous parents »... Nous sommes tous une émanation de la nature et nous sommes tous reliés !

PIERRE. — Le peu de positif que nous pouvons faire, il faut le faire, chacun à notre place...

BERNARD. — Le colibri de Pierre est de retour ! Chacun doit faire sa part à son niveau. C'est l'un de tes messages forts. Et les coquelicots de Fabrice aussi sont revenus… « Nous voulons des coquelicots », c'était quoi ?

FABRICE. — D'abord un appel que j'ai écrit, puis lancé en septembre 2018, et qui a été approuvé et finalement contresigné par 1 200 000 personnes. Mais comme nous devisons, je me permettrai de revenir d'abord à Lewis et Clark. Entre 1804 et 1806, ils ont donc rejoint le Pacifique en traversant les Rocheuses et en sont revenus. Ce qui est fascinant dans le compte rendu de leur expédition, c'est l'omniprésence des animaux. En suivant le Missouri, les trappeurs qui les accompagnent les ravitaillent sans aucune peine, tant il y a de gibier et de poissons. Et quand ils veulent boire de l'eau, ils plongent un seau dans la rivière et boivent. C'est tout.

Par quel désordre mental en est-on arrivé à dégueulasser l'eau qui nous constitue ? Vous le savez : le corps des adultes est composé d'eau à 65 %. Davantage chez les bébés, nos victimes toutes désignées. Nous avons le droit – ici du moins, chez toi, Pierre – de rêver. Eh bien, je rêve d'un monde qui se passerait de ces horribles usines à dépolluer l'eau des rivières et des nappes souterraines. Il ne s'agirait plus de nettoyer sommairement, mais de ne plus polluer, jamais, car l'eau serait pour tous non seulement un bien commun, mais un bien sacré. Nous sommes de l'eau et pour cette raison et bien d'autres, je clame qu'un *process* industriel, domestique ou agricole qui empoisonne si peu que ce soit l'eau doit être revu, éventuellement abandonné. Pas touche ! Pas touche à l'eau !

BERNARD. — Oui, mais le surnombre fait difficulté. Comment imaginer une ville autosuffisante en eau, aujourd'hui ? Tout le monde pollue et gaspille…

FABRICE. — Tout le monde ? D'un côté, cher Bernard, je suis bien d'accord, mais de l'autre, je sais que les responsabilités ne sont pas égales, et de loin. Mais j'y reviens : le regard qu'on porte sur l'eau doit changer. Dans l'extraordinaire roman de Frank Herbert – écrit en 1965 –, la planète éponyme Dune est un vaste désert parcouru par d'énormes vers des sables. Elle abrite au fond de ses grottes un peuple nomade, les Fremen – comme *free men*, les hommes libres –, qui capturent avec des pièges le peu d'humidité qui peut circuler dans l'air. Leur but grandiose, c'est de faire revenir la vie au milieu d'un sable brûlant. Ils n'ont pas le droit de perdre une goutte de leur propre rosée intérieure, que ce soit du sang, de l'urine ou du reste. Et ils sont donc équipés pour cela. Ils ont compris que le fondement de l'existence est là. Nous devons tous devenir des Fremen.

PIERRE. — Je suis plus que convaincu que l'eau et la terre sont sacrées. Ce que j'essaye de faire comprendre à mes auditeurs et lecteurs, c'est que nous n'avons qu'une seule Terre-Mère nourricière et que nous la massacrons. Que nous ne soyons pas conscients des millions de tonnes de produits chimiques que nous déversons sans vergogne dans la nature chaque année dépasse l'entendement. Nous devons la vie à la terre et à l'eau. Pourquoi quelque chose d'aussi simple, d'aussi élémentaire, n'est-il pas compris ?

BERNARD. — *Nous n'avons qu'une terre* est le titre d'un rapport, ou plutôt d'un manifeste, de René Dubos et Barbara Ward publié au début des années 1970... Cette formule m'est restée comme un mantra écologique...

FABRICE. — Quand j'étais ado, il y avait un feuilleton américain très connu, *Les Envahisseurs*. David Vincent savait que des extraterrestres, en vérité menaçants, étaient parmi nous. À chaque épisode, il parvenait à en convaincre une ou deux personnes, puis repartait au combat la fois d'après, comme notre cher Sisyphe. Eh bien, les écologistes sont autant de David Vincent. Depuis au moins cinquante ans, ils parlent, sans jamais réussir à faire bouger la montagne. La conscience du réel n'a jamais été aussi claire, mais nous n'avons pas encore atteint la masse critique qui ferait basculer le monde. Or le temps court à sa vitesse, qui est si grande. À cause de lui, chaque jour qui passe sans changement est un échec pour nous tous.

BERNARD. — Depuis deux ou trois siècles surtout, avec l'avènement progressif de ce qu'on appelle pompeusement les Lumières, principalement au XVIIIe siècle, l'homme a développé une vision linéaire, optimiste et progressiste du monde. C'était déjà en germe dans tous les monothéismes où le futur est toujours un mieux, sauf pour les mécréants. Avec les Lumières, le futur est radieux en raison même du développement des sciences et des techniques qui va nous permettre de vaincre la mort. Cette vision est désormais inscrite dans nos têtes, tant et si bien que même si nous sentons le danger, nous considérons que, bon gré mal gré, nous nous en tirerons toujours...

À l'encontre de cette perspective, le paysan d'antan savait mieux que nous ce qu'étaient les cycles, l'idée même de cycle et de répétition sans progressivité inéluctable. Le paysan d'antan, l'homme de nature par excellence sur le plan traditionnel, connaissait l'inéluctabilité des saisons. Son futur – l'éternel retour – était tracé et il ne croyait pas aux billevesées d'un progrès continu, un mieux toujours reporté parce que bousculé par la réalité.

Je ne dis pas qu'il n'y a pas de progrès – l'exponentielle technique le démontre à foison –, mais en faire une religion et une certitude absolue est une perversion de l'esprit. L'esprit et la morale de l'homme ne suivent pas l'élan... La philosophe Isabelle Stengers parle d'ailleurs du « pouvoir anesthésiant » de l'idée de progrès et appelle à la révocation de ce « mot d'ordre »[1]. À propos des Lumières, période clé pour comprendre notre société, le livre d'Antoine Lilti *L'Héritage des Lumières* – sous-titré *Ambivalences de la modernité*[2] – apporte de beaux éclairages ! C'est un travail d'historien et de philosophe qui recontextualise très bien ce « prêt-à-penser rassurant » qu'on nous inculque ! Il affirme que les Lumières, et l'effort de rationalité dont elles procèdent, sont une réponse au surgissement de la modernité. Pas l'inverse. Aujourd'hui, la marche n'est plus si triomphale et l'optimisme scientiste n'est plus un impératif catégorique. On mesure qu'il y a beaucoup de zones de turbulences dans

1. Isabelle Stengers, *Résister au désastre*, Wildproject, 2019.
2. Antoine Lilti, *L'héritage des Lumières. Ambivalences de la modernité*, EHESS, Gallimard / Seuil, 2019.

les discours issus des Lumières. Elles ont été un courant de pensée qui n'a pas été homogène. On y décèle souvent des *a priori* racistes, civilisationnistes ou colonialistes. Le fondement des Lumières n'est pas si humaniste ni si écologique qu'on le dit volontiers, même si elles représentent un indéniable effort pour s'extraire des rabâchages invérifiés, un effort d'émancipation aussi. Les philosophes allemands des Lumières – en France, on l'oublie, mais c'était un courant de pensée européen ! – s'étaient réunis derrière une formule d'Horace : *Sapere aude,* « Aie le courage de penser », « Ose penser »... Pour eux aussi, les Lumières étaient quasiment un passage à l'âge adulte. En tout cas, dans cette perspective même, on a le droit, sinon le devoir, de critiquer son époque et ses fondements sans pour autant devenir un pur produit de la réaction... Osons donc !

FABRICE. — Le progressisme est comme une maladie de l'esprit. Elle repose sur l'idée, passablement contredite par les faits, que l'on va des ténèbres jusque vers la lumière. Hélas – peut-être – ! l'histoire des hommes est sinusoïdale et chaotique. Tantôt une (modeste) lumière, tantôt de profondes ténèbres. Or quelque chose a malgré tout changé. L'innovation technique permanente a placé des forces matérielles de plus en plus déchaînées entre les mains d'hommes qui, eux, n'ont pas changé. Je prétends que l'esprit humain, aussi beau que dérisoire, ne peut contrôler des puissances pareilles. Il peut les créer, mais il restera dominé par elles.

PIERRE. — La rupture est récente. Illustrée par le passage du cheval au cheval-vapeur, la thermodynamique a bouleversé les notions de temps et d'espace. Le temps est une contrainte. Moi, en tant que paysan, je sais que je ne vais pas semer aujourd'hui et récolter demain. Il faut que je patiente. Le dogme de l'homme-démiurge prévaut aujourd'hui, même si celui-ci reste soumis à la Grande Faucheuse. La mort nous dit à tous, pauvres ou riches, balayeurs ou présidents : « Fais ce que tu veux, moi je fais mon office... »

FABRICE. — Mon extravagante tante, dont j'ai parlé dans *Ma tata Thérèse*[1], nous disait très sérieusement – et nous, les mioches, l'écoutions avec les yeux écarquillés : « Quand la mort frappera, elle ne me prendra pas, je m'accrocherai à mon lit ! » Elle le pensait vraiment !

PIERRE. — Elle devait avoir un lit spécial ! D'ici à ce que de gros malins nous proposent un lit qui prolonge la vie, il n'y a qu'un pas !

BERNARD. — C'est propre aux Nicolino de ne pas vouloir partir à l'heure quand la mort rôde !

FABRICE. — Eh oui ! Mais le combat désigne toujours le même vainqueur. Non ? Vous me laisserez bien ajouter quelques mots sur le grand Nil, celui des pharaons et des paysans du delta, prodige venu d'Éthiopie et des lacs d'Afrique. Il dit de très profondes vérités sur l'état réel du monde. Car ce géant de 6 700 kilomètres joue de moins en moins le rôle bienfaiteur qui était le sien.

En 1960, les dirigeants soviétiques ont convaincu Nasser de barrer le Nil en vue de produire de

1. Fabrice Nicolino (texte) et Catherine Meurisse (dessins), *Ma tata Thérèse*, Sarbacane, 2012.

l'électricité. Or Assouan s'est révélé désastreux, retenant derrière son mur de béton des millions de tonnes de sédiments qui manquent en aval. Du coup, le delta si productif se réduit comme peau de chagrin, et la mer Méditerranée grignote ses terres. Ajoutons que le Nil est un dépotoir sans nom, gorgé de pesticides et de déchets, alors qu'il nourrit – de plus en plus mal – environ 106 millions d'habitants. Où iront-ils demain ? Sur Mars ? Le seul avenir discernable serait une restauration écologique du Nil, avec des millions d'Égyptiens au travail pendant une génération.

PIERRE. — La notion de Terre-Patrie commune est au cœur de la solution, même si elle peut passer pour une utopie. On invoque souvent la démographie galopante pour expliquer les problèmes qui se posent aujourd'hui, mais il faut surtout que tout le monde comprenne que les ressources de la Terre sont limitées et qu'elles doivent donc être équitablement réparties. La jeunesse doit inscrire cela sur ses tablettes, car cela va devenir central.

FABRICE. — Le temps de l'innocence est fini. Après 1968, j'ai été percuté par la question écologique alors que nous étions encore dans l'insouciance. De ma banlieue, je voyais bien qu'il y avait un problème, mais j'étais incapable de relier les points les uns aux autres. Et je n'étais pas le seul. Le mouvement écologiste naissant pensait que c'était un problème localisé. On parlait de pollutions, mais limitées. On n'avait pas intégré l'importance décisive du mot « écosystème », qui nous connecte à tout le reste. Au sortir de la guerre, au milieu des ruines, est arrivée, comme par miracle, la technologie américaine avec le fameux plan Marshall. Les pesticides, les tracteurs, l'industrialisation de tout ce qui ne l'était pas encore sont entrés en scène. C'était une machinerie mentale et matérielle, avec au beau milieu Hollywood et ses pin-up. La machine était lancée... de quelle manière !

PIERRE. — Je suis d'accord avec toi, et j'ai d'ailleurs subi quinze ans plus tard, à proximité de ma petite ferme d'Ardèche, les effets de ces grands changements à base de motorisation, d'engrais et de pesticides. Mais comme vous deux, Bernard et Fabrice, je me pose bien plus de questions que je ne trouve de réponses au fond de mon sac à graines, pourtant bien pourvu.

FABRICE. — Misère ! Oui, cher Pierre, nous radotons tous, sans trouver la sortie du labyrinthe. Mais je crois qu'il faut cesser de parler abstraitement. Dire par exemple qu'« il faut sauver la planète », cela désespère tout le monde tant cela semble hors de portée. En revanche, si l'on met en mouvement et en relation tous nos petits bras, on découvre que nous disposons d'un trésor : l'intelligence collective. L'horreur, c'est l'immobilité. La France est un pays singulier, qui a eu l'énergie de faire une révolution démocratique en 1789 pour le meilleur et pour le moins bon. Sortir de la royauté de droit divin, c'était invraisemblable... Mais nos ancêtres l'on fait.

BERNARD. — Certes, mais la royauté était décadente et les termites œuvraient depuis des décennies. À l'origine, la Révolution est un séisme de faible amplitude, parisien et urbain, exacerbé par le ressentiment, de mauvaises récoltes et la faim, mais la concentration du pouvoir dans la capitale a fragilisé l'édifice courtisan et tout va s'effondrer comme un château de cartes et dégénérer en guerre civile. Le système actuel semble moins vulnérable et plus résilient.

3

Sobriété et modération – Des êtres d'admiration –
L'aliénation par la possession – Pauvreté et misère –
Des empires sous la terre – La chute de Dieu
sur terre – Vous avez dit éolien ? – La performance
du moindre – Châteaux d'eau et ronds-points
– La solitude du wagon

BERNARD. — Pierre, le thème de la sobriété et de la modération est central dans ton œuvre. Comment les définirais-tu aujourd'hui pour un Occidental encerclé de tentations ? Tu veux dire qu'il faut se serrer la ceinture ou renoncer au superflu, aux divertissements dispendieux, à l'hypnose du dernier gadget ? Et, en matière agricole, comment les mettre en œuvre ?

PIERRE. — La sobriété est libératrice. On doit se sevrer de l'inutile et s'exonérer du prédicat productiviste. Pour m'expliquer, je suis obligé d'en revenir à ce qui a fondé notre existence ici. Nous ne sommes pas des théoriciens, des diseurs qui ne font pas ce qu'ils disent aux autres de faire. Notre point de départ, dont je vous ferai grâce, est le constat que cette société est une structure esclavagiste et que nous avons très tôt refusé de donner notre âme au PIB.

Après ce refus, nous sommes entrés dans un processus de libération qui a consisté à dire que ce à quoi nous aspirions, c'était avant tout d'avoir une vie tranquille à la campagne afin de nous reconnecter à la nature tout en évitant le superflu. De là le choix d'un lieu isolé dans une région pauvre. Une fois le choix fait de la petite ferme, on m'a dit qu'il ne fallait pas prétendre à un emprunt auprès du Crédit Agricole sans faire des études agricoles de base. Ce que j'ai fait à la Maison familiale rurale de Maisonneuve. J'étais le doyen des élèves, déjà père de famille, quand je me suis lancé dans ce b.a.-ba de l'agriculture, où l'on a entrepris de me convaincre qu'il fallait tout considérer sous l'angle de l'unité d'azote, du Métasystemox (un pesticide redoutable), etc.

J'ai opposé un refus instinctif à cet enseignement et, dès lors, je n'ai eu de cesse que de faire une agriculture vivante, différente et exempte de pesticides, exempte de poison pour la terre et l'humain. Mon ami le Dr Richard m'a alors conseillé de me tourner vers la biodynamie de Pfeiffer[1], parce qu'elle permettait à tout le moins d'écarter les dégâts causés par les intrants chimiques sur la santé des agriculteurs eux-mêmes. Ce fut un éveil pour moi. Il était impensable que j'utilise des poisons pour faire fructifier la vie. En bon autodidacte, je me suis documenté sur les pratiques de substitution dans le cadre d'une agriculture avant tout saine. Montchamp, le lieu choisi, était alors sans eau ni électricité et seulement accessible par un chemin à peine praticable. Je rappelle que nous étions en 1960, en plein exode rural, surtout

1. Ehrenfried Pfeiffer, *Fécondité de la terre*, 1938.

ici en Ardèche. Le silence et la beauté n'entraient pas dans les critères de reconnaissance bancaire, mais pour nous, ils primaient sur tout le reste. La simplicité, la frugalité ou la sobriété allaient donc de soi. Elles sont plus faciles à mettre en œuvre dans un tel contexte.

FABRICE. — Je ne pourrais être plus d'accord. Dans l'*Appel des coquelicots*, j'écrivais en conscience : « Rendez-nous la beauté du monde ! »

PIERRE. — Oui, nous sommes des êtres d'admiration. La beauté est un impératif catégorique. Ce qui m'a éveillé, c'est d'ailleurs le constat du malheur. De la laideur. De l'aliénation des agriculteurs. D'un côté, on les sommait d'injecter du poison dans le sol, et d'un autre côté, on les séquestrait par l'endettement. L'agriculteur était terrifié et obnubilé par ses annuités. Il l'est resté. L'issue naturelle, c'est la dépression. Le Dr Richard témoignait déjà de cet enfer autoconstruit.

FABRICE. — C'est toute l'histoire de la disparition de la civilisation paysanne. Ce monde avait ses limites, ses défauts et ses manques, et il devait bien entendu changer. Apporter plus et mieux à ses membres. Mais pourquoi l'avoir ainsi massacré ? Franchement, le modèle qui a pris sa place est-il meilleur ?

PIERRE. — Le paysan, c'était alors celui qui n'a pas réussi, l'attardé de l'histoire, le plouc. On a tout fait pour le dévaloriser en oubliant que, sans nourriture, le vivant disparaît.

FABRICE. — Ce système économique repose sur un individualisme forcené, qui impose à chacun d'avoir sa voiture, sa machine à laver, son portable, son tracteur, ses outils sophistiqués, sa remorque, etc. Les jeunes de 1968 protestaient contre la consommation, mais le paradoxe, c'est que cette génération a plébiscité la prolifération des objets matériels. C'est aux antipodes de la sobriété que tu souhaites tant, Pierre. Mai 68 a vu le déferlement des objets. La grande révolution dont personne ne parle, c'est l'aliénation par la possession frénétique de biens qui sont en fait des maux. Il va de soi que la sobriété est une réponse globale. La seule qui soit possible.

PIERRE. — Mais oui ! C'était cousu de fil blanc. Si l'on dynamise la frustration au lieu d'exalter la satisfaction, on va au crash. Autre préoccupation : en ne prenant pas en compte la détresse de nos lointains frères humains qui dépérissent – je pense aux enfants qui agonisent lentement de faim ou aux femmes qui donnent à leurs bébés du lait en poudre avec des dosages inadaptés et insuffisants –, on affecte insidieusement toute la collectivité humaine. Comment savourer le bonheur quand on sait qu'on laisse la faim emporter nos frères humains ? La faim, c'est la négation de la vie. Nourrir l'ensemble de la planète en rendant les êtres autonomes est la priorité des priorités quand on veut parler du vivant.

FABRICE. — Ah ! Ce fameux lait maternisé. Des envoyés des multinationales du secteur partaient dans les pays pauvres convaincre les mères de remplacer leur lait par cette fabrication industrielle. Un cauchemar. Qui me fait rebondir sur cette « sobriété heureuse », que je reprends bien entendu à mon compte. J'ai eu la chance – oui, finalement, cela m'aura servi – de connaître dans mon enfance la pauvreté, puis la misère. La pauvreté, qui est l'horizon indépassable d'une humanité confrontée aux limites physiques, c'est acceptable. J'y vois un synonyme de sobriété. En revanche, il faut lutter avec une extrême énergie contre la misère, qui déshonore, humilie, détruit. C'est d'ailleurs le thème développé dans un livre par Majid Rahnema, un ancien diplomate iranien, intitulé *Quand la misère chasse la pauvreté*[1].

BERNARD. — Personnalité très aimable que celle de Rahnema, décédé il y a peu. Il parlait de la « pauvreté choisie » qui pourrait permettre de lutter contre la production de misère, misère que le machinisme et la surproduction créent paradoxalement. Lui aussi préconise de changer nos modes de vie et d'intervention. Au Sahel comme ailleurs, on peut le constater sur le terrain, c'est la misère qui engendre l'immigration, ce n'est pas la pauvreté ou la sobriété, qui sont assez générales au fond. Quand on n'a plus rien à perdre, on se met en marche.

PIERRE. — Nous sommes d'accord. Mais je veux insister sur un point : les humains ne sont pas seuls au monde, et j'ai toujours été crucifié par la condition que nous faisons aux animaux. Une fois, je l'avoue, nous avions une vache et j'ai cédé au péché, si je puis dire, de l'insémination artificielle. L'inséminateur l'a blessée et rendue stérile. J'ai interprété cela symboliquement comme une sanction à un manquement. J'avais voulu sortir des lois de la vie et je m'étais fourvoyé…

BERNARD. — Une des caractéristiques du XIXe siècle, c'est ce qu'on a appelé « l'incendie de l'énergie

---

1. Majid Rahnema, *Quand la misère chasse la pauvreté*, Babel, 2004.

fossile » qui a inventé la vitesse. Au début de ce siècle-là, on commence à s'intéresser à des matières d'origine souterraine, charbon, gaz et pétrole. Ce sont des matières mortes, horizontales, disposées sous la couche d'humus qui engendre la vie et permet de la perpétuer. Elles sont symboliquement au-dessous de la vie. Cette quête effrénée a donné naissance à tout le chaos proche et moyen-oriental que l'on paie aujourd'hui. Selon Mohamad Amer Meziane qui parle d'« empires sous la terre » – c'est le titre de son ouvrage[1] –, le développement de cette activité extractrice est consécutif à la chute de Dieu sur terre. La sécularisation du monde, ou sa désacralisation si l'on préfère, et la relégation concomitante de Dieu, toutes deux engendrées par le scientisme et le rationalisme des Lumières, ont levé toute restriction. Dès lors que Dieu n'est plus au ciel, qu'il se trouve à terre – sur la terre même – et que ce monde est considéré comme la seule réalité, le droit de jouir de tout devient légitime pour les hommes « libérés ». L'abolition de la transcendance – voulue par l'Europe et non par les autres mondes ! – tout comme la « critique du Ciel » qui, selon Marx, nous exonère des promesses de jouissance dans l'au-delà ont créé un impératif de sécularisation, d'aplatissement si l'on veut, permettant d'exploiter sans limites tous les fruits de la terre, même les plus cachés. Débarrassée du poids du Ciel, la terre a été sacralisée pour de mauvaises raisons. Et, pour Meziane, c'est une

1. Mohamad Amer Meziane, *Des empires sous la terre. Histoire écologique et raciale de la sécularisation*, La Découverte, 2021.

forme d'impérialisme sous-terrain que l'Europe a mis en œuvre à compter de la fin du XVIIIe siècle. Sa thèse est beaucoup plus large et plus complexe – puisqu'il y voit une des raisons de l'ostracisation de l'islam, promu concurrent impérial de l'Occident à compter de ce moment-là –, mais je la trouve très intéressante.

La disparition de Dieu au ciel, et surtout dans les têtes, puis sa « chute » concomitante sur terre a favorisé la sacralisation des matières, le matérialisme et la dévastation écologique qui s'est ensuivie. C'est une forme de substitution, presque d'usurpation religieuse.

Or, on nous annonce aujourd'hui que la fin du pétrole est proche… Le spécialiste Matthieu Auzanneau, qui avait publié un ouvrage très documenté, *Or noir*, vient d'écrire un nouvel essai, *Pétrole. Le déclin est proche*. Cela n'empêche pas que de gigantesques projets soient encore enclenchés partout dans le monde… La malédiction de la chaleur est peut-être en train de s'achever, mais la sécularisation a encore de beaux jours devant elle, ne serait-ce qu'avec tous les métaux rares…

PIERRE. — L'enfer que le pétrole a créé risque de renaître. Avec la folie des hommes, on risque de s'attaquer aux sables bitumineux comme aux gaz de schiste pour les expurger de la moindre goutte du trop précieux nectar de pierre…

FABRICE. — Tout repose sur le volume global, final d'énergie que les humains brûleront. La première de toutes les clés, c'est la baisse drastique, du moins en Occident, de la consommation énergétique. Si on l'accepte, nous pourrons discuter. Si on la refuse, nous devrons tout accepter : le gaz, le pétrole, le charbon, le nucléaire, l'hydro-électricité, les éoliennes industrielles (que je juge désastreuses), etc.

BERNARD. — Autant je suis favorable au solaire, surtout individualisé, autant j'ai une très forte réticence quant à l'éolien qui détruit nos paysages, sauf s'il est individuel et sans prétention. On est loin des sympathiques moulins à vent. D'accord pour l'éolien individuel ou porté par un collectif citoyen à échelle humaine, mais ici, en Ardèche, on ne peut plus regarder une ligne d'horizon sans buter sur ces immenses pylônes à pales, à faible rendement, mais à forts impacts visuels. Pour le coup, la beauté n'est pas au rendez-vous et la rentabilité non plus quand on sait qu'EDF surpaye largement l'énergie issue de l'éolien, que tous les citoyens subventionnent d'ailleurs au travers de la CSPE, une taxe annexe qu'on trouve sur toutes les factures d'électricité. C'est un marché dopé aux subventions, ce n'est pas sain. Toutes les petites communes de France où il y a un peu de vent, sont approchées par des officines qui vantent l'intérêt de l'implantation de ces gigantesques pylônes arrimés au sol par de monumentaux blocs de béton. L'accès implique souvent de la déforestation, mais ce n'est évoqué qu'à la marge, presque en catimini. On fait juste miroiter les dollars de la redevance... Je l'ai vécu plusieurs fois dans ma commune. C'est un désastre annoncé... car rien n'est planifié ni organisé. Il faut que les mairies – et elles le peuvent ! – résistent à tout prix à cette tentation catastrophique !

PIERRE. — Il faut maintenant développer le génie de l'économie, le génie du « moins ». La performance par le moindre…

FABRICE. — Le jour où le génie humain - souvent époustouflant - s'attachera à ce « moins », sera à marquer d'une pierre blanche. Il y a vingt-cinq ans, j'ai lu un bouquin, *Facteur 4*, paru chez Terre vivante, qui montrait, exemples à l'appui, que l'on pouvait aisément diviser notre consommation énergétique électroménagère (frigo, machine à laver, etc.) par 4 sans renoncer à notre niveau de bien-être. Notre avenir est là. Il est à l'inverse de ceux qui favorisent l'éolien offshore. Le débat est aux mains du monstre EDF, qui serait en faillite - il doit au moins 43 milliards d'euros - s'il était privé.

PIERRE. — L'ogre électrique…

BERNARD. — La fée électricité a engendré l'ogre électrique !

FABRICE. — Le nucléaire, comme les routes et les autoroutes, comme le remembrement rural, comme la destruction systématique des haies, comme les villes nouvelles - tant d'autres -, a été décidé sans l'ombre d'un débat par une caste d'ingénieurs d'État : le Génie rural et les Eaux et Forêts, les Ponts et Chaussées, les Mines. Ils se sont arrogé un monopole de l'expertise technique et disqualifient par avance ceux qui osent les critiquer. Il y a trente ans de cela, je suis allé voir un ingénieur du BRGM (Bureau des recherches géologiques et minières) pour un article. Nous discutions depuis un moment quand tout à coup - il était un peu sarcastique -, il me dit : « Vous avez déjà vu des châteaux d'eau en

Angleterre ? » Je n'en savais rien. Et lui : « Il n'y en a pas, alors qu'en France, il y en a autant que de clocher ou presque. » L'explication, c'est que les ingénieurs des Ponts, en France, touchaient des « rémunérations accessoires », au prorata des volumes de béton coulé. Les collectivités publiques suivaient leurs conseils « techniques » avisés. Juste avant de me quitter, mon interlocuteur ajouta : « Monsieur, vous verrez bientôt fleurir des ronds-points, parce que les châteaux d'eau, c'est fini. » Et il avait raison. Nous sommes devenus les champions du monde des ronds-points… et certains valent des millions d'euros d'argent public.

Dans un autre domaine, l'essor organisé de la bagnole électrique repose largement, en France, sur EDF, une fois encore. La voiture électrique assure un avenir doré au nucléaire, qui fournit presque 70 % de l'électricité chez nous.

PIERRE. — Chaque fois qu'on aborde ces questions, je pense à Ivan Illich, qui relevait à juste titre qu'on s'évertue à disperser les choses pour rendre la voiture toujours plus indispensable. Lorsque j'ai proposé de créer des *Oasis en tous lieux*, l'idée était aussi de réduire les distances tout en réduisant le désert humain. Chaque fois que je me rends à Paris, je suis envahi par une forme de chagrin au vu de la pauvreté de la relation sociale. Dans les grandes cités, l'homme se transforme en fourmi – bien que les fourmis aient des relations – qui s'affaire dans un grouillement anonyme. C'est le même sentiment de déréliction du lien qui me frappe quand je monte dans un wagon archicomble, mais où personne ne se parle, parce que, paradoxalement, tout le monde est équipé d'instruments de communication. Le temps passé dans un train est un temps convivial, puisque nous sommes « incarcérés » ensemble dans un espace fermé. J'en profite donc pour échanger avec mes voisins et créer un microcosme convivial… Je m'y suis même fait de vraies amitiés. Enfin, c'était vrai hier, car aujourd'hui c'est silence absolu, à cause des instruments de communication à distance…

FABRICE. — Dans le métro, il y a dix ans encore, la moitié des passagers lisaient un journal ou un livre. Maintenant, 95 % des gens manipulent leur portable. Cela crée un étrange climat, qu'on pourrait aisément rapprocher d'une forme de folie.

BERNARD. — C'est l'enfermement dans un lointain cercle de proches et de complices par l'oubli du prochain, au sens évangélique du terme : le semblable qui est à tes côtés.

4

Nous voulons des coquelicots
– Un million de nouveaux paysans – Le juste prix
– Réhabiter la France – Des micro-fermes
pour une micro-agronomie – Retour au Larzac –
Éduquer les enfants – Un déjeuner
avec le futur président – L'écologie à la maternelle

FABRICE. — Parlons donc des « Coquelicots », l'un de mes grands souvenirs. À l'automne 2017, j'ai imaginé un grand mouvement de refus des pesticides, puis rédigé un appel[1] à la beauté du monde. J'ai vite été rejoint par trois personnes irremplaçables, Mariane Frisch, Dominique Paris et Gil Mas. Tout s'est concrétisé autour d'une bouteille de vin chez les deux derniers, décorateurs de grand talent.

Au lancement de l'Appel, en septembre 2018, nous disposions d'un merveilleux symbole : un coquelicot en tissu, que l'on pouvait porter en sautoir. Bien sûr, nous n'avions pas un rond. Mais le succès a été phénoménal : dès les tout premiers jours, nous avons obtenu 100 000 signatures en ligne. Nous étions portés, débordés. La France a ensuite compté jusqu'à 850 groupes locaux des Coquelicots, qui, chaque

1. Voir annexe 4.

mois, organisaient des rassemblements devant les mairies. Le coronavirus nous a percutés, comme le reste de la société, mais 1 200 000 personnes nous ont finalement rejoints. J'en aurais pleuré. Parallèlement, dès l'automne 2019, j'ai réuni un autre groupe de paysannes et paysans, mais aussi de personnalités – je pense au sénateur Joël Labbé –, car je souhaitais lancer sur le même modèle que les Coquelicots « Nous voulons des paysans ». De nouveau, j'ai écrit un appel[1] qui demandait un plan global de sortie de l'agriculture industrielle, en dix ans, soutenu par un investissement géant de 300 milliards d'euros, avec à la clé l'installation de 1 million de nouveaux paysans dans les campagnes, pour commencer. Je continue de penser que ce serait le début d'un cercle vertueux, capable de rééquilibrer ce pays bancal, de restaurer une partie de la biodiversité disparue et de faire face, ensemble, à la crise climatique et à ses effets sur l'agriculture. Le grand dérèglement va nous obliger à faire de la dentelle en changeant les cultures au coup par coup, de manière à faire face à des aléas de plus en plus nombreux. Le modèle, pour moi, c'est l'Inde d'avant les pesticides, qui comptait autour de 100 000 variétés de riz, adaptées à toutes les circonstances.

Mais aussi, si l'on installait 1 million de paysans en quelques années, on repenserait tout l'espace, saccagé par les plans d'aménagement des années 1960. De nombreux villages, dotés de vrais services publics, se réveilleraient, et même des petites villes aujourd'hui à l'abandon. Oui, on peut imaginer

1. Voir annexe 5.

ensemble une nouvelle agriculture biologique, entreprenante, capable de créer de très nombreux emplois. C'est une utopie, mais je la trouve enthousiasmante.

BERNARD. — Dans la ferme biologique du Bec-Hellouin, Charles et Perrine Hervé-Gruyer s'échinent depuis des années à montrer, avec l'appui d'AgroParisTech, que l'on peut vivre dignement et rentablement avec une micro-ferme menée en permaculture. C'est très encourageant et compatible avec ton projet, mais pour des raisons qui relèvent de l'économie, des prix d'achat et de vente conditionnés par des cours mondiaux, l'agriculture est aujourd'hui sous perfusion et beaucoup de paysans ne vivent réellement que grâce aux aides massives de la PAC (politique agricole commune). On ne leur paie pas le vrai prix. L'économie agricole est faussée par les exigences politiques de paix sociale.

FABRICE. — Soit, mais le mouvement crée le mouvement. Au début du XXe siècle, il y avait approximativement de 30 à 35 francs sur 100 de budget qui allaient à la nourriture. Aujourd'hui, on en est arrivé à 15 %. Si on ne parvient pas à imposer cette idée simpliste, mais fondamentale que l'alimentation est le point de départ de tout, on ne s'en sortira pas. Une bonne nourriture est plus importante que trois téléphones portables. Autrement, nous sommes perdus. Il faut donc payer l'alimentation à son juste prix.

BERNARD. — Le paysan, c'est l'habitant d'ici, de *ce* pays, de *cette* terre. Thibon, fils de paysan, disait déjà en 1949 que cet habitant-là était en voie de disparition.

FABRICE. — Mais oui ! La France est un pays peuplé, mais désert en son cœur.

BERNARD. — C'est ce que recherchent de nouvelles générations en quête d'espaces vierges, se préoccupant de leur alimentation et de leur environnement, voire se mobilisant face au basculement climatique. Ces générations qui ont fait fi des idéologies mortifères sont ouvertes et à l'écoute. C'est une jeunesse qui sort de l'étouffoir des villes et qui envisage sérieusement une vie plus équilibrée et en lien direct avec la nature, voire simplement à proximité d'elle. C'est un mouvement encore balbutiant, certes cantonné à une frange de la société, mais c'est une avant-garde.

PIERRE. — Entre le paysan et la terre il y a une dimension d'étreinte nuptiale. Traditionnellement, le paysan est étreint par la terre et il étreint la terre. Il ne l'exploite pas ! C'est quelque chose que nous avons constaté avec nos stagiaires qui ont entrepris de renouer avec la terre à nos côtés. Tous n'avaient pas la main verte ou le sens de l'élevage, mais nous avons pu les initier à la terre.

BERNARD. — Fabrice imagine une nouvelle révolution par un retour non improvisé à la terre et c'est vrai que des néo-ruraux d'hier, comme moi, voient arriver aujourd'hui des jeunes, prometteurs et très professionnels, animés d'une vraie volonté de basculement... C'est encourageant, on peut à cet égard être « opti-pessimiste », comme dit Edgar Morin. Fabrice, il y a quelque chose qui plaide en ta faveur : Perrine et Charles Hervé-Gruyer[1] parlent avec enthousiasme

---

1. Perrine et Charles Hervé-Gruyer, *Permaculture. Guérir la terre, nourrir les hommes*, Actes Sud, 2014.

des nombreux jardiniers-maraîchers parisiens du XIXe siècle. À la veille de la guerre de 1870, un manuel spécifique, destiné à la culture maraîchère de la seule ceinture parisienne, était même paru. Il expliquait avec moult détails comment produire en quantité sur un petit espace et toute l'année, sans machines ni engrais ! En fait, les jardiniers-maraîchers parisiens réalisaient alors huit ou neuf rotations culturales par an... Déjà, en 1845, le travail de quelque neuf mille petits paysans parisiens suffisait à nourrir la capitale ! On a oublié cette « caste » de jardiniers-paysans qui n'épuisaient pas les sols tout en étant relativement prospères... Ils ont été évidemment évincés par la pression foncière... Il nous reste juste la station de métro « Maraîchers » pour savoir où se situaient ces jardins ! Pour favoriser la production locale, une partie de ces nouveaux paysans devraient ceinturer les villes !

PIERRE. — Si le politique s'empare de ce mouvement et propose un support financier moyennant des prêts sans intérêts, c'est bien ; mais il faut au préalable qu'ils acquièrent les savoirs et les savoir-faire qui vont permettre de réussir. Il faut d'abord apprendre le métier, c'est une exigence première. L'échec est un mauvais témoignage.

FABRICE. — Comme l'État ne sera pas moteur, il faut que la société le soit. Sur le plateau du Larzac, la population était vieillissante avec des troupeaux de brebis et des villages à l'abandon. La bataille contre l'extension du camp militaire a été gagnée, mais comme l'État avait préempté 6 300 hectares, les habitants ont imaginé quelque chose d'ingénieux : la création d'une société – la Société civile des terres du Larzac – qui gère l'ensemble comme un propriétaire et accorde des baux emphytéotiques à des gens qui s'installent et en vivent. Mais au moment de la retraite, on ne lègue pas le bien à ses descendants : il retourne dans les actifs de la société, à charge pour cette dernière de le réattribuer. Et ça marche formidablement bien !

Je crois nécessaire d'ajouter que la société a bougé, beaucoup et dans le bon sens, malgré les apparences. Et aujourd'hui le Larzac est une zone prospère, une réussite. Il y a trente-cinq ans, il n'existait aucun supermarché bio dans Paris, et mon ami Olivier Mugler s'ennuyait ferme à la Poste. Il a eu l'idée d'ouvrir un magasin où l'on trouverait tout, bio évidemment. C'est un homme sérieux et, muni d'un *business plan* impeccable – il lui fallait 750 000 francs de 1995 –, il a fait le tour des banques parisiennes, qui ont toutes refusé. Aidé de sa famille, d'amis et de l'organisme financier alternatif La Nef, il a réussi. En deux ans, il avait tout remboursé. Et Canal Bio, sur le canal de l'Ourcq, est toujours là.

BERNARD. — Pour ma part, j'ai eu la chance de grandir dans une famille naturellement portée vers le bio. Dans mon activité apicole, dès 1977, comme plus tard dans mon activité artisanale, puis industrielle lorsque j'ai créé Melvita, je me suis inscrit dans le mouvement bio qui a toujours été, et presque exclusivement, au cœur de notre activité. La *base line* de Melvita a longtemps été « La nature au cœur ». C'était une formule miroir avec le fait que notre entreprise était « au cœur de la nature ». Le bio a été longtemps une révolution urbaine. En revanche, les jeunes paysans – les fils des paysans traditionnels – passent au bio par conviction ou par opportunisme. Les agriculteurs conventionnels y vont à reculons, car changer, c'est toujours mourir un peu.

FABRICE. — Ce qui est important, c'est que pour la première fois, on dispose d'une base sociale qui veut cela. Mon rêve de faire revivre nos mobilisations pour créer des paysans à la campagne n'aurait aucun sens s'il ne s'inscrivait pas dans un mouvement général de la société.

PIERRE. — Là où je fais un peu un pas de côté, c'est que je distingue volontiers entre celui qui mange bio pour sauver sa peau et celui qui s'investit dans une démarche, une logique responsable, éthique. Si l'on n'augmente pas le nombre de gens qui, en conscience, s'impliquent dans le fait qu'il faut avant tout respecter le vivant et comprendre que nous sommes les enfants de cette réalité, que nous sommes en elle, on n'aboutira pas à sauvegarder la nature. C'est ce lien que je cherche à préserver, parce que c'est une réalité ombilicale.

FABRICE. — Certes, mais si nous n'avions pas vu en vingt-cinq ans beaucoup de gens changer de perception et de régime alimentaire, où en serions-nous ? Nous serions désespérés. Il s'agit d'une révolution authentique, réussie dans un temps très bref.

PIERRE. — L'écologie n'a pris ses lettres de noblesse que depuis peu. Auparavant, les gens vivaient simplement et sans empoisonner la terre. Aujourd'hui, en fait, on essaye de corriger une transgression et ce que je souhaiterais c'est qu'au-delà de cette correction, on renoue avec l'esprit de la vie même. Se limiter à dire « je mange bio pour ne pas m'empoisonner », c'est un peu court…

FABRICE. — C'est vrai, mais tu incarnes une avant-garde de la société, un point avancé du front, avec cette dimension prophétique qui est ta signature. C'est ainsi qu'une société avance… ou pas.

PIERRE. — Un pas décisif serait fait si l'éducation des enfants intégrait cette réalité. On les fait naître dans un monde de transgression et après on met des rustines pour corriger le tir. Je croirai à un changement social quand on commencera à dire qu'on va initier les enfants dès le plus jeune âge à la préservation de la vie. C'est une rupture et une initiation à la vie, à son mystère, qui est fondamentale. Dès que nous arrivons à la vie, il faut que nous soyons initiés à la réalité de la vie, à la réalité naturelle, pour mieux la respecter. Dès qu'il est tout petit, l'enfant doit intégrer cette dimension de respect. Il y a une réforme de l'éducation à faire. C'est une priorité absolue. Éduquer, c'est transmettre des savoirs et des valeurs…

BERNARD. — En février 2017, nous avions, Pierre et moi, en compagnie de Maurice Freund et d'un ami voyagiste qui avait joué les *go between*, déjeuné avec Emmanuel Macron alors en campagne. Nous n'étions pas demandeurs, lui non plus, je crois. Il était venu au rendez-vous avec Ismaël Emelien. Nous avions cherché à le sensibiliser à l'omniprésence et à la dangerosité des perturbateurs endocriniens et il avait souhaité qu'on lui en nomme un parce que « c'était important d'avoir un nom et un exemple ». Outre les phtalates, j'avais donc évoqué le fait que le glyphosate était un probable perturbateur endocrinien. Il notait tout avec son stylo plume à l'encre turquoise sur un papier bleu vif en harmonie avec ses yeux. Le futur président faisait montre d'une impressionnante capacité d'attention, mais à l'évidence, il n'avait jamais entendu parler du glyphosate... Au vu des multiples reculades parlementaires que le glyphosate a occasionnées depuis, il a pu mesurer la puissance du lobbying agricole et bénéficier en accéléré de cours de rattrapage ! À la fin de la rencontre, après avoir évoqué l'enlèvement alors tout récent de Sophie Pétronin par AQMI – elle est une proche amie de Maurice Freund –, Pierre lui avait demandé sur le ton d'une supplique d'introduire l'écologie à l'école dès la petite enfance. Non pas comme un vague chapitre des sciences de la vie et de la terre, mais comme une matière à part entière, enseignée dès le primaire, parce que c'est l'école qui est la mère de tous les combats ! Pierre, manifestement, tu n'as pas été entendu...

PIERRE. — Et c'est très regrettable, parce que si l'on veut que les générations futures comprennent les enjeux et agissent, il faut délivrer très tôt un enseignement qui marque les esprits, même ceux des tout-petits ! On voit que des jeunes se mobilisent, et c'est bien, mais j'ai le sentiment que cela reste limité à certains d'entre eux seulement, qui vivent souvent en ville... Si tous les enfants étaient conscients des enjeux, ils sauraient prendre demain les décisions radicales que leurs aînés refusent de prendre... Ils ne feraient pas les autruches ! La vie quotidienne changerait du tout au tout.

BERNARD. — Quand tu as proposé cela, j'étais un peu dubitatif, mais, à la réflexion, c'est une proposition qui pourrait être passionnante. L'écologie ferait l'objet d'un cours tout au long du cursus scolaire. On devrait y associer clairement la question du climat et travailler pédagogiquement sur les quatre grands éléments fondateurs que sont l'eau, la terre, l'air et le feu-énergie... Ils sont tous les quatre des monuments en péril... que les enfants peuvent aisément identifier. Ce serait un retour aux fondamentaux !

PIERRE. — Absolument. Ce sont les « quatre charpentes de la grande case de la vie », comme on m'a dit en Afrique, et il est plus qu'urgent d'éveiller les jeunes consciences aux périls à venir – et déjà présents ! – par de vraies « leçons de choses », comme on disait autrefois, et par des travaux pratiques qui nous reconnectent à la terre. La relégation des mains et l'oubli du contact avec la terre nourricière s'apparentent à une mutilation et pour comprendre l'écologie il faut mettre la main à la terre comme on la met à la pâte. C'est sensoriel. C'est notre mère. Nous verrons bientôt revenir les famines qui alerteront sur notre fragilité, mais ce sera trop tard, parce que le sommeil collectif aura fait son œuvre... Je me tue à le dire depuis longtemps, mais la question de l'autonomie alimentaire ne concerne pas seulement les Africains. Notre vulnérabilité est immense. Nous sommes à l'évidence un colosse aux pieds d'argile !

BERNARD. — Dans ces cours d'initiation et de perfectionnement à l'écologie, devenue une matière à part entière, on pourrait s'initier à la pratique du compostage et découvrir *de visu* en labo le travail des vers de terre et son importance décisive pour les sols. L'alimentation et la faim ne seraient plus des notions abstraites parce qu'on les présenterait sous l'angle du vivant. Ces cours pourraient offrir une histoire du climat, de son incidence sur le cours de l'histoire humaine, tout en montrant l'influence des épidémies telles que la peste ou le choléra qui ont bouleversé la démographie et donc notre impact sur terre. On aurait une approche de l'histoire à travers l'évolution du climat qui n'a pas été toujours tempéré ou caniculaire. On y délivrerait aussi une histoire approfondie des écosystèmes et des semences voyageuses ; on y évoquerait les risques sanitaires liés à la déforestation, à la monoculture et à la baisse de la biodiversité ; l'incidence des engrais et des pesticides pourrait être précisée ; l'astrophysique et l'évolution du monde y seraient incluses, parce que l'écologie est universelle et « extra-terrestre » ; la question de la sauvegarde du vivant et des espèces menacées y serait largement développée ; on y trouverait aussi de l'écologie urbaine, une réflexion sur les énergies renouvelables ou non, on discuterait des décisions prises lors des sommets mondiaux sur le climat et de leurs enjeux ; le programme intégrerait une découverte du tri, du recyclage et de l'économie solidaire, on y découvrirait enfin les métiers de l'écologie et on créerait ainsi des vocations. La largeur des thèmes développés montrerait que l'écologie est un angle de vue passionnant pour comprendre l'histoire, la géographie et la biologie, et non une discipline punitive !

5

La vie animée de Fabrice – L'écologie c'est quoi ?
– Des scènes d'émeutes – Deux attentats
– La vie déchirée de Pierre – L'agroécologie est une éthique

FABRICE. — Vous voulez que j'expose ma vie ? J'irai donc à l'essentiel. Je suis né dans une famille ouvrière. Mon père était ouvrier dans un atelier d'estampage, et il est mort quand j'avais 8 ans. Après sa disparition, et comme ma mère devait nourrir ses cinq enfants, nous avons basculé dans la misère.

Je ne souhaite pas entrer dans les détails, mais la délinquance, souvent très violente, a accompagné toutes ces années. Ma sœur, puis ma mère en ont été les actrices. J'ai grandi dans une atmosphère saturée d'angoisse. C'est sans doute pour cela que la politique a joué un si grand rôle, celui de ligne de vie. Mon père était en son temps communiste, ce qui voulait dire stalinien. Il était bon et généreux, mais également stalinien. C'est-à-dire qu'il attendait de l'Union soviétique, infernale dictature pourtant, qu'elle réalise le paradis sur terre. Cet horrible paradoxe me poursuit. Cet excellent homme adorait ses enfants, mais défendait aussi, sans en avoir conscience, le mensonge et la trahison.

J'ai été influencé par lui, sans l'ombre d'un doute, mais à une différence fondamentale près : je n'ai jamais été stalinien. Dès mes 14 ans, j'ai commencé la politique active, et j'ai continué à militer pendant des années dans des organisations certes révolutionnaires, mais antistaliniennes. L'année de mes 15 ans, j'ai ainsi manifesté en soutien aux ouvriers polonais massacrés par la police d'État au cours des émeutes de la Baltique de 1970.

Attention ! je ne prétends pas avoir été extralucide. Je croyais bien des sottises, mais au moins, je n'ai pas versé dans le culte odieux de Mao et de la Chine totalitaire. En fait, cet engagement précoce aura été un extraordinaire moment de libération personnelle. Toutes les questions que je me posais sur la misère, à propos de mon père, qui avait travaillé toute sa vie jusqu'à soixante heures par semaine, six jours sur sept, trouvaient là une réponse. Il avait été exploité, car il y avait des exploiteurs. La seule solution, c'était la révolution sociale. J'ai vécu cet engagement comme un absolu et j'ajoute que j'ai cru à la violence. Oui, j'ai cru que l'on pouvait et que l'on devait tirer sur les malheurs du monde – pas en France, même si pendant un temps je n'ai pas hésité à affronter physiquement les petits groupes fascistes dans des structures semi-clandestines, mais ailleurs, oui, à commencer par le continent latino-américain.

Vers 1977 et surtout 1978, j'ai participé à Paris à un tout petit – étions-nous six ou sept ? – comité de solidarité avec le Front sandiniste de libération nationale (FSLN), un groupe nicaraguayen de guérilla. En faisait partie celui qui deviendrait le premier ambassadeur sandiniste à Paris, Pablo Centeno Gómez, qui était veilleur de nuit dans un hôtel. Plus tard, j'ai décidé d'aller là-bas. J'avais le goût de la révolution, je voulais la sentir de près.

Je n'ai guère envie de parler du reste. Je puis juste dire que j'ai été mêlé à divers événements violents, notamment au Salvador voisin. J'ai senti d'assez près la mort, ce qui pourrait passer pour une prédestination. À Managua, j'ai côtoyé plus d'une fois Daniel Ortega, le président despote en titre, et son frère Humberto, qui deviendrait chef de l'armée. C'était exaltant : des jeunes gens, souvent héroïques au combat, dirigeaient un pays, aussi petit qu'il fût. La garde nationale du dictateur Anastasio Somoza Debayle avait été balayée après des combats très durs et – comment dire ? – c'était exaltant. Mais je fus très vite mal à l'aise, car je voyais en actes tout ce que je refusais : la lutte pour les places, la soif de pouvoir, l'éternel retour de la domination. Et je suis rentré écœuré par l'influence croissante que les staliniens locaux avaient sur le FSLN et le Front Farabundo Martí de libération nationale (FMLN), son équivalent du Salvador. On peut dire que je suis retourné en Europe vacciné à jamais contre l'autorité, la hiérarchie, le contrôle… et la violence, même s'il me fallut encore quelques années d'efforts.

Cela peut paraître contradictoire, mais l'écologie était pourtant en moi. Je me rappelle très bien le *Charlie Hebdo* de juillet 1971 – je n'avais pas 16 ans – qui appelait avec Fournier à la première manif antinucléaire de l'histoire de France, au Bugey, dans l'Ain. Et ce numéro d'*Actuel* – un mensuel très inspiré par les révoltes de la jeunesse américaine – en octobre 1971, qui me fit découvrir un mot nouveau, « écologie ». Un personnage dessiné, assis sur le toit d'une voiture qui s'enfonçait dans la… crotte, avait juste le temps de lâcher : « Beuark. » Oui, sans exagérer, j'étais écologiste. Simplement, je pensais qu'il fallait d'abord et avant tout détruire l'ordre social, que je jugeais responsable de tout. Pendant toutes ces années de première jeunesse, et à côté du reste, je fus de toutes les mobilisations écologistes : la première manif à vélo sur les quais de Paris au printemps 1972 ; le Larzac ; les mobilisations contre les centrales nucléaires de Creys-Malville et Plogoff.

Si l'écologie et la politique extrémistes ont joué un rôle central dans ma jeunesse, je ne saurais oublier la délinquance. De nouveau, je ne souhaite pas entrer dans les détails, même si la prescription a tout effacé depuis un moment. Mais disons qu'autour de ma vingtaine, j'ai bien failli basculer dans une délinquance dure. J'ai été retenu par un fil, mais je ne sais pas lequel, car j'étais habité par une rage que je ne sais pas non plus expliquer. L'idée même de travailler toute ma vie me paraissait d'emblée exclue. Comme mon père ? Je pensais que le vol était un mode de vie plus honorable que d'autres.

Pourtant et en même temps – comme c'est curieux, avec le recul –, j'ai créé en 1977, avec de bons amis comme Joelle et Jean-François Ayats, un journal qui s'appelait *Banlieue de Banlieue*, sur le ton de « Bon Dieu de Bon Dieu ! ». C'était un mensuel qu'on appelait de « contre-information », qui couvrait la Seine-Saint-Denis, mon département d'origine. L'écologie y était à peu près partout, dans la forme si singulière des années 1970.

BERNARD. — Mais comment es-tu devenu journaliste ?

FABRICE. — En donnant un coup de pied dans la porte ! Je n'avais pas fait d'études, et par une ruse de guerre – j'ai fait croire que j'avais travaillé pour de grands journaux –, je suis entré en 1984 à l'hebdo *Femme actuelle* comme secrétaire de rédaction. C'était un métier très technique alors, ce qui ne fut pas très simple, mais en même temps très drôle. Je suis devenu reporter en 1988 en m'embarquant dans l'aventure de l'hebdo *Politis* que lançait le journaliste de télé Bernard Langlois. C'est d'ailleurs là que j'ai écrit mes premiers articles enthousiastes sur toi, cher Pierre. Ensuite, j'ai travaillé pour des journaux très respectables, comme *Le Canard enchaîné*, *Géo*, *Télérama*, *Terre Sauvage* et même *La Croix*, quotidien... catholique.

Un beau jour, j'ai réalisé que je n'étais plus de gauche, au sens que l'on donne généralement à ce mot. Et comme je n'envisageais pas de devenir de droite, je me suis posé de nouvelles questions. D'évidence, l'écologie était une nouvelle manière de voir. Je tiens d'ailleurs depuis 2007 un blog qui contient plus de mille cinq cents articles écrits seulement pour lui, *Planète sans visa*. Et son sous-titre est limpide : « Une autre façon de voir la même chose. » J'ai vraiment rompu avec cette gauche à la suite d'une chronique sur une énième réforme des retraites, que j'avais titrée « Retraite ou déroute ? ». J'en avais marre de ces points de vue franchouillards qui ignoraient le monde réel. Et j'écrivis :

> Nous sommes – *grosso modo* 500 millions d'habitants du Nord – les classes moyennes du monde réel. Nous consommons infiniment trop et précipitons la crise écologique, jusqu'à la rendre peut-être – probablement – incontrôlable. Tandis que 4 ou 5 milliards de ceux du Sud tiennent vaille que vaille avec 2 ou 3 euros par jour – et quelquefois bien moins –, nous vivons de plus en plus vieux et ne travaillons pour de vrai qu'à partir de 23 ou 25 ans. La conclusion s'impose : ne touchons surtout à rien !

Et encore :

> Où trouve-t-on la moindre critique de la prolifération d'objets inutiles et de l'hyperconsommation chère à tant de retraités ? Où sont les combats intellectuels et moraux contre le règne de la marchandise, et contre cette aliénation de masse qui repousse toujours plus loin les frontières de la pauvreté ? L'avenir, le seul avenir discernable est à la sobriété, à la réduction de notre emprise matérielle sur les ressources de notre minuscule Gaïa. On cherche des alliés. Désespérément.

C'était en 2003. Et ce fut un acte de rupture intellectuelle et morale.

PIERRE. — Le propos de Fabrice, par quelque mystérieux détour, me fait penser à mon film préféré, *Apocalypse Now*. Il décrypte précisément la violence dans toute sa complexité au travers de l'itinéraire de ce capitaine… Il laisse entendre qu'il y aurait une violence morale et une violence immorale.

FABRICE. — J'aimerais croire, bien sûr, que cela soit vrai. Je me suis opposé à un dictateur féroce, qui balançait ses opposants dans des volcans depuis un hélicoptère. C'était un vrai monstre, un monstre corrompu jusqu'à la moelle, protégé par une garde prétorienne qui terrorisait et torturait... Je ne peux regretter tout à fait, mais bien sûr, lorsque je vois ce que sont maintenant le FSLN de ma jeunesse et Daniel Ortega, président devenu satrape, je m'interroge. Ma vie est ainsi faite de hauts et de bas, mais ce qui est sûr, c'est qu'elle aura été différente de la vôtre !

BERNARD. — Peut-être pourras-tu nous parler plus avant des deux graves attentats qui t'ont touché dans ta chair ?

PIERRE. — Et j'ajouterai : est-ce que cela t'a semblé une forme d'initiation, aussi cruelle qu'elle ait pu être ? Et alors, de quoi ?

FABRICE. — Je ne suis pas gêné d'en parler, mais j'ai l'impression qu'on parle trop de moi. Le 29 mars 1985, j'ai été victime d'une bombe placée au cinéma Rivoli-Beaubourg, où j'étais venu voir un film du festival du cinéma juif. Je n'ai été que blessé, car le souffle de la bombe s'est échappé par le toit qu'il a ouvert, et n'est donc pas retombé sur moi, sur nous. Un miracle. L'attentat a été revendiqué par le Djihad islamique depuis Beyrouth. Trente ans plus tard, travaillant pour *Charlie Hebdo*, j'ai pris trois balles de kalachnikov dans le corps au cours de l'attentat du 7 janvier 2015. Des amis sont morts – faut-il rappeler Charb, Cabu, Honoré, tous les autres ? – et j'ai survécu, avec de lourdes séquelles. C'est comme cela. Un destin. Je me permets d'ajouter une anecdote : quand j'ai commencé à écrire pour ce journal anticalotin qu'est *Charlie*, en 2009, j'étais chroniqueur à *La Croix*, grand journal catho ! Le grand écart, que j'assume au nom du grand combat qui est le nôtre.

Au reste, cette même année 2009, j'ai pu créer dans le cadre de Bayard, propriétaire de *La Croix*, une revue que j'ai adorée, *Les Cahiers de Saint-Lambert*. Le prêtre catholique Dominique Lang en était le directeur et moi le rédacteur en chef. Son sous-titre, explicite : « Ensemble face à la crise écologique. »

PIERRE. — Si ma propre biographie est surréaliste, la tienne l'est plus encore ! Je vois à quel point le terreau familial est déterminant. Moi-même, si je me suis trouvé embarqué dans cette histoire, c'est à cause de la volonté de mon père qui voulait m'extraire de mon milieu confiné. Et lorsqu'on entre dans cette filière-là, il n'y a pas de marche arrière possible. En réalité, j'ai vécu un immense chagrin après sa décision de me confier à des Blancs. Je n'aspirais qu'à retourner dans mon bled et à mener la vie de tout le monde, de me marier et d'avoir des enfants… Or cela n'a pas été possible, et ce à cause de l'être qui m'aimait le plus, mon père. J'ai énormément souffert. Je ne parle même pas des larmes. Le départ était une manière de trahison de mes frères. Plus encore lorsque je suis devenu chrétien… C'était impossible à dire.

FABRICE. — Tu n'avais plus de place…

BERNARD. — Tu étais *dé-localisé* et même *dis-loqué*. *Locus*, c'est le lieu… Tu n'avais plus de lieu de résidence. Ton âme avait perdu sa géographie intime. C'est ce qui arrive à beaucoup de migrants. Ils sont déboussolés et perdus, faute de repères.

PIERRE. — Mon père, qui souhaitait que je ne perde pas mes bases religieuses, m'avait confié à mon oncle imam afin qu'il m'initie au plus haut niveau. Manque de chance, sa femme ne pouvait pas me piffrer. J'étais perçu comme le concurrent de ses propres enfants. Et je pouvais le ressentir jusque dans le partage de la nourriture !

FABRICE. — Petite cause, grande conséquence... Mais ton père avait-il senti chez toi des dispositions particulières ?

PIERRE. — Je ne crois pas. Je l'ai déjà dit : tout venait d'un constat. Notre société séculaire était remise en question. Elle avait trouvé plus fort qu'elle. « Les roumis ont découvert de la houille, ils vont l'extraire et en tirer parti, il faut donc que mon fils se rapproche d'eux pour ne pas disparaître comme notre société va le faire. » Et il y a une douleur que je n'ai jamais résolue, c'était le fait d'avoir été très tôt orphelin de mère. Le visage de ma mère ne m'est jamais apparu autrement que comme derrière une vitre martelée. Une image fugace et vague pour démarrer dans la vie. Mon frère a un an et demi de moins que moi et nous avons gardé un lien fort, même si je ne suis jamais retourné là-bas. Et je crois que ma « réussite », ou plutôt ma notoriété, rejaillit sur eux et qu'ils en sont fiers. Je suis souvent allé au Maroc – Bernard, Terre & Humanisme Maroc et moi y avons créé un centre de formation à l'agroécologie non loin de Marrakech – ou en Tunisie, toujours pour promouvoir l'agroécologie dans l'oasis de Chenini-Gabès, au Niger ou en Mauritanie. Mais, hormis un passage éclair aux débuts des années 1990, je ne suis pas retourné en Algérie, même si on m'a souvent sollicité. J'avoue aussi que je n'ai pas eu envie de revoir mon village natal couvert de paraboles et de béton...

Et puis, peut-être que cela n'aurait pas eu l'heur de plaire aux intégristes !

FABRICE. — Moi, je vois ta présence au monde comme un lumignon, ou plus sûrement un fanal. Une lumière. Un repère dans la nuit. Le romancier hélas oublié Victor Serge a écrit un roman dont le titre, *Minuit dans le siècle*, est magnifiquement expressif. On est au plus profond de la nuit et nous avons le besoin désespéré de Pierre Rabhi. Tous ces projets que tu as initiés sont irremplaçables. Ils ont redonné un espoir puissant à beaucoup d'êtres qui ne comprenaient plus ce qu'ils pouvaient faire. Et ton destin familial – j'en profite pour saluer ton épouse, la toute petite et si grande Michèle – est la preuve qu'il est possible de faire. D'agir. De réussir une vie sans suivre les routes déjà tracées.

PIERRE. — Il y a trois semaines, j'ai eu au téléphone un Burkinabé. Au « pays des hommes intègres », j'ai aidé à former à l'agroécologie des milliers de petits paysans. Et mon interlocuteur m'annonçait la tenue de petits congrès sur l'agroécologie, ajoutant : « Cela s'est bien développé depuis que tu es venu pour lancer tout ça ! » Je dois l'avouer, c'est gratifiant.

BERNARD. — Terre & Humanisme travaille toujours au Burkina, tout comme au Mali où des associations sœurs œuvrent au quotidien, même s'ils ne peuvent s'y rendre physiquement. Ce qui est aussi très emblématique, c'est que la sœur de Thomas Sankara, Blandine Sankara, est une militante agroécologiste qui a fondé une ferme expérimentale – *Yelemani*, « changement » en dioula – il y a plus de dix ans. Elle est très impliquée dans la question de la souveraineté alimentaire et c'est une grande amie fidèle de Pierre.

PIERRE. — C'est une femme exemplaire... et son frère, un modèle.

FABRICE. — Un mot sur Thomas Sankara, qui fut président du Burkina Faso de 1983 jusqu'à son assassinat en 1987. Il était, je crois pouvoir le dire, unique. Il roulait en 4L quand les « élites » africaines préfèrent les Mercedes et considérait pour de vrai les gueux que sont les paysans burkinabés. Il avait même envisagé de donner un ministère à notre... Pierre Rabhi national. Qui est derrière son élimination ? La France a-t-elle joué un rôle ?

BERNARD. — Hélas ! la réponse pourrait être dans la question... Thomas Sankara est une comète trop tôt éteinte pour qu'on puisse mesurer l'impact qu'il aurait pu avoir sur tout le continent africain. Il a eu de vertueux conseillers européens qu'il avait su écouter : outre Pierre lui-même, Jean Ziegler et l'improbable et savoureux Guy Delbrel, longtemps le Monsieur Afrique d'Air France qui en parle excellemment tant il lui fût proche !

PIERRE. — En transmettant l'agroécologie, on transfère des méthodes, mais on sauvegarde aussi des terres et on libère les paysans d'une subordination à tout un système agronomique qui ne sait que vanter pesticides et engrais. L'agroécologie est une éthique, un art de vivre, une grande révolution sociale et culturelle et pas seulement une alternative agronomique. Car c'est une approche respectueuse de la vie, qui nécessite des connaissances techniques de substitution. D'où cette marotte personnelle qu'est la formation...

BERNARD. — Fabrice, ta mue intellectuelle s'est accompagnée d'un engagement souvent concret, sur le terrain. Tu te souviens du début ?

FABRICE. — Il me faut parler du grand combat de la fin des années 1980 contre les barrages sur la Loire. Un féodal, le maire de Tours Jean Royer, voulait corseter notre grand fleuve, l'empêcher de respirer, et détruire pour cela quantité de paysages uniques. J'ai écrit le premier article sur le sujet et je suis allé bien au-delà de mon rôle officiel de journaliste. C'est devenu une cause sacrée, par bonheur victorieuse.

Et je n'ai jamais cessé. J'ai révélé les dessous démentiels de la décharge de Montchanin, en Saône-et-Loire, où 1 million de tonnes (!) de déchets industriels avaient été enterrés à quelques mètres des premières maisons. J'étais au Somport, ce tunnel que l'on a fini par creuser dans la vallée d'Aspe ; dans le marais poitevin, massacré par le maïs intensif, où nous avons tenté de stopper des engins de drainage ; j'ai aidé à sortir le lourd dossier de l'amiante, et beaucoup d'autres dossiers de santé publique, plombés par la toute-puissance industrielle. Et dix autres dossiers, ou cent. Je n'ai jamais dételé.

6

Parpaings et béton – La laideur moderne – Un art populaire – Une défense de la biodynamie – L'autoroute défait le paysage

FABRICE. — Nous sommes tous les trois des amoureux transis de la beauté, mais il ne faut pas oublier l'omniprésence de la laideur. Le parpaing et le béton sont indissociables de l'industrialisation massive qui a suivi la guerre. Pratiques, ils le sont. Peu chers, ils le sont. Indestructibles, ou presque, ils le sont. Mais quelle horreur !

PIERRE. — Ils sont la marque de l'homme-démiurge... qui s'imagine plus beau qu'il n'est, se pensant capable de s'affranchir des contraintes du temps et de l'espace.

BERNARD. — Le béton en particulier est, avec le verre et l'acier, le matériau de l'architecture moderne et fonctionnelle. Le matériau du défi ! Surtout le béton *armé*... de fer ou d'acier. Sa malléabilité et sa vitesse de production et de coulage avec les norias de toupies mobiles ont vraiment fait de lui un protagoniste incontournable de la grande série, comme tu le dis très bien... mais c'est vrai que c'est un matériau sans âme ni poésie qui respire l'ennui. Je trouve assez consternantes les finitions supposées esthétiques qu'on tente parfois de lui donner. À mon sens, cela reste un matériau de l'ombre, un matériau froid et dur qui évoque plus le bunker que l'habitat. Quand on pense au vivant, à l'habitat naturel, on pense au bois, à la terre, à la pierre, au chaume, au chanvre, à la lauze, au genêt, à la brique ou à la tuile de terre cuite, mais pas au béton. Ce qui donnait à l'habitat traditionnel son cachet, c'étaient aussi les matériaux utilisés. Il n'y a pratiquement jamais de faute de goût dans l'architecture traditionnelle quand elle use des matériaux qu'elle trouve en se baissant... Les habitats semblent sortir de terre, respirer au rythme de la nature environnante. Avec la modernité, on entre dans un monde cérébral, déconnecté de son support naturel, et l'architecture moderne, qui est souvent très laide à force d'être fonctionnelle, uniformisée ou obsédée par la manie de l'originalité perpétuelle, n'y déroge pas. Anselm Jappe, un proche en esprit de Guy Debord, a écrit un ouvrage décapant et réjouissant sur le béton qu'il accuse de tous les maux de la modernité ! Il y voit une arme de « construction massive » du capitalisme[1]. Pour moi, c'est un produit de la modernité, pas du seul capitalisme. Il a eu ses heures de gloire dans tous les totalitarismes. Il y a dans son livre une critique au canon de Le Corbusier, un adepte du béton et de la ligne droite détestant les courbes... Un fasciste endurci, de surcroît. Un homme ayant des convictions en béton ! C'est curieux de constater qu'il aura

---

1. Anselm Jappe, *Béton. Arme de construction massive du capitalisme*, L'Échappée, 2020.

été le contemporain d'un Rudolf Steiner, l'anthroposophe initiateur de la biodynamie, préconisant, lui, une architecture exempte d'angles ! Ils sont les deux versants d'une même utopie fumeuse : édicter à tous propos des règles artificielles sans assises naturelles !

L'architecture qui est par essence « l'art de bâtir » n'avait pas besoin naguère d'architectes pour être belle et durable... Aujourd'hui on pourrait néanmoins s'inspirer de l'œuvre de l'architecte André Ravéreau qui a sauvé la Casbah d'Alger et su développer, et longtemps enseigner, une architecture rénovée, mais utilisant les matériaux traditionnels tout en répondant aux problématiques climatiques. Il est mort presque centenaire en Ardèche, il y a quatre ans. Traditionnellement, l'architecture était un art populaire souvent spontané, mais adapté aux conditions climatiques, ou un art de compagnons dans le cas des cathédrales.

Juste un dernier mot sur Steiner : ceux qui pratiquent la biodynamie sans trop se poser de questions, parce qu'elle offre une indéniable efficacité en agriculture naturelle et bio, ne sont pas obligés d'adhérer à l'anthroposophie et au théosophisme d'Annie Besant et d'Helena Blavatsky, qui sont des reliquats de l'occultisme du XIXe siècle ! Lorsque tu as été attaqué – et la biodynamie avec toi ! – dans *Le Monde diplo*, Marie-Monique Robin est vigoureusement intervenue sur son blog[1] pour remettre d'équerre le jeune auteur qu'elle taxait d'insuffisance agronomique. Plusieurs de ses propres enquêtes journalistiques, solidement étayées, ont montré que

1. www.blog.mr2films.com (septembre 2018).

la biodynamie de terrain avait une réelle efficacité en dépit de pratiques *a priori* un peu étranges pour un esprit rationaliste. C'est ça qui compte *in fine*. En agriculture, plus qu'ailleurs peut-être, on doit poser le pragmatisme en principe et se garder du dogmatisme… Steiner avait souligné à bon escient l'étroitesse de la relation terre-cosmos…

PIERRE. — Mon seul référant en la matière est Krishnamurti qui s'en était évadé ! L'architecture moderne, c'est souvent la mise en casier. J'ai souvent dit la passion actuelle pour les « cages à poules » ou les boîtes, toutes sortes de boîtes…

FABRICE. — Oui, jusqu'à la dernière d'entre elles, où nous nous retrouverons tous ! Il y a peut-être trente ans, j'ai été voir un certain Christian Leyrit, surpuissant directeur des routes au ministère de l'Équipement, au trente-sixième étage d'un immeuble de La Défense. Nous parlions des continuels projets de routes et d'autoroutes. Et il m'a soudain lâché une phrase qui m'a abasourdi : « L'autoroute crée le paysage. » Le meilleur exemple, à ses yeux, était la cité de Carcassonne. On passait devant elle à 130 kilomètres-heure, et Leyrit m'expliquait que seule l'autoroute permettait de l'admirer ainsi, fût-ce à grande vitesse. Nous ne parlions pas la même langue. On nous serinait que les autoroutes étaient faites pour irriguer une région et son économie. On a vu à quel point elles assèchent, au contraire…

BERNARD. — L'autoroute est donc conçue comme un fleuve limoneux qui fertilise les territoires ?

PIERRE. — Ou encore, je l'ai entendu dix fois, comme autant de vaisseaux sanguins…

FABRICE. — Je dois confesser que je déteste les autoroutes, et que je rêve du jour où l'on fermera une route. Puis dix, puis mille. Au fait, Bernard, tu as installé ton entreprise Melvita en pleine campagne. En a-t-elle souffert ?

BERNARD. — En aucune manière. J'ai eu plusieurs fois l'occasion de l'expliquer, mais, pour être honnête, on bénéficie toujours à un moment ou un autre de la rapidité de la traversée du territoire, tant pour les approvisionnements que les livraisons. On ne peut pas regretter les bouchons de la nationale 7 d'antan… En revanche, les autoroutes défont les paysages plus qu'elles ne les créent. Leur emprise est énorme et dévastatrice pour la nature. Comme la mondialisation, elles contribuent à une uniformisation accélérée, même en France où le paysage naturel est loin d'être monotone. Et puis, *a contrario* de l'idée d'irrigation, avec elles comme avec le train, du reste, on traverse souvent les régions et les paysages sans même y prêter attention. Jacques Perret, l'auteur du *Caporal épinglé*, disait cela en une formule qui claque : « L'immense avantage des barbares anciens, c'est qu'ils détruisaient tout sans rien construire ni fabriquer… »

7

Quantité et horizontalité – La vie liquide – Crise de conscience – Trump ou la régression de la pensée – Un monde maniaco-dépressif – Une impasse – Internet, une aventure extrême – Les naufragés du flux – Tout s'accélère – Le transhumanisme – Petite tête

BERNARD. — Assez communément aujourd'hui, on décrit la modernité comme la mise à mal de la qualité par la quantité, de la verticalité par l'horizontalité ou, plus positivement, comme la croissance exponentielle du savoir. La modernité se caractérise, comme tu l'as dit, Fabrice, par l'industrie et la grande série, l'inlassable prolifération du même, la pesanteur et le règne sans partage de la quantité... Mais au quotidien, le monde marchand bat son plein et, lui, il est par essence quantitatif.

PIERRE. — *Le Règne de la Quantité,* un livre de René Guénon qui est une critique détaillée de la modernité et de ses illusions, que j'ai parcouru naguère ! La modernité, c'est aussi le règne de l'inconsistance.

BERNARD. — *Le Règne de la Quantité... et les Signes des Temps.* C'est certes l'œuvre de l'un des plus virulents et précoces contempteurs des travers de la modernité et de « l'âge sombre ». Guénon a, le premier, parlé de la solidification matérialiste du monde et de la dissolution des convictions qui allait suivre. Mais je voudrais m'attarder sur la critique faite par le sociologue polonais Zygmunt Bauman[1], dont le parcours de vie et d'évolution de pensée – du stalinisme à la critique de la modernité – est en soi fascinant, qui a justement proposé le concept de « vie liquide » pour désigner la postmodernité. Il parle lui aussi de la liquéfaction des certitudes et des attitudes qui a fait suite à la solidification du monde, à la pétrification matérialiste. Ce sont presque des constats guénoniens !

Les êtres ont souvent aujourd'hui le sentiment d'être emportés par un flux ininterrompu qui évacue tous les repères. Bauman préfère parfois user du concept d'« émiettement », notamment quand il évoque la connaissance ou les modes de connaissance. L'émiettement, l'effritement, la pulvérisation des certitudes, suit la solidification et précède le flottement généralisé. Une des caractéristiques de la modernité la plus actuelle est quand même la fluidité : la « fluidité des marchés », la divagation des réseaux sociaux, l'urgence permanente qui devient une pathologie, le « flux tendu », tous ces termes qui nous ramènent au fluvial, mais aussi aux charrois des déchets… Cela montre que la période de l'émiettement est déjà révolue. Ne croyez-vous pas que si tant d'individus se retrouvent à l'échouage et mal dans le monde, c'est précisément à cause de ce flux incontrôlable et foncièrement inhumain, de cette

1. Zygmunt Bauman, *La Vie liquide*, Pluriel, 2005, 2013.

perte des repères spatiaux, temporels et spirituels que le monde ancien avait su, plus ou moins, établir ?

PIERRE. — Cette question est centrale. Dans l'effervescence absurde de la modernité, on ne peut plus se poser et réfléchir sans être lâché par le peloton. Cela participe de la lobotomisation des êtres et, à cause de cela, on voit que la conscience des êtres est en chute libre... Jiddu Krishnamurti disait que la crise n'est pas dans le monde mais dans notre conscience elle-même. Il faut apprendre à regarder en nous-mêmes pour provoquer le changement plutôt que d'attendre qu'il vienne des autres. Cette chute libre peut se traduire par l'élection d'un Donald Trump à la tête de la plus grande puissance du monde. Des millions de consciences « non élevées » amènent ainsi au pouvoir des timoniers irresponsables et ivres de puissance.

BERNARD. — Paradoxalement, en raison même de l'émiettement des convictions et du flottement de la pensée et de la morale, des millions de gens se rebellent et, pour se rassurer, s'accrochent à un récit démagogique, reconstitué, aménagé ou tronqué, mais rassurant, même s'il est intrinsèquement ou partiellement faux. Ils sont dans le déni des choses qui fâchent, comme la question climatique. Ils préfèrent adopter des idées fausses, martelées et apparemment solides, plutôt que d'être emportés par un flux d'inconsistance. Trump et les autocrates en général mentent avec aplomb et ces « consciences non élevées » dont tu parles, Pierre, se raccrochent à ces faux blocs de certitudes plutôt que de penser par elles-mêmes...

Il y a quelque chose de quantitatif, de brutal et de massif dans ces individus qui rassurent les faibles et les inquiets. Ils apportent avec eux un kit de certitudes en béton armé ! Ils ont réponse à tout, mais presque tout est biaisé ou carrément faux…

FABRICE. — Pour ma part, je dirais que Trump incarne une régression planétaire de la pensée. Le développement des sociétés, on l'a dit, n'est pas linéaire, et cette régression identitaire se retrouve partout : Poutine, Xi Jinping, l'Inde nationaliste et hindouiste de Narendra Modi, la Hongrie d'Orbán, le Brésil de Bolsonaro, les Philippines, le bloc arabo-islamique… Dans le passé, à la conférence de Bandung en 1955, on a vu émerger un monde ignoré, le tiers monde, lourd de remises en cause d'un ordre établi et colonial. On allait avoir droit à un monde meilleur, voire parfait. Même illusoires, les perspectives semblaient grandioses. Et il n'y en a plus. L'angoisse collective s'est emparée de la planète.

BERNARD. — Mais le monde – comme la Bourse ! – est depuis longtemps maniaco-dépressif et il passe régulièrement de l'euphorie au désespoir… même si aujourd'hui les cycles semblent plus courts et plus trépidants. Même le climat l'est. De 1300 à 1860 – pendant cinq cent soixante ans ! –, on a connu en France et en Europe un « petit âge glaciaire », les hivers étaient longs et rigoureux, les températures très basses. On grelottait et on mourrait de froid… Aujourd'hui, on suffoque…

FABRICE. — Oui, Bernard, mais il y a eu, malgré ces événements que tu rappelles très justement, une relative stabilité du climat pendant dix mille ans, qui a permis l'émergence de civilisations qui sont notre origine à tous. Pas seulement la Grèce, Rome ou l'Égypte des pharaons, mais également l'Empire inca, les Aztèques, la civilisation chinoise du Fleuve jaune.

Comme on ne voit plus de solutions dans le monde réel, beaucoup se réfugient dans le fantasme : l'islamisme militant, le trumpisme, l'hyperconsommation totalitaire chinoise, qui passe par la mise en prison du peuple ouïgour, le racisme hindou contre les 120 millions de musulmans indiens, etc. La Chine, c'est 8,5 % des terres arables de la planète et 18,3 % de la population mondiale. Cette Chine qui, il y a quarante ans, ne consommait que du riz, des œufs, de la volaille et un peu de bière veut aujourd'hui consommer comme nous, et fatalement elle se heurte à un mur infranchissable, car cela la contraint à coloniser de mille manières l'Asie du Sud-Est, et bien au-delà.

BERNARD. — En effet. Bien au-delà. L'Afrique est colonisée une nouvelle fois, cette fois par la Chine, car elle contient des ressources essentielles. Des terres arables. Des métaux rares. Du pétrole. Du gaz. Des forêts.

FABRICE. — Quand on voit un Trump vouloir édifier un mur infranchissable entre le Mexique et les États-Unis, on a envie de hurler ! Comment peut-on être à ce point indifférent à la nature profonde des écosystèmes, qui se moquent bien des décisions politiques humaines ?

BERNARD. — On l'a déjà vu dans l'histoire du monde avec la Grande Muraille de Chine, pour se prémunir des invasions mongoles, ou plus sournoisement avec le mur qu'Israël édifie à Jérusalem. C'est un indicateur de la peur et du repli sur soi, d'une impuissance et d'une incapacité à assimiler, à dialoguer et à accueillir, en pensant que nous sommes en quelque manière propriétaires de la terre qui nous a vus naître ou que nous avons accaparée. Illusion mortifère, mais aussi réflexe arboricole d'enracinement... Harpagon et sa fichue cassette !

FABRICE. — J'aimerais revenir sur le concept de « vie liquide » que tu as évoqué. Je le rapproche de la notion vertigineuse de vitesse. Je tiens cette dernière pour un vaste objet politique, encore très peu exploré, malgré certains textes fulgurants de Paul Virilio[1]. Sommes-nous vraiment adaptés à la vitesse inouïe d'Internet, instrument qui laisse des millions de naufragés sur le bord de la route ? Rappelons que la promesse – ne disait-on pas du nucléaire qu'il nous donnerait une électricité surabondante et presque gratuite ? – était de dématérialiser. L'activité humaine ne détruirait plus, puisqu'elle utiliserait tellement moins de matière...

Or les humains n'ont jamais autant recherché des matières premières que depuis le triomphe d'Internet. Je renvoie à l'implacable livre de Guillaume Pitron, *La Guerre des métaux rares*[2]. Internet dévorera sous peu 15 % de la consommation électrique mondiale. Qui s'ajoute au reste. Au fou ! Internet est en fait une aventure extrême, fondée sur

---

1. Paul Virilio, *Le Grand Accélérateur*, Galilée, 2010 ; *id.*, *Le Futurisme de l'instant. Stop-Eject*, Galilée, 2009.
2. Guillaume Pitron, *La Guerre des métaux rares. La face cachée de la transition énergétique et numérique*, Les Liens qui libèrent, 2018. Voir aussi *L'Enfer numérique. Voyage au bout d'un like*, Les Liens qui libèrent, 2021.

l'abolition de la distance et même du temps. C'est une démence. Pour en rester à un seul exemple éclairant, la démocratie, qui demande le temps de l'échange, de la compréhension, de la médiation, de la délibération, est incompatible avec cette vitesse. Ou l'une ou l'autre. Pas les deux. La démocratie, c'est l'école de la lenteur.

BERNARD. — Les naufragés dont tu parles souffrent peut-être plus de l'accélération que de la vitesse. Ils sont des laissés-sur-place. Hartmut Rosa dit que la vie moderne est une accélération perpétuelle et sans répit. La société souffre d'un manque de temps chronique à force d'accélérer, et le diktat de la vitesse – et de la compétition qui est sa sœur – engendre une forme d'aliénation au temps qui est profondément déprimante. L'accélération croissante, c'est la marque d'une chute… Quand on s'élève, on ralentit.

PIERRE. — Et pourtant, pourtant ! N'avons-nous pas en nous un merveilleux métronome cardiaque ? Il nous rappelle à tout moment la cadence, la cadence vitale, ennemie jurée de la frénésie… Dans les stades, des êtres courent à en mourir après des dixièmes de secondes…

FABRICE. — Le maître-mot est celui d'aliénation de la personne humaine, très utilisé dans les années 1970. Vitesse et « vie liquide » sont reliées par mille fils à la prolifération des objets. C'est une clé de compréhension de l'époque : le système économique, chacun le sait au fond de soi, réclame des consommateurs, individualisés à l'extrême, qui doivent à toute force se précipiter sur les dernières nouveautés. Et en changer le plus vite possible, en acceptant ce qu'on appelle l'obsolescence programmée. Soit « l'art » de fabriquer des objets coûteux qui ne tiendront que deux ou trois ans, avant d'être jetés à la benne. C'est le ressort premier de notre monde malade. Les machines d'antan n'étaient-elles pas increvables ? Réparables ?

PIERRE. — À l'inverse de ce gâchis, la nature n'est que rythme et séquence. On ne peut pas semer et récolter le lendemain. La nature invite à la patience et suggère que rien n'est promis, car le semis peut échouer. Nous nous sommes artificialisés… Le principal mantra de la modernité, c'est précisément cette pseudo-libération des contraintes naturelles qui nous ont pourtant faits ce que nous sommes.

FABRICE. — Eh oui ! Et la logique ultime de la « vie liquide », c'est le transhumanisme ! Le refus de la mort, et le recours à des ajouts technologiques pour créer des corps « augmentés ». Cela me terrifie.

BERNARD. — Moi aussi, car il s'agit d'une tentative désespérée – et folle dans ses prémices prométhéennes – de dépasser le vivant… Camus dit dans *L'Homme révolté* que notre époque de révolte – et j'ajouterais de colère et de ressentiment – affiche des traits prométhéens… Avec le transhumanisme, nous voulons précipitamment – et nuitamment ! – dérober le feu, celui de l'étincelle originelle… Mais en réalité nous nous déracinons, nous nous arrachons au terreau premier, et chacun sait que, dans le monde végétal, le déracinement est annonciateur d'une fin prochaine. En 1943, de Gaulle avait demandé à Simone Weil d'écrire un rapport sur l'avenir de la France et implicitement de la planète... C'est son livre ultime et prémonitoire, *L'Enracinement*[1], qu'il faut lire et relire, même s'il est inachevé. Elle y évoque les « besoins de l'âme » et montre que le réenracinement du corps et de l'âme – surtout – favorise l'émancipation et la liberté des individus. C'est un antidote radical aux méfaits induits par la « vie liquide » et la vitesse. En tout cas, c'est un livre de réflexions très actuel où elle parle du déracinement paysan, de la liberté d'opinion et même de la faim !

FABRICE. — Le transhumanisme me fascine depuis vingt ans. Fin 2001, j'avais même commis un article, à un moment où cela *n'intéressait* personne. Laissez-moi vous en citer deux extraits. Le premier :

> Avec les transhumanistes, vous ne risquez pas de vous ennuyer, soyez-en sûr. Qui sont-ils ? Une poignée pour l'heure, mais dont tout permet de penser qu'ils forment l'avant-garde d'une armée immense. Le transhumanisme est une sorte de théorie, née chez certains scientifiques et concepteurs de nouvelles technologies. Selon eux, la nature humaine, loin d'être inaltérable, ne cesse d'être modifiée en profondeur par les découvertes, le changement, le neuf. Elle est malléable, à volonté ou presque. Or de glorieux horizons se découvrent, grâce notamment aux nanotechnologies moléculaires, aux machines intelligentes, aux « médicaments de la personnalité », à la vie artificielle, à l'extension devenue possible du corps par la machine, etc. Qu'allons-nous faire de ces miraculeuses vendanges ? Mais en profiter, bien entendu, pour sortir de nous-mêmes. C'est là

1. Simone Weil, *L'Enracinement. Prélude à une déclaration des devoirs envers l'être humain*, Gallimard, « Folio », 1949.

> l'occasion d'aller au-delà – *trans* – de notre misérable enveloppe.

Et le second :

> La technoscience pourrait bien devenir le dernier refuge de ceux qui, incapables de changer la réalité, et n'y songeant d'ailleurs pas, entendent en changer la perception. Adieu effet de serre et bidonvilles, adieu misère et déforestation. Et place à l'homme nouveau. Supérieur ? On aimerait se tromper, mais on croit retrouver des effluves transhumanistes chez des auteurs comme Maurice G. Dantec, récemment encensé jusqu'au grotesque, ou Michel Houellebecq. Annoncent-ils une nouvelle poussée de régression ? Ce serait une mauvaise nouvelle, mais elle n'étonnerait guère.

BERNARD. — C'est tellement juste ! On en revient à ce que les Grecs nommaient jadis l'*hubris*, cette démesure qui naît d'une exaltation des ego détachés du réel. L'humilité n'est pourtant pas un luxe quand on voit la désorganisation et la désorientation causées par un petit virus... Ramener les êtres à la réalité sera une tâche éminemment ingrate dans le futur.

PIERRE. — Oui, mais n'exagérez-vous pas l'importance d'un phénomène qui ne touche quand même qu'une petite fraction de l'humanité ?

BERNARD. — Oui, mais ce pourrait bien être une avant-garde.

FABRICE. — Celle qui donne le *la*.

PIERRE. — Peut-être, mais la réalité profonde, dans tous les cas, nous rattrapera quand nous serons réellement confrontés au manque de ressources – alimentaires, par exemple.

Bernard. — Moi, je crois en la capacité de la modernité à rebondir encore. C'est sans doute regrettable au vu des résultats, mais elle est d'une nature profondément résiliente parce qu'elle est fondée sur l'invention perpétuelle. C'est juste un constat... Je ne dis pas que c'est un bien. C'est peut-être l'énergie du désespoir, l'énergie de celui qui est pris dans les sables mouvants, mais néanmoins...

Fabrice. — Pour ma part, je ne le crois pas une seconde. Pas cette fois. Oui, l'inventivité humaine a fait souvent mentir les Cassandre et ceux qui nous annoncent régulièrement qu'il ne reste plus que trois ans, trois mois ou trois jours pour sauver le monde. Mais le mur physique devant nous ne sera pas franchi.

Pierre. — Peut-être suis-je naïf, mais tous ces virus ou ces cancers qui nous déciment sont en train de nous remettre à notre place. C'est une réaction de la nature parce que nous avons transgressé et oublié que nous ne sommes que des mammifères dotés d'une petite tête sphérique capable de penser un peu, et rien d'autre...

8

Une dégradation sournoise – L'espérance de vie, un mythe fondateur – L'eau est l'âme du vivant – Le père de Pierre creuse un puits – *Materia prima* – La liquéfaction des certitudes – Un secret honteux

FABRICE. — J'aimerais que nous parlions de la santé, sujet sur lequel j'ai beaucoup travaillé. En France, l'idée dominante est que nous ne nous sommes jamais aussi bien portés, comme en témoignerait l'augmentation de l'espérance de vie. Cela fait bien longtemps que cela m'intrigue au plus haut point. Car depuis des décennies, nous vivons sous une douche chimique permanente. À la maison – l'air intérieur –, dehors, au travail, dans les transports, en respirant, en buvant, en mangeant. Et cela n'aurait donc aucun effet significatif ?

Le calcul de l'espérance de vie relève selon moi d'une mythologie nationale essentielle. Il nous fait supporter toutes les pollutions, car ce n'est pas grave : nous vivons de plus en plus vieux. On oublie de dire que l'on se contente de *prévoir* qu'un Français, à la naissance, a telle espérance de vie. Espérance. Cela veut tout dire, car nos grands vieillards actuels n'ont pas été exposés dans leur petite enfance, voire *in utero*, à la soupe chimique qui nous entoure. On ne peut donc avoir aucune certitude pour l'avenir. Et d'autant moins que la santé publique se dégrade, sans l'ombre d'un doute. En 1980, selon l'Insee, il y avait 170 000 cas de cancer en France ; il y en a plus de 400 000 aujourd'hui. Certes, la population a vieilli, certes, il y a plus de dépistage, mais l'explosion du nombre de cancers reste largement inexpliquée. De même pour l'explosion du diabète ou de l'obésité, que les spécialistes, fort logiquement, décrivent comme des épidémies. De même encore pour Alzheimer, Parkinson, l'asthme ou l'autisme. En 2014, la ministre de la Santé du Québec, Véronique Vasseur, parlait d'un « tsunami d'autisme ». De mémoire, on est passé aux États-Unis d'un cas d'autisme pour 5 000 naissances en 1975 à un cas sur 44 en 2018. Il faut sans doute – un peu – pondérer, car les définitions ont évolué, mais la tendance lourde laisse sans voix. Dans tous les cas, il existe un autre indice qui n'est jamais retenu : l'espérance de vie sans incapacité. Et celui-ci montre une détérioration. De vous à moi, vivre jusqu'à 90 ans sans plus reconnaître ses enfants, est-ce que cela en vaut la peine ?

BERNARD. — L'explosion des Ephad – parfois devenus une sordide source de revenus et un « placement », *quod absit* ! – et des résidences pour malades d'Alzheimer n'est effectivement pas liée qu'à la croissance de l'espérance de vie. Elle est un reflet d'une société vieillissante et décomposée, mais surtout malade et en survie.

PIERRE. — La terre, qui nous nourrit, a son métabolisme propre et, dès l'instant où l'on y introduit des poisons, les substances nobles et vertueuses sont radicalement éliminées ou invalidées. Les substances vitales ont disparu ou deviennent inopérantes.

BERNARD. — Associées aux poisons, elles deviennent même des éléments fantômes qui reviennent hanter notre corps et perturber son équilibre. La santé n'est qu'équilibre… Tout n'est qu'équilibre. Dans un livre récent[1], Marie-Monique Robin, qui s'appuie sur l'expertise de nombreux scientifiques comme le parasitologue Serge Morand, montre que le déséquilibre des écosystèmes, le déboisement massif, les monocultures intensives et la disparition de très nombreuses espèces favorisent la prolifération des zoonoses, les épidémies d'origine animale… On n'a encore rien vu… Nous parasitons la terre, mais nous pourrions être les prochains sur la liste des extinctions à venir. La richesse de la biodiversité contribuait en effet à la « dilution » des risques de prolifération pathogène, alors que son amoindrissement favoriserait l'émergence de nouvelles épidémies. L'appauvrissement des écosystèmes et de la biodiversité, c'est aussi l'affaiblissement des sols et de tout ce qui en découle !

PIERRE. — Mieux encore, cette absence de vitalité des éléments nutritifs conduirait l'organisme à tenter de compenser en s'épuisant. La prolifération des maladies nouvelles s'expliquerait aussi par là. L'organisme va de déséquilibre en déséquilibre…

FABRICE. — C'est finalement simple. L'espérance de vie est un mythe fondateur. En échange, il faudrait

1. Marie-Monique Robin, *La Fabrique des pandémies*, avec la collaboration de Serge Morand, La Découverte, 2021. Voir aussi son film homonyme de 2022.

accepter la dislocation des formes sociales, la généralisation du numérique et de l'Internet, l'extrême vitesse, etc. Renversant contrat social !

BERNARD. — Liquidité à tous les étages, donc, et contrat social manifestement flottant et fluctuant.

PIERRE. — Par association d'idées avec la vie liquide : il y a eu de belles études menées sur la dimension vibratoire de l'eau. Un chercheur[1] a montré que des interférences subtiles voire des émotions pouvaient se retrouver dans la régularité des cristaux d'eau congelée. L'eau n'est pas une substance comme une autre, une parmi d'autres. L'eau, c'est notre substance même, et c'est la vie. Quand on court vers Mars, c'est pour trouver quoi ? De l'eau… Je ne sais pas si ces travaux sur l'eau sont fiables, mais ce qui est sûr, c'est que porter atteinte à une matière première aussi fondamentale est de l'irresponsabilité à l'état pur. Je reste convaincu que l'eau nous réserve encore de belles surprises à l'avenir…

FABRICE. — J'assume pour ma part de ne boire que de l'eau embouteillée. Pour la raison simple que je veux de l'eau. Une eau réelle, qui aura percolé à travers les sols et les roches. L'eau dite potable est un produit industriel, résultat d'un matraquage de traitements physico-chimiques. Et qui contient beaucoup de résidus – médicaments, pesticides, cosmétiques, microplastiques. Cette eau n'est plus de l'eau.

BERNARD. — Pierre, tu pourras maintenant ajouter une variante aquatique à ton fameux : « Au début

1. Masaru Emoto, auteur de plusieurs ouvrages sur l'incidence des émotions sur la « cristallisation » de l'eau.

du repas, ne nous souhaitons plus “bon appétit”, mais “bonne chance” ! »

Fabrice. — Battons-nous pour l’eau ! L’eau est l’âme du vivant !

Pierre. — Quand on est né au désert ou quand on réside au désert, où la rareté de l’eau la rend plus précieuse encore, on est familiarisé avec cette consubstantialité. Chez nous, toute personne qui avait un puits avait le devoir sacré de laisser ceux qui n’avaient pas d’eau venir en chercher gratuitement. Mon père – que je considère comme exceptionnel, voire génial, à tel point que je voudrais que la roue tourne à l’envers et que ce soit moi qui l’aie conçu ! – s’est mis un jour à creuser un puits. Il a creusé et creusé encore jusqu’à la roche, qui résistait à tous ses efforts. Comme il était forgeron, il remontait du fond du puits, affûtait ses outils à l’atelier et continuait toujours à redescendre au fond sans jamais se lasser. Les gens, qui le voyaient s’épuiser, lui disaient d’arrêter. Mais il creusait et creusait encore. « Sois raisonnable ! », lui disait-on. Et au bout de trois mois, il a trouvé de l’eau. C’était le Graal. La valeur suprême et sacrée de l’eau ressort bien de cette quête et de cette détermination. Vous comprenez aussi pourquoi, à Montchamp, j’ai depuis longtemps collecté de l’eau de tous mes toits pour l’arrosage. La banalisation de l’eau m’exaspère. Ma grand-mère disait : « Rien ne m’est dû, c’est un don de Dieu. » Et un don de Dieu, c’est inaliénable ; aussi considérait-elle que tout est sacré et que rien ne nous appartient en propre, puisque cela nous a été donné et que nous devons le transmettre. « Dieu donne, et moi, je ne peux pas thésauriser le don de Dieu. ».

BERNARD. — Quand on arrive chez toi, c'est la première chose qu'on voit ! Deux gigantesques citernes d'eau pluviale à ciel ouvert... La récupération de l'eau pluviale devrait être prévue, généralisée, utilisée et organisée au sein de toute nouvelle construction, à tout le moins dans les campagnes, avant qu'elle ne soit polluée par les intrants agricoles... C'était déjà le cas autrefois lorsqu'il n'y avait pas de source. Aujourd'hui elles tarissent... C'est le cas chez moi depuis deux ou trois ans.

PIERRE. — Il est vrai que tous les paysans ayant un peu d'âge peuvent témoigner de la disparition de tel ou tel petit cours d'eau... Non loin d'ici, le Bildou a disparu. Il était un lieu tutélaire dans notre campagne... Aujourd'hui on détourne l'eau de sa fonction première.

FABRICE. — J'y vois une parabole. Nous sommes des chercheurs d'eau et non d'or... Peut-être la trouverons-nous, tous les trois ?

BERNARD. — Dans tous les symbolismes traditionnels et alchimiques, l'eau est présentée comme la substance et la vie, la *materia prima*... Les déchets ou les polluants qu'on jette encore dans les cours d'eau sont une image de la négligence de la société moderne. Une société de l'inconscience dispendieuse.

L'obsolescence programmée des objets – et bientôt *L'Obsolescence de l'homme*[1] annoncée par Günther

1. Günther Anders, *L'Obsolescence de l'homme. Sur l'âme à l'époque de la deuxième révolution industrielle*, 1956, traduction Ivrea, 2002.

Anders dès 1956 comme un résultat de la « technique déshumanisante » – est la conséquence de cette liquéfaction mouvante, de cette perpétuelle addiction à la nouveauté, au « dernier cri », au dernier qui a parlé… Cette dimension mouvante des convictions se retrouve jusque dans le champ politique où les êtres peuvent changer d'avis et voter sans état d'âme pour des partis et des projets diamétralement opposés d'un instant à l'autre…

Zygmunt Bauman, dont nous avons déjà évoqué le concept de « vie liquide », dit que « le rebut est le secret sombre et honteux de toute production[1] ». Le secret « honteux » ! La modernité marchande fait même proliférer des « déchets humains » qui sont des exclus du règne frénétique de consommation qui est le nôtre. Dans beaucoup de pays, l'amoncellement des détritus engendre de faramineuses populations de véritables parias qui vivent en lisière des villes et surtout en symbiose avec des montagnes d'immondices… souvent proches des fleuves ou des oueds… Quand on séjourne au Sahara et dans tout le Sahel, aux portes des villes on voit que les *kori*, les oueds où passe l'eau quand il pleut fortement, sont couverts d'immondices par millions. Faute d'être collectés, les déchets s'envolent et l'odeur est pestilentielle. Et quand arrivent les fortes pluies saisonnières, tous les imputrescibles partent dans le désert… avant de rejoindre un océan que jamais les Sahariens ne verront ! Adieu le Sahara vierge où rivalisaient le sable et les pierres ! C'est un combat qui me tient à cœur.

---

1. Zygmunt Bauman, *Vies perdues. La modernité et ses exclus*, Rivages, 2006.

Dans la ville d'Agadez, au Niger, où Nûriël (mon épouse) et moi avons créé avec Almoustapha Tambo une belle et grande école qui, nous l'espérons, saura faire émerger un peu du Niger de demain, celui-ci a entrepris de nettoyer le *kori* proche avec l'appui de la mairie. Il y prospère maintenant de grands jardins partagés et ça, c'est vraiment enthousiasmant. L'idée a fait des émules, puisque d'autres s'y mettent. Le Fonds de dotation Pierre Rabhi s'y est aussi associé. Faire de l'agroécologie dans le limon des *kori* nettoyés, c'est vraiment faire revenir à la vie des terres abandonnées et souillées. Ce sont des initiatives qui pourraient être reproduites partout. Qui plus est, les récoltes sont épatantes. Soit dit en passant, tendre à l'autonomie alimentaire devrait être un combat prioritaire pour tous les gouvernements...

PIERRE. — Au Burkina, Thomas Sankara, dans sa clairvoyance, avait instauré l'obligation de ramasser les déchets et, en son temps, Ouaga [la capitale Ouagadougou] était devenue propre.

FABRICE. — Aminata Traoré, ancienne ministre malienne, avait, elle aussi, réussi à mobiliser les gens de son quartier, à Bamako, et celui-ci était devenu impeccable. Mais cela s'est arrêté aux limites du quartier...

PIERRE. — Le pire, c'est le vent qui transporte les sacs plastiques qui se fichent sur les épineux et décorent si tristement les arbres...

FABRICE. — À proximité de Marseille, la décharge d'Entressen, fermée depuis quelques années seulement, a longtemps été le spectacle hideux de centaines d'arbres recouverts de sacs plastiques...

Lors de la dernière grève des éboueurs, à Marseille, tout est parti à la mer. Le sable des plages disparaissait sous l'immondice. N'est-ce pas un message ? L'écrivain Jean-Pierre Chabrol expliquait naguère que dans sa famille paysanne cévenole, il n'y avait pas le moindre déchet. Tout était organiquement transformé, ou recyclé... Brutal changement de décor !

PIERRE. — Au début de mon initiation à l'agriculture – cévenole aussi –, je travaillais à Thines, un village reculé d'Ardèche, et j'étais aussi frappé par l'inexistence des déchets... Ce n'est pas si vieux !

FABRICE. — Dans ma banlieue prolétarienne de Paris, lorsque j'étais enfant, il y avait M. Lesaux qui gagnait sa vie en faisant le tour avec son petit camion de toutes les épiceries et des commerces pour récupérer les cageots de verre consigné. C'était son travail. La bouteille consignée avait sa valeur, 1 franc je crois. Nous nous battions entre gamins pour les récupérer et les vendre. J'ai acheté mon premier canif avec cette manne...

BERNARD. — En 1965, en Angleterre, j'ai fait aussi la collecte des bouteilles consignées avec un jeune ami. Mais nous achetions plutôt des *ice creams* avec l'argent de notre récolte... C'est moins glorieux.

FABRICE. — Ce monde est un naufrage. Pour les êtres comme pour les objets.

9

Qui suis-je ? – La vie ne tient qu'à un cheveu – L'écologie ou la découverte des limites – *No limit* – Pourquoi cette passion de détruire ? – L'apocalypse des religions – Shiva danse – L'amour toujours – Crise écologique et beauté – Démesure et boîte de Pandore – Hiroshima est partout – Le scorpion et la grenouille – L'héritage des Lumières – La fin d'une illusion – Dictatures & Cie

BERNARD. — Ramana Maharshi, l'un des plus grands sages hindous du XXe siècle, n'avait de cesse que de ramener toutes les questions métaphysiques à la simple interrogation : « Qui suis-je ? »

PIERRE. — « Qui suis-je ? » et « où vais-je ? » sont effectivement deux questions clés.

BERNARD. — Pour lui, la réponse, beaucoup plus subtile qu'il y paraît dans ce qu'on peut en dire en quelques mots, était que nous sommes le Soi ; autrement dit, en notre cœur, en notre centre, nous sommes tous une expression indissociable d'une même entité qu'on peut nommer *Atmâ*. Il n'y a pas de dualité entre le Soi, qui est inexprimable, et nos petits « soi/moi », et la distanciation ressentie est liée à notre intime participation à *Mâyâ*, l'illusion, l'« art » divin qui nous voile la réalité, la seule Réalité. La quête du Soi, qui dans cette perspective est la Réalité ultime, a pour objet la « libération » des rets du monde... Je vous parle de cela parce que j'ai le sentiment qu'il est devenu plus que jamais essentiel, dans la grande lessiveuse à certitudes où nous nous trouvons, d'avoir un centre, de retrouver en nous un lieu immobile, de nature spirituelle, qui nous confère notre dignité et notre liberté de penser ou d'aimer. Entreprendre une démarche écologique sans l'accompagner d'une démarche spirituelle me semble voué à l'échec, car l'homme doit changer en son for intérieur s'il entend continuer sa marche, sans pour autant choir dans le panthéisme. En comprenant qu'on n'est pas un fragment qui flotte au gré du flux, mais l'expression d'un plus grand Soi, on peut espérer retrouver un centre, une assise et une dignité spirituelle. Je voulais aussi ajouter que quand on parle du Vivant, on ne doit pas s'interdire d'évoquer son origine, son sens... La science moderne n'a pas de réponse à cette existence, elle « noie le mystère dans la durée », comme disait Jean Rostand. On parle d'une étincelle initiale, soit. Mais quand on part d'un vide premier, qui a mis le feu ? L'univers est en expansion et il est selon toute vraisemblance le fruit d'une explosion première, cela semble une évidence et même une certitude, mais comment et pourquoi l'étincelle ? Pourquoi notre petite et invraisemblable boule de vie dans cet océan intergalactique glacial ? Je sais qu'il existe pléthores de théories astrophysiques et biologiques, plus audacieuses ou séduisantes les unes que les autres, pour répondre à cette interrogation simple, mais, pour y avoir travaillé passionnément, je constate que le mystère reste entier…

Au cours d'un bel entretien que nous avons eu il y a quelques années[1], l'astrophysicien Trinh Xuan Thuan me disait que la cosmologie a découvert que l'univers a été réglé d'une manière prodigieusement précise afin que les étoiles puissent se former, fabriquer les éléments chimiques nécessaires à la vie et ainsi permettre l'apparition de l'homme dans l'univers. Il évoquait là le « principe anthropique » qui est centré sur l'homme. Si la densité initiale de matière, lumineuse et noire, avait varié d'un infime iota, si un paramètre n'avait pas été ajusté, le destin de l'univers aurait basculé et il n'y aurait pas eu l'apparition de la vie… Pour montrer la précision horlogère du tout, il utilisait l'image de l'archer tirant au cœur d'une cible de 1 centimètre carré située à 14 milliards d'années-lumière, autrement dit aux confins de l'univers… La probabilité pour que les conditions favorables à l'apparition de la vie soient réunies relève de l'impossible.

FABRICE. — Il n'y a pas de commune mesure entre les forces cosmiques en jeu et notre incroyable prétention à tout saisir et tout analyser. Le recours des petits êtres que nous sommes tous, c'est assurément l'esprit. Il ne peut y avoir d'autre réponse. Je vois bien que l'homme n'aura jamais cessé d'avancer, depuis le berceau africain. Il a conquis les pôles, les déserts, et veut maintenant soumettre les océans. J'ai envie de nous dire : l'esprit est une terre sans limites apparentes. Cessons de nous tourner vers un

1. *Ultreïa !*, n° 6, hiver 2016.

monde matériel fragile, en voie de perdition. Que l'*hubris,* ce sentiment affreux de toute-puissance, inséparable, hélas ! de l'homme, se détourne des mers, des forêts, des rivières, des animaux. S'il est un infini, il est peut-être là, à portée. Peut-être. Mais pour l'heure, on voit bien que nous n'acceptons pas l'idée de limite. Or l'écologie, fondamentalement, c'est la découverte de limites physiques qui ne peuvent être franchies.

BERNARD. — *Expansion was everything* (« L'expansion c'était tout »), disait Cecil Rhodes, un célèbre colonialiste anglais… S'étendre devient une finalité en soi. Les trois monothéismes professent d'ailleurs l'expansion, le départ vers d'autres horizons… Ce que tu dis est surtout vrai pour l'homme dans sa version progressiste… L'homme des sociétés anciennes était modéré par sa crainte de la colère des dieux. Dans *L'Homme et l'Invisible*[1], l'ethnologue Jean Servier a très bien montré combien ces conceptions du monde étaient divergentes, diamétralement opposées même…

FABRICE. — Absolument, mais depuis son départ de la vallée du Grand Rift, sa marche en avant n'a jamais été contrariée. C'est vrai que certaines sociétés humaines sont restées centrées sur elles-mêmes, mais le traumatisme de l'homme que nous connaissons aujourd'hui est, il faut le redire, une expression de ce *no limit* et de cette marche en avant. C'est aussi cette quête inassouvissable qui explique le transhumanisme et le « toujours plus loin ». À mon sens,

1. Jean Servier, *L'Homme et l'Invisible,* Robert Laffont, 1964.

cela va signer la fin de l'aventure humaine, car c'est une impasse définitive. Se tourner vers l'esprit, c'est peut-être la perspective de vivre l'infini et l'illimité qu'il y a dans l'esprit humain sans détruire le monde matériel.

PIERRE. — Excusez-moi d'y revenir, mais la question qui reste encore, pour moi, sans réponse est celle-ci : « Pourquoi l'être humain détruit-il l'être humain ? » Ôter la vie, générer de la souffrance, faire d'un paradis un enfer, cela ne s'explique pas, tant c'est absurde. D'où cette passion de détruire lui vient-elle ?

BERNARD. — *Homo demens*, dirait Edgar Morin... Selon lui, il y a deux êtres qui cohabitent en l'homme : le *sapiens* et le *demens*, le sage et le fou... Deux forces qui s'affrontent en chacun de nous. Dans les années 1970, j'avais lu un gros ouvrage du psychanalyste Erich Fromm, *La Passion de détruire*, qui cherchait à répondre à ton interrogation. Il disait qu'il y avait deux agressivités : une défensive, qui est naturelle et protectrice, qui permet de survivre, et une autre, maligne et pathologique, qui est non instinctive et qui naît souvent d'une blessure narcissique. Il y étudiait les penchants nécrophiles d'Hitler et son narcissisme absolu, son absence d'empathie et d'affects. Goebbels avait enregistré des discours de son chef et, dans un état proche de la transe, celui-ci jouissait, avachi dans un fauteuil, de s'écouter hurler ses propres diatribes à la tribune. On retrouve le même narcissisme dans ses projets architecturaux totalement mégalomaniaques... La pulsion destructive et compensatoire qui peut envahir l'homme viendrait d'un manque d'estime de soi et de reconnaissance des autres. Dans la Bible, Caïn, le sédentaire, tue son frère Abel, le nomade, par jalousie, parce qu'il veut accaparer la terre, mais aussi parce qu'il veut attirer le regard de Dieu.

Il y a en l'homme une névrose foncière, une sorte de « péché originel », un dysfonctionnement d'origine, qui naît peut-être de la disproportion entre le contenu et le contenant, entre nos capacités et nos limites.

Patrick Viveret définit les ressorts de l'humanité comme étant le « désir de reconnaissance » et le « désir de sens ». Ce sont pour lui les deux moteurs qui poussent chacun de nous à se mettre en marche pour être reconnu comme un individu digne de considération et capable de comprendre, de dépasser le mystère. Le *thymos* des Grecs, l'« ardeur », c'est ce qui nous donne la dignité, l'estime de soi, la noblesse, l'altruisme ; mais cette ardeur à vivre devient pathologique lorsqu'elle confine à l'obsession d'être adulé, d'exister, d'être hors du commun... Elle donne à l'homme une dimension de prédateur. L'« homme vorace » de Panaït Istrati, qui veut à tout prix exister et manifester sa toute-puissance, écrase les autres... Il se comporte de la même manière à l'égard du monde et pour lui, comme pour un nuage de sauterelles, tout fait ventre...

PIERRE. — Derrière tout cela réside la peur...

BERNARD. — Exactement. L'homme craint de ne pas être à la hauteur ; alors pour être à la hauteur et le rester, il rabaisse tout ce qui lui semble le dépasser ; cela se manifeste notamment dans son comportement à l'égard des femmes. On est là au cœur de la pathologie de l'homme. Les religions ont tenté, souvent avec succès, de canaliser et d'apaiser ces pulsions, ces énergies destructrices. Les hindous parlent de Shiva – le *Shiva Nataraj* – qui crée et détruit le monde en dansant. Et dans la statuaire on le voit, impassible au milieu de son cercle de flammes, qui piétine et domine les forces du mal représentées par un nain grimaçant sous ses pieds...

PIERRE. — Certes, mais comment traduire cette symbolique dans le quotidien de chacun de nous ?

BERNARD. — Ces formes symboliques sont des alertes et des diagnostics dont chacun est libre de s'inspirer ou non. Ils sont le fruit d'une sagesse ancestrale qui, par ses *warnings*, veut nous éveiller à la réalité la plus sombre qui gît en nous. Mais aujourd'hui, il est vrai que nous vivons une « apocalypse des religions », comme l'a écrit Patrick Laude...

PIERRE. — Tu veux dire qu'elles tirent à leur fin ?

BERNARD. — Dans certaines de leurs formes, oui, indéniablement. Elles sont sclérosées, minées par de graves crises morales, et souvent désertées. En fait, l'« apocalypse », c'est la défiguration du religieux. Les religions institutionnelles perdent de leur authenticité et sont en passe de devenir des idéologies identitaires, dogmatiques et prosélytes qui vont souvent à l'encontre de la quête intérieure. Même si la sincérité des individus est réelle, les messes et autres fêtes religieuses sont pour la plupart de ceux-ci des rituels plus sociaux que spirituels. Sécularisée, la conscience religieuse se mondialise, se vulgarise, grâce à toutes sortes de propagande. On constate tout à la fois une idéologisation du religieux, avec, d'une part, un durcissement formaliste et fondamentaliste et, d'autre part, une psychologisation du spirituel avec le néo-spiritualisme, une forme pour le coup très « liquide » et ouverte à tout et n'importe quoi, très syncrétiste de surcroît.

PIERRE. — Chacun pense détenir la vérité et c'est le début des bagarres…

BERNARD. — L'exclusivisme religieux est une position presque intenable aujourd'hui, mais le religieux est surtout devenu le terreau du repli identitaire, souvent un retour littéraliste à une origine mythifiée. Revenir au centre de soi-même, se poser, arrêter de courir en tous sens comme un canard sans tête et méditer… c'est important pour la psyché. *A minima* et pour commencer, on peut inviter chacun à faire un pas de côté pour observer le vivant et non plus le consommer. En faisant cela, on va approcher d'un thème essentiel, la beauté, qui est le début de la sagesse. Qui dit beauté dit respect. Il suffirait que nous apprenions à regarder et à voir.

PIERRE. — Je salue ce messager qui a dit que l'amour est la vraie puissance. La puissance d'aimer et la réconciliation. J'aime le rapport qu'avait Jésus avec les gens extrêmement simples qui l'entouraient et qui n'étaient pas des théologiens coupeurs de cheveux en quatre. Le « Aimez-vous les uns les autres » élague toutes les questions. Quand on met de l'amour dans les choses, elles sont transfigurées. Cette énergie amoureuse est totalement intégrée à ma façon d'aborder l'écologie et cela réunit l'amour de l'art, de l'oiseau, de l'arbre, etc. En revanche, l'amour exclusiviste de la patrie est une pathologie, un stratagème qui dénature tout.

BERNARD. — Pour en revenir à ta proclamation sur l'amour, Gabriel Marcel, qui est un philosophe attachant même s'il est aujourd'hui un peu négligé, disait que « l'admiration nous soulève », un peu comme l'enthousiasme qui, étymologiquement, est « Dieu dans l'âme ». Cette force-énergie de l'émerveillement est de la même nature que l'amour. L'émerveillement né de la contemplation des phénomènes naturels, d'un paysage, d'un être ou d'une attitude est une forme d'amour. Bertrand Vergely perçoit l'émerveillement comme un « élargissement de la réalité », de la plate réalité. Autant dans la « vie liquide », la vérité se fluidifie – ou se relativise –, autant la perception de la beauté, qui est sa sœur, peut nous sauver si nous allons à sa source par ce qu'elle a de concret, de perceptible, de sensoriel, de salutaire…

PIERRE. — Encore faut-il se mettre d'accord sur ce qu'on entend par beauté…

BERNARD. — Si tu donnes une définition exclusivement esthétique, selon l'époque ou la contrée nous risquons effectivement d'avoir de surprenantes contradictions… Ma définition serait une pirouette d'Hugo : « La beauté, c'est l'infini dans un contour. »

FABRICE. — Ah ! oui. Bien que je sois incapable de l'expliquer, je suis convaincu dans les profondeurs de mon être que l'éventuelle sortie de la crise écologique passe par la beauté. J'ai beaucoup aimé le romancier Tony Hillerman, qui a consacré plusieurs livres à l'univers mental des Navajos, peuple indien du cœur aride des États-Unis. Il utilise souvent le mot *hozro*, qui signifie pour eux « harmonie ». Il s'agit plus d'une recherche de l'équilibre entre soi et le reste que d'un état durable. Une recherche, un valeureux combat à l'ombre de la beauté du monde. Nous devons chercher, nous aussi.

BERNARD. — La magnificence et l'harmonie colorée des oiseaux, des papillons, des poissons des grandes profondeurs, du pelage des mammifères n'était pas nécessaire. À nos yeux, ils auraient pu être moches. Or nous partageons ce sens du beau avec tous nos parents animaux ! Il y a quelque chose d'universel, de gratuit et de généreux dans la beauté qui exprime autre chose...

FABRICE. — Ce qui reste réconfortant dans l'espèce humaine, si misérable qu'elle soit parfois, c'est qu'elle est capable de ressentir la beauté. Et de se battre pour elle.

PIERRE. — Le terme « absolu de beauté » renvoie à un sentiment d'universalité... Mais dans la pratique au quotidien, la vie sociale, les humains ont du mal à s'accorder sur la beauté, qui n'est pas que visuelle. Je pense à la musique...

BERNARD. — Quand tu traverses des mondes encore traditionnels, il n'y a pas que de la beauté, même s'il y règne beaucoup d'harmonie ; mais on dirait qu'il était réservé à la modernité de cultiver le glauque et le laid.

PIERRE. — Soit. Je souscris à fond à cela, mais quand on parle de la beauté d'une chevauchée sabre au clair, je frémis...

BERNARD. — C'est la chevauchée qui est belle... Le reste est une esthétisation de l'horreur.

PIERRE. — On la transforme en beauté… La beauté est transcendante, elle s'évade de la platitude et nous élève. Peut-être faudrait-il distinguer les formes qu'elle prend et faire un effort sémantique pour ne pas les confondre ? Je voudrais ajouter que les agriculteurs qui réussissent leur passage à l'agroécologie sont la plupart du temps ceux qui retrouvent le goût de la beauté…

FABRICE. — Bernard, tu as chez toi, une grande porte en bois du Rajasthan qui provoque une émotion humaine profonde. Elle n'est pas qu'esthétique… On voit tout entremêlés le travail, l'exigence, le soin, le sens… La beauté du geste même…

BERNARD. — L'artisanat ancien est effectivement l'expression de l'intelligence de la main et du regard. Quand on regarde, on comprend… Comme vous le savez, j'aime beaucoup l'étymologie. *Intellegere,* « comprendre », cela signifie « lire dans les interstices ». Comprendre, c'est voir à travers… Nous devons lire entre les lignes ! Sylvain Tesson note que « le principal trait de la mondialisation, c'est la ruée vers le laid ». Comprenne qui pourra ! La ruée, c'est l'attirance irrépressible !

PIERRE. — C'est indéniable.

FABRICE. — Mondialisation, modernité et laideur s'engendrent mutuellement. Ils sont les traits d'un monde qui a perdu sa boussole en misant tout sur l'expansion matérielle. On a confié à l'humain, nous l'avons déjà dit, des outils de plus en plus extravagants. Le nucléaire est démence de domination de la matière, qui s'accompagne d'une production de déchets. Certains d'entre eux seront encore radioactifs dans des centaines de milliers d'années. Aussi loin dans le temps que celui qui nous sépare de la maîtrise du feu. Ce n'est pas un défi à la vie, c'est une insulte.

PIERRE. — C'est de l'inintelligence et de l'irresponsabilité absolues...

BERNARD. — La démesure s'est infiltrée partout parce qu'on a ouvert la boîte de Pandore. Selon Hésiode, c'est l'irrépressible curiosité qui conduit Pandore à ouvrir le vase qui contient en réalité tous les malheurs qui vont frapper l'humanité, à commencer par la folie, la passion, l'orgueil, la maladie... Zeus voulait se venger de Prométhée, le voleur du feu... L'humanité est parcourue de pulsions prométhéennes et Zeus compte les points...

FABRICE. — L'*hubris* est au cœur de l'humain, depuis les origines je crois. Le problème neuf, c'est que cette démesure s'appuie désormais sur des moyens techniques disproportionnés.

BERNARD. — Oui, on peut parler d'une mégalomanie débridée...

FABRICE. — Et tout ça pour quoi ? Je me souviens du président Giscard d'Estaing, assurant en 1980 que Superphénix allait faire de la France une Arabie saoudite de l'électricité. Le programme, un raté complet, a été arrêté en 1997 après avoir coûté autour de 10 milliards d'euros. Avant un démantèlement qu'on ne sait pas vraiment faire, et qui coûtera une fortune. Et l'on recommence avec les réacteurs de nouvelle génération, dits EPR, qui accumulent de graves défauts, d'incroyables retards et des surcoûts monumentaux.

PIERRE. — À l'évidence, c'est un fantasme, une représentation initiée et imaginée par l'homme démiurge se passant de Dieu et lui substituant les prodiges de la physique.

FABRICE. — Prodigieux, certes, mais prodigieusement inquiétant surtout !

PIERRE. — *A contrario*, ne croyez-vous pas que la dissuasion nucléaire a assagi – au moins temporairement – l'homme ?

FABRICE. — Euh, non, je ne crois pas.

BERNARD. — L'« équilibre de la terreur » – formule terrifiante en soi – à laquelle tu fais référence n'est qu'un leurre. Les Américains, qui ont été les seuls à utiliser cette arme diabolique, l'ont tout de même utilisée à deux reprises, à Hiroshima puis à Nagasaki – et ils ont même envisagé de larguer une bombe sur Kyoto, un joyau universel ! On peut se demander, au vu du désastre provoqué par la première bombe, pourquoi ils ont récidivé. Le Japon était déjà à genoux...

FABRICE. — Ils n'ont pas pu s'empêcher de tester...

BERNARD. — Donc, ils ont atomisé plus de 200 000 êtres pour stopper une guerre et surtout pour vérifier que cela marchait bien deux fois... Une sinistre fois aurait suffi. On sait qu'un dictateur fou et acculé ou un paranoïaque avéré pourrait être tenté d'utiliser une bombe nucléaire... Bien sûr, on peut espérer qu'il va réfléchir à deux fois avant de le faire en raison de l'effet boomerang, mais qui sait ?

FABRICE. — Tout pays qui se dote, ouvertement ou non, de l'arme nucléaire devient une menace pour le reste du monde.

BERNARD. — On a accolé à la logique de la dissuasion nucléaire l'acronyme Mad (« fou ») pour *Mutually Assured Destruction*, la « destruction mutuelle assurée ». À peine treize ans après le lâcher des bombes, en 1958, Günther Anders a écrit un journal d'Hiroshima et de Nagasaki qu'on trouve dans son livre *Hiroshima est partout*. Il parle de la « honte de ce que les hommes ont pu faire à d'autres hommes » et de « la honte d'être aussi un homme ».

Dans ce même livre, on trouve une correspondance amicale avec le pilote de l'avion de reconnaissance qui a donné le feu vert au largage de la bombe par un autre avion (Enola Gay) sur Hiroshima et causé par là même la mort de 120 000 personnes en quelques secondes. Ce dernier a été interné parce qu'il refusait d'être considéré comme un héros. Submergé de honte, il avait auparavant tenté de se suicider. Cet homme rongé par la culpabilité, qui s'appelait Claude Eatherly, n'était pas fou, ses lettres à Anders le prouvent. Il était juste accablé par le remords et le poids de son acte.

FABRICE. — Avec un personnage aussi impulsif que Trump, tout devient possible. Les chefs d'état-major de l'armée américaine redoutaient que, dans les derniers jours de son mandat, il ne déclenche une attaque nucléaire, par exemple contre l'Iran. Le général en chef avait ordonné à sa hiérarchie, dans ce cas, de se tourner d'abord vers lui pour vérifier la pertinence de la décision présidentielle. Non, il n'y a pas d'assagissement. Toutes les armées d'Occident travaillent sur des bombes nucléaires miniaturisées qui, compte tenu de leur impact « plus faible », pourraient être utilisées sur un champ de bataille.

Pierre. — Encore, encore, encore : pourquoi l'humanité est-elle dans cette monstruosité ? Pourquoi ? Cette pulsion de mort est au cœur de l'homme, elle lui est même spécifique. Pourquoi se laisse-t-il aller périodiquement à cette pulsion, pourquoi n'a-t-il pas œuvré sur lui-même pour se débarrasser de cette folie ?

Fabrice. — Je n'écarte pas tout à fait l'hypothèse que cela soit dans le programme biologique de l'espèce humaine.

Pierre. — Tu penses vraiment ça ?

Fabrice. — Je ne sais pas. Connais-tu l'histoire du scorpion et de la grenouille ? Un scorpion veut traverser une rivière. Comme il ne sait pas nager, il s'adresse à une grenouille : « Sois sympa, laisse-moi passer sur ton dos. Je t'en prie. » La grenouille lui dit : « Scorpion, tu me prends pour une imbécile, je sais que tu vas me piquer. » Le scorpion rétorque : « Mais non, évidemment, parce que si je te pique, je vais me noyer en coulant avec toi. » De guerre lasse et convaincue par l'argument, la grenouille accepte et prend le scorpion sur son dos. Arrivé au milieu de la rivière, le scorpion pique la grenouille. La grenouille est paralysée et s'apprête à couler et à mourir. Elle lui dit dans un dernier souffle : « Mais pourquoi as-tu fait ça ? Tu vas mourir noyé. » Et le scorpion : « Que veux-tu ? C'est ma nature... »

Bernard. — L'homme est donc un animal sans limites, mais aussi sans retenue...

PIERRE. — Ce qui nous a conduits à penser à Satan, la puissance obscure qui favorise le mal dans l'être humain, le possède et le manipule. J'ai posé une fois la question de son existence à Jean-Marie Pelt. Un jour où j'étais démoralisé par la cruauté et la sottise humaine, je lui ai dit : « Sauf à croire que Satan existe, je ne comprends pas l'humanité. » Et il m'a répondu du tac au tac : « Mais tu en doutes ? » Et c'est vrai que même si nous recourons à toute la rationalité dont nous sommes capables, rien ne nous dit qu'une force obscure n'existe pas...

FABRICE. — Mais c'est justement une certaine rationalité qui nous a conduits là. Le siècle des Lumières français est merveilleux, parce que tout semble alors possible à l'aide de la raison et du savoir. Grâce à d'Alembert, Diderot, *L'Encyclopédie*, l'homme comprend enfin qui il est et où il va. Or, et c'est un horrible paradoxe, un lien qui n'est guère analysé, on passe de ce grandiose mouvement intellectuel et moral au drame dans lequel nous sommes plongés. Car *L'Encyclopédie* contient aussi en germe, à côté de sa force émancipatrice, un délire. Celui de croire que l'homme a le droit et même le devoir de maîtriser la nature, de s'imposer à elle et de définir des fins générales pour la planète.

PIERRE. — Mais c'est l'homme qui s'est autoproclamé maître de l'univers. Comme je le dis souvent, ce n'est pas un colloque d'éléphants, de lions et d'antilopes qui a décidé qu'il était le roi de la jungle...

BERNARD. — Ce délire, comme tu dis, est aussi né dans un univers artificiel de perruques et de gens poudrés ridiculement attifés et déconnectés de la nature. Un univers manifestement décadent où la science a pu néanmoins prospérer. L'effondrement de ce monde de pacotille était inéluctable... Mais par ailleurs, Frithjof Schuon disait que si Voltaire avait su ce que son œuvre allait donner, il se serait fait chartreux !

FABRICE. — Excellent !

PIERRE. — Sans doute était-ce beaucoup lui demander !

BERNARD. — Antoine Lilti dit que les Lumières, dont nous avons hérité et dont nous sommes responsables, est un mouvement polyphonique qui accompagne l'entrée dans le monde moderne, mais qu'il aurait pu être autre que celui que nous avons connu. L'idéal de « liberté, égalité, fraternité », qui a été porté par les frères maçons, s'est plus ou moins incarné à ce moment-là. On ne peut pas récuser le fait que cette trilogie qu'on lit sur les frontons est un idéal. C'est ce que nous en faisons ou comprenons qui peut faire débat... À l'origine de l'instauration totalitaire du culte de l'Être suprême en 1793, il y a trois personnes, un triumvirat ou une sombre trinité, qui préside à cette funeste année : Robespierre, Saint-Just – l'« archange de la Terreur » – et Georges Couthon... On oublie souvent ce troisième comparse souffreteux, franc-maçon de fraîche date. C'est un avocat assez quelconque, originaire du Puy-de-Dôme, et c'est ce « Mr. Nobody », aimable et plutôt effacé au début de la Révolution mais bien présent par la suite, qui va suggérer le culte de l'Être suprême à Robespierre et coécrire la loi de la « Grande Terreur » par laquelle l'anéantissement des adversaires, au nom de la sûreté générale, devient pour le moins expéditif.

Il ne fait pas de flamboyants discours comme les deux autres, mais il est le scribe appliqué qui ouvre la porte aux pires dispositions prises alors. Il sera guillotiné un an après, mais le mal est fait. La Révolution est réellement « autophage », pour reprendre un terme qu'Anselm Jappe applique au capitalisme[1]. Elle s'autodévore, et l'on retrouve ce trait cannibale à tous les niveaux depuis deux siècles… Il ne s'agit pas de tenir des propos réactionnaires, mais de voir que la compétition qui naît de cette perspective, où demain est toujours mieux qu'hier, est un principe d'autodestruction. En fait, ce qui me gêne dans l'idée de Lumières – au pluriel, tant elles sont variées et ambivalentes –, que l'on oppose mécaniquement à l'« obscurantisme » antérieur, c'est vraiment l'idée systématisée de rupture avec le passé, comme si les fleurs et les fruits d'un arbre reniaient les racines qui les ont alimentés. C'est la marque d'une rupture anthropologique… Toujours très lucide, Simone Weil a noté dans l'un de ses cahiers : « D'où nous viendra la renaissance, à nous qui avons vidé et souillé le globe terrestre ? Du passé seul, si nous l'aimons. » Si nous l'aimons… et le comprenons !

FABRICE. — Je suis souvent allé en Vendée, région martyre où les colonnes infernales ont massacré des dizaines de milliers de gens dans des conditions effarantes, ouvrant les ventres des femmes enceintes à coups de baïonnettes. Et pour moi, cette évocation est atroce. Car l'on parle, pour aller vite, d'un mouvement libérateur – la République – créant une armée

1. Anselm Jappe, *La Société autophage. Capitalisme, démesure et autodestruction*, La Découverte, 2020.

en principe animée de sentiments généreux. Et cette armée débarque dans une région dont elle ne sait rien, et se comporte comme les hordes hitlériennes entrant en Union soviétique en 1941.

BERNARD. — La Vendée de l'époque m'évoque irrésistiblement les Indiens des plaines confrontés à l'armée américaine. Même choc des cultures, même incompréhension. Il y a un discours de Charrette qui a des accents de chef amérindien... De mémoire, je l'ai recopié dans l'un de mes carnets, il dit notamment : « Notre patrie à nous, ce sont nos villages, nos autels, nos tombeaux, tout ce que nos pères ont aimé avant nous... Leur patrie, ils l'ont dans le cerveau, nous l'avons sous les pieds. » Et il ajoute qu'il se bat pour défendre « la liberté de l'homme intérieur »... La liberté de l'homme intérieur... Quel beau programme ! La Révolution aura éradiqué nos derniers Peaux-Rouges !

PIERRE. — Il y a aussi l'hégémonisme culturel et la haine du paysan...

FABRICE. — Les colonnes urbaines viennent mater les paysans attardés...

BERNARD. — ... qui portent des sabots de bois. C'est un paradoxe incompréhensible que l'idéologie égalitaire aboutisse à de tels massacres. Staline fera de même avec les koulaks. La guillotine qui raccourcit les gens en vitesse et sans douleur est un idéal progressiste aussi... L'humiliation recherchée en réduisant les êtres à des corps mutilés et décérébrés montre que c'est le ressentiment qui mène la danse. Pourquoi la révolution n'a-t-elle pas été joyeuse ?

PIERRE. — Oui, le cauchemar de cette époque s'explique largement par une rancune inassouvie à l'égard de ceux qui ont exploité et souvent méprisé toute une catégorie sociale.

FABRICE. — Il y avait de très bonnes raisons de faire la Révolution en 1789. C'était un ordre qui ne marchait plus, mais effectivement, comme tu le dis, si Voltaire l'humaniste avait su tout ce qui allait suivre – Napoléon, l'industrialisation, la création d'un prolétariat asservi... –, il se serait probablement retiré du jeu. En fait, il a fallu un siècle pour que cette folie se calme. En 1889, pour le centième anniversaire, cela semble s'apaiser. Un peu.

BERNARD. — Mouais... C'est le règne de l'utopie positiviste et saint-simonienne, mais on était en train de créer un prolétariat sous-payé, un asservissement par la machine avec les manufactures, le boom industriel des années Napoléon III avec les frères Pereire, des entrepreneurs et financiers bordelais qui ont propulsé la France dans une autre ère... Quelques années plus tard, c'est l'affaire Dreyfus, et bientôt la guerre de 14 avec la montée des nationalismes bellicistes qui l'ont précédée. La guerre de 14-18, c'est le mur contre lequel va s'écraser le rêve progressiste. L'insubmersible *Titanic* qui coule en musique lors de son premier voyage ! Quelle gifle !

FABRICE. — C'est la fin d'une illusion. L'Europe se fracasse... Mais autour de 1900, le nombre d'inventions et de découvertes est absolument hallucinant. Tout le monde croit que l'ère du progrès prend enfin place dans l'histoire. Tous les hommes de bonne foi pensent qu'on va vaincre la maladie et la mort.

Au fond, l'avènement de l'électricité, de la photo, de l'automobile, de l'aviation fait croire que l'on va vers un monde merveilleux et tout s'effondre. C'est tragique, car le mouvement ouvrier – celui des mutuelles, des bourses du travail, du mouvement coopératif naissant – est une entreprise de civilisation. En France comme en Allemagne, un mouvement socialiste puissant jure jusqu'à la dernière minute que les peuples des deux pays ne se feront jamais la guerre. Pensons à Jaurès, assassiné en juillet 1914, quelques jours avant le début du grand massacre !

PIERRE. — La Grande Guerre a été le tombeau de nos campagnes et de la paysannerie. Elle a surtout été un génocide paysan. Il n'est qu'à voir les monuments aux morts avec la liste des sacrifiés du plus perdu des villages. Parce qu'ils avaient un lien immédiat à la terre, ils étaient faciles à endoctriner. Dans leur optique, défendre la patrie, c'était défendre leurs champs, et ils sont partis… comme en 14. Pour moi, le déracinement des paysans a engendré le chaos général qui a suivi. Le lien avec la nature était perdu et les hommes avaient vu trop d'horreurs pour revivre sereinement. La paysannerie a payé le prix fort et le temps des ouvriers est arrivé. Ce n'était plus le temps des hommes de la terre… Le lien a été rompu. Ce n'est pas étranger à la crise écologique que nous constatons.

BERNARD. — Ce qui est déroutant, c'est l'enchaînement qui s'ensuit. Ce qui naît de ce bourbier, ce sont les Années folles, la grande crise économique, Lénine, Mussolini, Staline, Hitler, Mao… Une cohorte de tyrans et de monstres…

FABRICE. — Quand tu dis que Lénine est un tyran, je ne suis pas tout à fait d'accord, même si j'exècre cet individu. En fait, c'est pire que ça. C'est un intellectuel qui a voyagé dans toute l'Europe, travaillé dans les plus grandes bibliothèques du continent, comme celle du British Museum, et il ne rêve pas de construire une dictature. Certes, son projet est fou et il ouvre la voie à l'horreur stalinienne. Mais ce qui ajoute à la stupéfaction, c'est qu'il est *aussi* un produit de l'Europe intellectuelle de son temps. L'effroi n'en est que plus grand.

BERNARD. — Sans doute, mais Lénine est bien, selon la formule de Stéphane Courtois, « l'inventeur du totalitarisme » – une marque de fabrique de la modernité du XXe siècle –, et par là même l'étincelle qui a mis ce siècle à feu et à sang. Il a contribué lui aussi à l'éradication de la paysannerie, qu'il juge bigote et inepte. Soljenitsyne a démonté le mécanisme avec une précision d'horloger. Le totalitarisme, c'est l'hégémonie d'un parti unique et omniscient, le culte d'un chef indiscuté qui revêt une dimension quasi religieuse, la paranoïa et la démesure à tous les étages, la persécution sans fin des opposants, le mensonge et la dissimulation... Le fait que les totalitarismes méprisent et massacrent volontiers les paysans est un signe. La crise écologique actuelle plonge ses racines dans ce mépris-là tout autant que dans l'industrialisation forcenée et la marchandisation outrancière du capitalisme.

10

Indéfiniment réparable – L'expropriation de l'outil –
Les fils du pétrole – La numérisation étouffante –
Une nécessaire refondation – L'anthropocène,
un tombeau ? – Un soupçon de bonheur –
Les frasques des nantis – Un mot piégé –
Le vivant plutôt que l'écologie – Un peu de biologie –
Se changer pour changer le monde
– *La Pesanteur et la Grâce* – Daniel Cordier, un exemple
– Le développement, une croyance moderne –
Le choix du feu – *Cuba si, Cuba no* –
Concentrer toutes les énergies – Les biocarburants,
une infamie ? – Le tourisme de masse

FABRICE. — Pourquoi n'a-t-on pas conçu une voiture industrielle qu'on puisse réparer indéfiniment ? Qu'est-ce qui empêche cela ? Rien. Techniquement, rien. Un moteur pourrait être imaginé comme un empilement de pièces échangeables par tout le monde ou presque. Quand j'étais petit, la télé, c'était ça. Le réparateur arrivait cravaté, avec sa mallette magique, tel un médecin, et allumait l'appareil. J'aurais pu en faire autant, car il ôtait le capot, cherchait la lampe à incandescence qui n'était plus allumée, l'enlevait, cherchait dans sa boîte à malices, saisissait une lampe neuve, la plaçait, et tout repartait sans histoire. Je fais partie des gens qui veulent simplement qu'une bagnole les transporte en sécurité, rien d'autre. Si le monde était fondé sur autre chose que la dictature de la marchandise, on pourrait garder les mêmes objets essentiels toute une vie.

PIERRE. — Là, tu touches un des problèmes majeurs de la modernité qui exproprie l'usager de la maîtrise de son outil. Mais c'est voulu. C'est une stratégie.

FABRICE. — Absolument, l'expression est très juste, il faut que tu sois exproprié. C'est ce qui s'est passé avec l'arrivée massive de l'électronique dans la construction des automobiles. Avant, des millions de bricoleurs du dimanche s'en donnaient à cœur joie, car il s'agissait de mécanique. Mais c'est terminé. La bagnole, pas touche ! Si l'on fabriquait des objets constamment réparables, qui dureraient trente ans et plus, ce système s'effondrerait sur lui-même. Il veut le gaspillage perpétuel.

BERNARD. — Il y a un besoin de changement, une quête addictive de la nouveauté, de l'étonnement. L'homme est devenu, plus qu'hier, un concentré de désirs.

PIERRE. — Il y a une approche stratégique - vraiment stratégique - qui consiste à donner une prépondérance excessive au spécialiste. Il n'y a là aucun hasard.

FABRICE. — Mais bien sûr, Pierre. L'électronique, c'est le monde des spécialistes. Alors que la mécanique était celui de la coopération et de l'intelligence partagée.

PIERRE. — Il y avait une convergence des compétences qui apportait à tous et à chacun. Cette dépossession a bien été perçue par Illich, lorsqu'il évoque le rapport à l'outil et l'expropriation de l'individu.

FABRICE. — Dans *Énergie et équité,* il avait fait un calcul qui m'avait ahuri. Compte tenu du temps nécessaire à l'achat, à l'alimentation et à l'entretien d'une bagnole, il était évident qu'on allait plus vite à vélo que dans une Mercedes - ou d'ailleurs une Dacia.

BERNARD. — J'ai souvenir que cette conclusion paradoxale avait fait florès dans les années 1970. En 1973, Illich, souvent tellement pertinent et stimulant, avec son livre sur *La Convivialité,* a été l'une des révélations de ma jeunesse et de mon entrée en écologie. Cependant, l'exemple qu'il donne sur la vitesse de la voiture lui a été soufflé par l'un de ses amis et disciples, Jean-Pierre Dupuy, l'auteur au demeurant passionnant de *La Marque du sacré*[1] qui a beaucoup travaillé sur la menace nucléaire et l'imminence d'une « catastrophe » apocalyptique. Son calcul m'a toujours fait penser aux arguments fictionnels de Zénon d'Élée pour prouver l'impossibilité du mouvement. Achille ne rattrape jamais la tortue parce que quand il arrive au point où elle était au départ, elle a continué d'avancer, et ainsi de suite…

FABRICE. — C'est une manière de rappeler qu'il est absurde et contre-productif de prendre sa bagnole pour aller chercher son pain à quelques centaines de mètres.

PIERRE. — Il faut aussi rappeler que si je pèse 50 kilos tout mouillé, ma voiture fait une tonne et demie.

---

1. Jean-Pierre Dupuy, *La Marque du sacré*, Champs, 2010. À propos d'Ivan Illich, on peut se référer au remarquable essai de Jean-Michel Djian, *Ivan Illich. L'homme qui a libéré l'avenir*, Seuil, 2020.

Une tonne et demie en mouvement pour déplacer 50 kilos... C'est absurde.

FABRICE. — Et il a fallu extraire et transformer 1 500 kilos de matières onéreuses en détruisant l'écosystème. Sans parler du plastique qui va durer cinq cents ans. Le plastique est une invention du diable !

BERNARD. — C'est le fils du pétrole. Par ascendance, il naît d'une putréfaction souterraine et il n'est donc plus du ressort du vivant...

FABRICE. — C'est une invention du diable parce que, en dépit d'un usage restreint et court, il va mettre des siècles à disparaître. Qu'on ne nous dise pas que l'humanité ne peut pas s'en passer ! Elle l'a fait depuis *Homo habilis* jusque dans les années 1930... Prenons l'exemple du Nylon. Des publicitaires américains ont réussi un tour de force : convaincre les femmes que leurs jambes méritaient ces bas merveilleux, faits d'une matière nouvelle, presque invisible. Le 24 octobre 1939, un magasin de Wilmington, dans le Delaware (États-Unis), vend les toutes premières paires. Certaines clientes ont parcouru des centaines de kilomètres pour les acheter. C'est un incroyable tour de passe-passe, car les bas en soie naturelle sont bien plus solides. J'avais noté un jour un spot publicitaire d'époque : « Si c'est du Nylon, c'est plus joli et oh ! si vite sec ! » C'est ainsi que le plastique a déferlé sur le monde.

Vous vous souvenez de l'embrouille des CD ? Vite ! Il fallait se débarrasser des microsillons 33 et 45 tours, « tellement » fragiles. Ne disait-on pas qu'on pourrait marcher sur un CD sans jamais l'abîmer ?

BERNARD. — C'est la numérisation qui a provoqué cette nouvelle mutation. L'ère du numérique marque un changement de fond. La numérisation, c'est l'étherisation du monde… La vaporisation, la sublimation après la pétrification et la liquéfaction. Dans l'alchimie, l'éther, c'est le cinquième élément invisible qui donne leur consistance aux quatre éléments fondamentaux que sont l'eau, la terre, l'air et le feu… Les cinq doigts de la main et l'éther, c'est le pouce. En fait c'est l'ère du monde subtil qui s'étend, l'ère des ondes et du chiffre qui arrive, le zéro et l'infini.

FABRICE. — La binarisation du monde. Tous les *process* industriels, tous les supports de la pensée humaine se réduisent désormais à cette succession de 0 et de 1.

PIERRE. — Insidieusement, on est en train de confisquer au cerveau sa fonction. On tend à adapter le cerveau biologique à un mode de fonctionnement productiviste inhumain…

BERNARD. — … un mode de fonctionnement alternatif qui est aux antipodes de la nuance. Or la nature n'est que nuances, la biosphère c'est l'infinie variété. Peter Sloterdijk note qu'il y a dans la société un fort courant visant à la destruction des nuances. La nuance est la victime de la polémique et du cynisme généralisé. Même dans les débats, on devient binaire !

FABRICE. — Tous les humains sont en état de choc devant quelque chose qui les dépasse complètement. La numérisation remplace les êtres. Elle en fait autant de choses.

PIERRE. — L'écologie aura un rôle protecteur à jouer à cet égard, car elle est une école du réalisme et de la nuance. Inéluctablement, la nature nous remettra à notre place, que nous nous agitions ou non…

FABRICE. — Pour moi, il s'agit bien de refonder notre rapport au monde. L'idée de protection – qui reste dominante – est une idée finalement néfaste. Elle sous-tend qu'il nous faut des réserves, des zones protégées comme les parcs nationaux. Mais l'écologie, ce n'est pas ça. Ce qu'il faut sauver, ce sont des écosystèmes complexes, qui interagissent en permanence entre eux. Ce qu'il faut sauver, c'est la création, comme j'aimais en discuter avec mon ami Dominique Lang, le prêtre catholique dont je vous ai déjà parlé. Je ne veux pas de rustine, qui tôt ou tard se détachera, d'ailleurs. Je veux tout. La biosphère doit rester une maison habitable.

PIERRE. — Nous sommes dos au mur. Il est en effet une dimension perverse que je pourrais résumer ainsi : puisque je protège en sanctuarisant, je peux détruire ailleurs…

FABRICE. — C'est navrant, mais est-ce que le parc national de la Vanoise, créé en 1963, a empêché le tourisme de masse de détruire la montagne ? Pas le moins du monde.

BERNARD. — Il n'y a malheureusement pas que la montagne. Nous sommes devenus une espèce invasive et plus rien n'échappe à notre emprise. C'est aussi la loi du nombre : 1 milliard d'individus au début du XXe siècle et bientôt 8 fois plus… avec tout ce que cela signifie en matière d'accaparement des terres. Le sauvage, même s'il est rare en France, est la grande victime de notre invasion. Aucune espèce au monde ne construit comme nous. Nous sommes en train de recouvrir la terre d'asphalte, de béton, de monocultures et de détritus… En l'an 1000, il y avait à peine 40 millions d'habitants en Europe et peut-être 10 millions en France… C'est le moment où l'on va commencer à défricher partout, mais avec les moyens de l'époque, l'énergie humaine et animale. Ceux qui contestent l'écologie – et, en sourdine, ils sont beaucoup plus nombreux qu'on ne le croit – ne prennent pas la mesure du changement qui est en train de s'opérer avec l'arrivée du nombre et de la technologie machiniste. L'anthropocène, le règne de l'homme, sera peut-être le tombeau de la diversité et de la beauté et plus tard, par effet collatéral et imprévu, du monde vivant.

PIERRE. — J'attends qu'on mesure, pour de bon, le bonheur… Un indicateur du bonheur humain qui mesure son rapport à l'environnement naturel. Car le monde que nous édifions ne sera pas joyeux. L'écologie, c'est l'étude de la « maison ». Nous devons tout prendre en compte du sol au plafond, de la cave au grenier. Si nous sommes mal dans la maison, elle nous chassera. Cela étant, je doute qu'on puisse sérieusement créer cet indicateur… et qu'on le rattache clairement à notre rapport à la nature, même si tous ceux qui la parcourent savent combien elle apporte de repos à notre âme.

BERNARD. — Le Bhoutan préfère le bonheur au calcul du PIB et la Constitution de 2008, je crois, a intégré le BNB, « bonheur national brut », à sa loi fondamentale… Mais est-ce suffisant ?

PIERRE. — Ce n'est qu'un indicateur du développement humain, si ma mémoire est bonne… Le calcul de la richesse naturelle intacte serait une donnée très importante à prendre en compte.

FABRICE. — J'ai été éclairé il y a trente ans à ce sujet en discutant avec un homme formidable, Jean-Claude Pierre, un Breton…

PIERRE. — … que j'ai connu !

FABRICE. — Un jour, il m'a dit : « Savez-vous comment on établit la comptabilité nationale ? La richesse d'un pays ? L'*Amoco Cadiz* et cette horrible marée noire nous a rendus plus riches, sur le papier, parce qu'il a généré quantité d'activités de dépollution… » C'est tout aussi vrai du cancer qui augmente chaque année la richesse nationale, ce ridicule PIB. C'est absurde, la richesse ne peut pas être une maladie ou un désastre. Il faut trouver autre chose.

BERNARD. — Puisque nous évoquons la question de la richesse, l'un des marqueurs de la modernité, c'est aussi l'invraisemblable disproportion entre les ultra-riches – aussi riches voire plus riches que certains pays – et les laissés-pour-compte qui vivent en dessous du seuil de pauvreté. Jamais dans l'histoire du monde de telles fortunes disproportionnées n'ont été amassées. Que certains de ces surnageants richissimes puissent imaginer emmener des touristes fortunés se promener dans l'espace est une ineptie totale… voire grotesque quand on apprend qu'ils ont eu – les pauvres ! – des problèmes de toilettes bouchées, comme si l'espace refusait leurs excréments…

FABRICE. — Elon Musk a cru malin d'envoyer une bagnole dans l'espace au titre de message adressé aux éventuels extraterrestres… Pour signifier la joie que serait une telle rencontre, il envoie une bagnole ! Le fric, cet insupportable fric. Circulent en permanence des milliers de milliards d'euros qui ne savent même plus où s'investir. Et souvent, on l'a vu au moment de la crise de 2008, de damnés investisseurs choisissent la spéculation et le risque maximal – pour nous, qui sommes derrière – pour gagner encore plus. D'un côté, la misère et le désastre écologique, et de l'autre, ce monde impossible qui se noie comme Picsou dans son or. Parmi d'autres souffrances, il en est une qui me transperce : le Nord ne peut plus parler au Sud. On me dira qu'il ne l'a jamais fait, mais notre hyperconsommation interdit tout dialogue vrai. Et je pense surtout à ces si nombreuses jeunesses du Sud. Comment feraient-elles confiance à des peuples gavés de biens matériels et qui ne veulent renoncer à rien ?

Il existe une voie peut-être, très étroite : que nous, habitants du Nord, nous emparions de cet argent, de toute évidence volé aux hommes et aux êtres vivants, aux écosystèmes. Oui, il faudrait saisir ces milliers de milliards, de gré ou de force, car il est moralement celui de notre avenir commun, avant de le mettre à disposition d'un plan herculéen et planétaire de restauration écologique de la planète. Je pense qu'il existe bien un milliard d'humains susceptibles de se lancer dans un tel chantier, qui viserait en priorité les fleuves, les forêts, les sols agricoles. En somme, les gueux du monde entier recevraient un salaire pour rétablir ce qui peut l'être encore. Je sais que nous en sommes très loin, mais je vois dans cette idée la perspective de parler enfin tous ensemble. Et d'agir.

BERNARD. — Ce qui me gêne dans cette proposition quelque peu utopique, c'est qu'on la fonde sur la contrainte lors de la captation. La convulsion est assurée, le ressentiment va prospérer et des oppositions possiblement meurtrières s'instaurer. Or le ressentiment est l'une des clés du malheur actuel. Pierre, Cynthia Fleury, que tu as rencontrée il y a quelques années aux Amanins, l'a exposé avec brio dans son dernier livre[1]. Elle montre que l'amertume et la rumination, mais aussi l'égalitarisme excessif sont des chemins vers la terreur. Clairement, il faut qu'on établisse un niveau où le trop-plein de richesses retourne à sa source... La démesure des profits est une aberration du système, tout comme les « paradis fiscaux » qui devraient disparaître d'une manière ou d'une autre. Je préférerais une contribution mondiale sur la mégarichesse – il faut évidemment qu'on en définisse les critères –, sur les profits déraisonnables, les *windfall profits* – les profits « apportés par le vent » de la spéculation – ou l'argent « boule de neige » né de montages à risques. On devrait *a minima* proposer des exonérations d'impôts différenciés sur les dons ou participations destinés à de puissants organismes non gouvernementaux clairement engagés dans la lutte contre le dérèglement climatique. On pourrait aussi inciter fortement ces super-riches à créer des fondations exclusivement ciblées climat, biodiversité ou écologie qui auraient pour vocation de canaliser leurs fonds sur des projets sélectionnés par des comités de « sages », indépendants d'elles, et qui seraient fonction des priorités de

1. Cynthia Fleury, *Ci-gît l'amer. Guérir du ressentiment*, Gallimard, 2020.

l'heure. Sinon, je vois poindre l'évitement, l'évasion, le camouflage... En France, en supprimant l'ISF, on a asséché la manne financière des dons défiscalisés auparavant destinée aux associations... En toute hypothèse, et pour reprendre, Pierre, un mot cher à ton ami Edgar (Morin), c'est un sujet labyrinthique d'une *complexité* extrême...

FABRICE. — Eh bien, pour une fois, je ne suis pas d'accord avec toi, Bernard. D'abord, qui a parlé de contrainte ? Je pense que les peuples sont adultes. Il s'agirait certes de travailler, mais en échange d'un revenu garanti. Et pas pour nous faire plaisir, mais pour assurer un avenir à leurs propres communautés. Au reste, la jeunesse du Nord, j'en suis sûr, trouverait là l'occasion de prouver sa valeur, en se mettant elle aussi à la restauration écologique générale.

Nous sommes à la croisée des chemins. Je reste profondément non-violent, mais le monde appelle une puissante secousse démocratique, une sorte de soulèvement, d'insurrection des consciences qui remettent à leur place ces castes qui nous mènent au tombeau collectif. C'est la seule manière de redonner un espoir et d'offrir une issue.

PIERRE. — Tout cela est très juste, néanmoins on ne fera pas l'économie d'un travail sémantique, parce que le langage est utilisé à tort et à travers. Je veux dire que nous devons d'abord définir ce que nous entendons par richesse. Cette redéfinition éviterait que tout un chacun reprenne à son compte des mots qui ne revêtent pas le même sens pour tous. Nous devons redéfinir notre mode de compréhension en montrant notamment comment faire de la simplicité une puissance, une vraie puissance. En évitant de croire que parce que j'ai plus, je suis plus puissant. Il ne faut pas que les mots vides de sens soient repris de la sphère ordinaire.

FABRICE. — La langue nous porte et nous définit, Dieu sait. Ceux qui portent l'espérance d'un monde différent doivent trouver le vocabulaire de leur espoir. Ou retrouver le sens perdu ou trop usé de certains mots. Oui.

PIERRE. — Nous allons banaliser des choses et dans l'imaginaire de ceux qui nous écoutent, les termes vont véhiculer une autre signification. Or nous devons être dans une révolution beaucoup plus profonde et fondamentale. Il ne s'agit pas de rafistoler un système en perdition... Nous récusons ce système dans ses préceptes et ses principes et même jusque dans son vocabulaire.

FABRICE. — Lorsque nous aurons trouvé des mots neufs, et imposé notre vocabulaire, nous aurons gagné la moitié de la partie.

PIERRE. — Nous devons sortir du banal parce que nous revendiquons d'être inspirés par la vie elle-même. L'écologie, c'est l'inspiration par la vie ! Nous sommes vivants et le revendiquons comme un privilège et un devoir ! Nous sommes obligés par le vivant.

FABRICE. — Oui, le vivant. C'est le mot décisif, avant même celui d'écologie, déjà galvaudé, pour ne pas dire déconsidéré, par les politiciens qui s'en réclament. Je revendique haut et fort ce mot de « vivant », qui pourrait unir sous une même bannière le monde entier.

PIERRE. — À 200 % d'accord ! Oui, le vivant ! En 2002, nous avions, mes amis et moi, appelé à une « insurrection des consciences », à un réveil donc, car nous sentions intimement que le vivant même était en péril, tant il est insidieusement pris d'assaut de toutes parts…

FABRICE. — Tu es notre médium, Pierre. Par ta voix, la vie s'exprime. Tu es la voix de l'avenir…

PIERRE. — Je ne suis pas mandaté pour dire ce que j'ai à dire, c'est au plus profond de moi et cela part d'un préalable qui est ce ressenti par rapport à ce « qu'est-ce que la vie ? », interrogation essentielle pour tous ceux qui ne peuvent se contenter de ce que le système historique a érigé comme étant la vie. En fait, je récuse l'histoire telle qu'elle nous a été présentée par le système. Il faut reconsidérer la donne plutôt que nous « passer la glaire de bouche en bouche » indéfiniment, comme dit Léon Bloy de manière fort peu ragoûtante ! Je suis pour une rupture totale d'avec le récit commun. Je suis nu, il y a la nature et la vie. Point. C'est l'histoire du vivant qui doit servir de fil rouge à l'histoire, pas nos tribulations…

BERNARD. — Pour quelqu'un comme moi qui avais choisi la biologie par passion – parce que j'aime la vie et sa complexité –, il va sans dire que le vivant est central pour mille et une raisons. Un de mes maîtres en biologie, Louis Bounoure, employait une formule qui m'avait marqué : « La vie exige une perfection essentielle. » Autrement dit, il n'y a pas de vie « à peu près ». Il n'y a pas d'entre-deux. Le principe de vie n'est jamais bancal. Cela marche ou bien cela disparaît. Jusqu'à preuve du contraire, la vie – et le vivant avec sa capacité extraordinaire à se pérenniser – est un mystère unique et éminemment fragile. Bounoure avait travaillé sur l'autonomie de l'être vivant (qui est le titre de l'un de ses livres) : l'autonomie est la caractéristique première du vivant, même si celui-ci trouve sa subsistance dans son milieu en créant des liens. Lorsqu'on tente de simuler la « soupe primordiale » en laboratoire, celle qui a, peut-être, été à l'origine de la vie, les premières molécules que l'on voit apparaître – de l'acide cyanhydrique, du formaldéhyde et parfois de l'acide formique ! – sont quand même foncièrement inamicales à l'égard de la vie, parce que toxiques... Que la vie ait pu s'établir et perdurer dans un tel milieu relève donc du miracle. Raison de plus pour en prendre jalousement soin...

PIERRE. — Raison de plus, aussi, pour rompre radicalement avec l'approche du monde qui nous est proposée et nous conduit, à l'évidence, dans une impasse !

BERNARD. — Dans le monde chamboulé qui est le nôtre, soumis à des secousses politiques en tout genre, je crains qu'en misant sur une rupture totale, on n'ait pas le résultat attendu. Je crois que le changement passera d'abord – et c'est l'un de tes leitmotivs – par des individus qui vont modifier progressivement et en profondeur leur rapport au monde et à la nature, mais aussi à l'égard des autres, par des êtres qui ont commencé à se transformer eux-mêmes, à faire un travail sur eux-mêmes, sur leurs habitudes, leurs attitudes, leurs façons d'agir dans le monde et la nature. S'il n'y a pas ce préalable, comme au jeu de l'oie on va vite se retrouver à la case départ. Pour sortir de l'ornière, j'aspire à une aristocratie du cœur, à une dignité retrouvée par la conscience de notre verticalité ontologique. C'est à mon sens la clé de l'avenir si l'on veut s'extraire du labyrinthe. Si l'on reste dans l'horizontalité et la pesanteur et qu'on ne retrouve pas cette dignité intrinsèque ainsi que l'exercice naturel de la grâce qu'avaient la plupart des peuples anciens, on va tourner bourrique en mâchonnant notre ressentiment. La toute première phrase du livre phare de Simone Weil est très éclairante : « Tous les mouvements naturels de l'âme sont régis par des lois analogues à celle de la pesanteur matérielle. La grâce seule fait exception. ». Elle nous dit que si l'on ne tend pas à sortir par le haut, par la grâce, on va rester confinés dans la pesanteur la plus épaisse[1]...

PIERRE. — Si je me positionne en tant que lecteur *lambda* quand tu me parles de grâce, je ne sais pas ce que c'est, j'ignore ce que c'est pour moi...

BERNARD. — La grâce, c'est cette légèreté de l'âme qui nous permet de vivre debout, debout et pas avachi, tout en respectant des codes culturels et moraux. Bien sûr, je donne à ce terme une dimension spirituelle et poétique. La grâce – étymologiquement, c'est la joie –, c'est une participation à un souffle miséricordieux et bienveillant qui traverse l'épaisseur du temps et de l'espace – comme le fait l'eau du

1. Simone Weil, *La Pesanteur et la Grâce*, Plon, 1947.

ciel à travers la terre, disait Weil – pour réanimer, réinsuffler la vie. La grâce, c'est l'amour des autres, l'exercice de l'humilité, la générosité, la compassion, l'ouverture, la spiritualité... Weil disait que c'était tout ce qui nous « dé-crée », autrement dit tout ce qui nous fait autre, tout ce qui nous change. C'est aussi une manière d'habiter le monde en poète. Je sais que c'est un peu difficile à comprendre mais si l'on ne joue pas le jeu de la grâce en s'ouvrant, si on reste cloîtré dans sa citadelle, on va continuer à patauger, à retomber dans les mêmes erreurs... On va continuer à procrastiner et à se déresponsabiliser en arguant que, pour ce qui est d'agir contre le dérèglement du climat ou de prendre de vraies dispositions en faveur du monde vivant, « c'est pas moi c'est l'autre » !

FABRICE. — Je vais me faire l'avocat du diable. J'entends ton propos, mais est-il plus réaliste que le mien ? Il faut une rupture, qui soit radicale, et pour des raisons si j'ose dire « rationnelles ». Nous n'avons plus le temps de miser sur l'apparition hypothétique d'une aristocratie de l'âme. Bien sûr, je la souhaite. Bien sûr, les propos de Simone Weil me remuent en profondeur. Mais assez de faux-semblants ! La crise écologique globale s'attaque dès aujourd'hui à la stabilité même des sociétés humaines. Nous allons vers des formes de dislocation croissante. Et nous devrons faire face avec les hommes tels qu'ils sont. Ce qui annonce, n'en doutons pas, de très cruelles saisons. Le temps de l'imperfection, des bêtises coutumières, de la cruauté est devant nous. Mais ce sera aussi, je l'espère, celui de l'action.

Rien ne serait pire que l'immobilité face au tsunami. Je ferai un rapprochement – qui n'est qu'un rapprochement – avec 1940. En 1940, la France est envahie par les Allemands, et la Résistance, ultra-minoritaire, refuse très justement de demander le moindre curriculum vitae. Que l'on soit maurrassien, royaliste, socialiste, stalinien, on unit les forces disponibles. Et c'est loin d'être facile. Le bien commun est une valeur supérieure. Daniel Cordier est pour moi un modèle parfait. Il a 19 ans quand il entend le maréchal Pétain annoncer l'armistice de juin 1940. Il monte dans sa chambre et pleure, car il ne supporte pas l'idée d'une France vaincue. Grand admirateur de Maurras, il est royaliste et antisémite. Après quelques aventures en mer, il se retrouve à Londres, au milieu des deux ou trois cents soutiens d'un certain de Gaulle. Lui, le jeune nationaliste imbuvable, change radicalement. Après un entraînement de haut niveau militaire dans une base anglaise, il est parachuté en France occupée en 1942 et devient le secrétaire particulier du grand Jean Moulin, dans la clandestinité. Il s'est mué en une personnalité lumineuse, universaliste, vraiment fabuleuse. Certaines expériences humaines permettent à des hommes de changer, de révéler ce qu'ils portent en eux sans parfois le savoir. La Résistance a été un tel creuset. Cette expérience d'union humaine, il faut l'imaginer en France et dans le monde, à une échelle, hélas ! incomparable. Il faut rassembler, de manière à arrêter l'infernale machine. Pour ce qui me concerne, je me situe dans la tradition anarchiste. Je ne crois nullement à l'anarchie comme programme politique. Mais je suis fier d'appartenir à cette folle tradition humaine qui place la liberté et le refus de la soumission au tout premier rang. Et cela ne me gêne aucunement de plaider le rapprochement de tous les gens possibles, et même imaginables. Hors cette grande réunion, il n'y aura rien d'autre que le chaos.

PIERRE. — Je suis moi aussi partisan de cette « union sacrée » à laquelle tu en appelles, j'aspire vraiment à cette convergence des consciences… Il y a effectivement une urgence absolue, il n'y a plus de temps à perdre. Le système planétaire et humain est en difficulté. Il y a des inconnues de plus en plus importantes, notamment par rapport au climat, et on ne peut plus tergiverser. C'est pourquoi je voudrais que cet ouvrage-là ait une tonalité puissante ! Le « développement » à tout crin a été longtemps un hochet. En Afrique, on ne savait que leur vendre ce terme. Mais de quoi parlait-on ? Or on était souvent en présence de communautés humaines qui avaient su trouver un équilibre – plus que nous –, et on les a déstabilisées. On imaginait apporter un progrès universel jubilatoire… mais en fait il n'en a rien été et nous nous sommes plutôt retrouvés au cœur d'un « cauchemar climatisé », comme disait Henry Miller…

FABRICE. — Quand j'entends le mot « développement », j'ai tout de suite en tête un livre de Gilbert Rist, *Le Développement. Histoire d'une croyance occidentale*[1]. Cet universitaire a fait l'histoire du mot « développement » dans l'acception qu'on connaît aujourd'hui. Le président américain Truman fait le 20 janvier 1949 un discours formidable sur ce qu'on appelle là-bas

1. Gilbert Rist, *Le Développement. Histoire d'une croyance occidentale*, Les Presses de Sciences Po, 2007.

« l'état de l'Union ». C'est l'époque du plan Marshall et de la reconstruction de l'Europe. Or Rist décortique ce discours et nous raconte comment, pour la première fois au monde, on utilise les expressions « sous-développement » et « pays sous-développés ». Rist démontre que, sous couvert de philanthropie, l'Amérique va « aider » les pays « sous-développés » à utiliser les méthodes industrielles qui ont fait l'Amérique. Sous les bons sentiments, il s'agissait d'une entreprise commerciale géante qui a permis d'inonder le continent européen de tracteurs et de pesticides et de lancer cette politique qui a détruit tant de cultures dans les pays du Sud.

BERNARD. — Et qui a creusé une dette abyssale, encouragée par la Banque mondiale, en enfermant ces pays dans un rôle presque exclusif de fournisseurs de matières premières...

PIERRE. — Ils ont posé le prétendu modèle idéal d'évolution de l'humanité et il fallait que tout le monde s'y conforme. Les premières victimes de cette mise en conformité ont été les Européens eux-mêmes. La trame globale n'émanait pas du tissu social de l'Europe, mais du cerveau de quelques théoriciens bien-pensants. On a fait table rase de tout le génie populaire ancien, dont l'architecture même était la preuve. Il n'est qu'à regarder et s'extasier devant les cathédrales de Paris ou de Chartres pour comprendre. On a préféré mettre dans la caboche des gens l'idée fausse que tout était suranné, périmé, vieux, obsolète, et ensuite on a instillé l'idée de nouveau, de dynamique...

FABRICE. — De clinquant, de brillant, de factice...

PIERRE. — Et tout cela sur la base d'un phénomène que j'appelle le « pétrolithique ». La combustion énergétique a introduit dans le cours de l'histoire humaine une notion singulière de moment. On est passé du cheval-animal au cheval-vapeur en modifiant notre rapport au temps et à la puissance. « Vous allez voir ce que vous allez voir !... » Dès qu'elle a reniflé l'odeur du pétrole, ma grand-mère s'est exclamée : « C'est le pus de la terre, laissons-le là où il est : sous terre. » Comment avait-elle compris si tôt une chose qu'il nous a fallu des décennies à comprendre ?

FABRICE. — Jean-Marc Jancovici, cet ingénieur énergéticien bien connu, a maintes fois calculé le nombre d'« esclaves énergétiques » au service de chaque Français. Si nous ne disposions pas de ces sources d'énergie stupéfiantes que sont le gaz, le pétrole, le charbon, voire l'uranium, il faudrait compter 150 esclaves pour les remplacer. Pour chaque Français. En moyenne, bien sûr.

PIERRE. — Illich avait vu juste !

BERNARD. — Connaissez-vous Alain Gras ? En 2007, ce très intéressant socio-anthropologue, spécialiste des techniques, avait déjà développé ce thème dans *Le Choix du Feu. Aux origines de la crise climatique*[1]. Il écrivait alors : « En un instant, le monde a été incendié. » Incendié par l'énergie souterraine et noire échappée de la boîte de Pandore, une énergie produite par

1. Alain Gras, *Le Choix du feu. Aux origines de la crise climatique*, Fayard, 2007 ; *id.*, *Fragilité de la puissance. Se libérer de l'emprise technologique*, Fayard, 2003. Voir aussi Gérard Dubey et Alain Gras, *La Servitude électrique. Du rêve de liberté à la prison numérique*, Seuil, 2021.

une « vie enterrée » il y a des millions d'années... Il parlait aussi de la « malédiction de la chaleur ». Au XIXe siècle, on a changé de paradigme. On a mis en route une énergie nouvelle. On oublie l'eau avec les roues à aube, l'air avec les moulins à vent, la terre avec la traction animale et, soudain, on change d'élément et on passe au feu... c'est la puissance infernale à l'état pur, la forge d'un monde nouveau... Alain Gras, qui se situe à l'intersection de penseurs comme Ellul, Illich, Jean-Pierre Dupuy ou Günther Anders, a vraiment une réflexion très stimulante sur le choix de l'énergie fossile et de la puissance du feu...

Juste une remarque : la seule époque où l'on a pu imaginer faire un programme de sanctions et de troc « pétrole contre nourriture » – en Irak, entre 1996 et 2003 – est la nôtre. Sans même s'interroger sur le désastre accessoire sur des milliers d'enfants irakiens dénutris des années durant... Avec ce genre de dispositions insensées, on a installé un brasier permanent sur terre...

PIERRE. — C'est pourquoi la voie de la libération passe par le retour à des dispositions élémentaires d'avant le feu : la terre, l'eau et des bras pour travailler au bien commun. Il faut exalter de nouveau cette puissance. Si j'ai tenu depuis longtemps à faire mon jardin, ce n'est pas tant pour produire mes légumes que pour poser toute la symbolique qu'il y a derrière, la symbolique simple de la libération par les mains, celle de l'autonomie. Aussi singulier ou cruel que cela puisse paraître, l'embargo imposé à Cuba, me semble-t-il, a été bénéfique...

FABRICE. — Pas sûr d'être d'accord avec ça...

PIERRE. — Dis-moi...

BERNARD. — Si tu veux parler du développement d'une agriculture biologique imaginative assez étonnante, c'est une réalité que Terre & Humanisme a pu vérifier sur place... mais pour le reste, certainement non. Par exemple, la LiFoFer (litière forestière fermentée), que Terre & Humanisme a développée grâce à la technicité des agriculteurs cubains, est, par exemple, un booster de micro-organismes exceptionnel !

FABRICE. — À la fin de l'ère soviétique en 1991, Cuba dépendait du pétrole soviétique. Sans ce pétrole, Cuba n'aurait pas pu vivre. Quand les exportations de pétrole et de gaz ont été stoppées, cela a été terrible. On a appelé cette époque redoutable « l'époque spéciale ». Il n'y avait plus d'énergie et la Chine a exporté là-bas 1 million de vélos pour que les gens puissent se déplacer. Et c'est à ce moment qu'ils se sont tournés - contraints et forcés - vers l'agriculture bio, puisqu'ils ne pouvaient plus importer de pesticides et d'engrais.

PIERRE. — C'était donc faisable. Quand je parle d'énergie, j'intègre toujours la notion d'énergie humaine et métabolique...

FABRICE. — Y compris l'énergie psychique !

PIERRE. — Les êtres humains sont des entités énergétiques.

FABRICE. — Rêvons ensemble. Si l'on parvenait par miracle à concentrer toute l'énergie humaine - physique et psychique - sur des dispositifs nobles comme la restauration écologique du monde ou la lutte contre le réchauffement climatique, on aurait des résultats extraordinaires. On peut sortir du merdier où nous sommes, car il existe une énergie humaine colossale qui se dilapide et se disperse dans des achats grotesques et compulsifs. Je vous prie de m'excuser d'y revenir une fois encore : qu'a fait de Gaulle en 1940 ? Il a réussi à concentrer autour de lui une énergie disponible pour des objectifs *a priori* délirants. Il a détourné de leurs cours des énergies utilisées ailleurs et les a concentrés sur la libération de la France. Il nous faut trouver le moyen de détourner l'énergie des humains de la consommation débridée ou de l'exploitation des autres. Il faut proposer des buts émancipateurs et réparateurs. Je pense que c'est encore possible.

PIERRE. — Il faut réhabiliter l'énergie métabolique, humaine et animale. Chaque fois qu'on me propose une nouveauté énergétique, la voiture électrique par exemple, j'avance mon souci d'universalité, qui n'est pas celui du club des nantis qui vont résoudre leurs petits problèmes du moment, bien souvent en allant chercher des matières premières rares chez les pauvres... On essaye de rebattre les cartes. Pour être dans le nouveau paradigme, il faut sortir du conventionnel admis et réexplorer ou réhabiliter, avec les caractéristiques de l'époque actuelle. On peut réadapter et réesthétiser. Il faut en effet mettre de l'esthétique dans l'évolution.

FABRICE. — Par association d'idées, ta remarque sur « pétrole contre nourriture » me fait penser à un livre que j'ai écrit en 2007 sur les biocarburants[1] – que j'ai

---

1. Fabrice Nicolino, *Biocarburant. La fausse solution*, Pluriel, 2010.

aussitôt décidé d'appeler « nécrocarburants ». Dans un monde qui comptait officiellement 850 millions d'affamés chroniques, l'industrie agricole, amorale par définition, avait décidé de transformer des plantes alimentaires en carburant automobile. Là-bas du maïs, de la canne à sucre, du manioc, du soja, ici de la betterave, du colza, du tournesol. J'étais profondément indigné, et je me souviens que Pierre, évidemment, m'avait alors soutenu, et de près. Je me suis battu comme un chien, tentant d'entraîner dans un grand mouvement de protestation les principales associations de protection de la nature. Aucune n'a bougé. À l'époque, j'étais membre de l'Assemblée statutaire de Greenpeace, et je suis allé un jour, devant une centaine de personnes, supplier qu'on s'attaque à cette infamie. Je suis tombé sur un os : un certain Yannick Jadot, alors responsable de Greenpeace, devenu une figure politique, m'a envoyé promener. J'ai aussitôt démissionné. Réellement, cela me donnait la nausée. Au WWF France, dirigé par un ami, Serge Orru, j'ai pu parler une bonne heure devant une centaine des salariés de l'association, au siège situé carrefour de Longchamp, dans le bois de Boulogne. J'ai été ovationné, rien de moins, mais le WWF n'a jamais bougé un orteil. Quant à Jean-Marie Pelt, il avait fait l'éloge des biocarburants au Brésil, dans un livre qui venait de sortir. Sur mon blog *Planète sans visa,* alors très lu – entre 5 000 et 10 000 lecteurs par jour –, j'ai écrit un texte où je demandais à Pelt de se ressaisir. Et ce grand humaniste m'a téléphoné chez moi pour me dire que oui, je lui avais fait changer d'avis. Mieux : il participait chaque semaine à l'émission de France Inter *CO_2 mon amour*, créée par Denis Cheissoux. La semaine suivante, j'ai pu entendre quelque chose comme : « J'ai parlé avec Fabrice Nicolino et il m'a fait changer d'avis. » Merveilleux, non ? J'ai tenté de convaincre aussi Nicolas Hulot, mais il n'a pas souhaité s'engager, et – pourquoi le cacher ? – je lui en ai voulu. Cette affaire m'est apparue comme une rupture mentale. Anthropologique. Depuis l'invention de l'agriculture, les céréales n'avaient jamais servi qu'à nourrir les humains et les animaux. Et voilà qu'on « nourrissait » les machines.

Au-delà de très grandes différences, je rapproche cela de l'immense opération commerciale autour de la bagnole électrique. Au moment où déraille le climat, on relance l'industrie automobile avec un nouveau type d'engins, dont la construction massive aggravera sans l'ombre d'un doute l'effet de serre. On aura pendant des décennies des voitures thermiques, surtout au Sud, et des voitures électriques. Le cycle de vie complet de ces dernières, qui n'est jamais considéré, émettra autant de gaz à effet de serre que les autres. Les publicitaires ont bien travaillé. Même les gens d'Europe-Écologie-les-Verts s'extasient devant cette infamie.

Infamie ? La bagnole électrique est impensable sans esclaves qui, dans les mines chinoises et africaines, y cracheront leur jeunesse et leurs poumons. Pour extraire les terres rares sans lesquelles il ne peut y avoir de bagnoles électriques. Chez nous, ce projet assure un avenir tranquille au nucléaire. Car dites, d'où viendra l'électricité ?

PIERRE. — On pourrait aussi renverser le problème et dire : « Comment moins se déplacer ? » J'en reviens ainsi à l'une de mes lubies, mon jardinage universel local et bio, plutôt que la dépendance à des flopées de camions qui courent vers les villes avec des denrées hors saison. Le citoyen est aujourd'hui dépendant de tout un système auquel il est contraint de s'adapter, qu'il le veuille ou non : la mise en dépendance de plus en plus chronique de l'individu par des trusts multinationaux à simple vocation marchande.

Je refuse de n'être qu'un pousseur de Caddie. On retourne au néolithique par la petite porte avec la cueillette en rayons, la gratuité en moins. Sans parler de cette abondance vertigineuse de l'offre qui atténue en musique notre peur de la pénurie. Tu enrichis les multinationales et puis, une fois sorti de l'hyper, tu éructes contre les multinationales... Et puis, pourquoi diable tant se déplacer ?

FABRICE. — Mille fois oui. Des millions de touristes se baladent en permanence en avion, changeant de lieu sans s'intéresser à rien. Comment oublier le Claude Lévi-Strauss de *Tristes tropiques*, qui commence par « Je hais les voyages et les explorateurs » ? Je suis comme lui. Le tourisme de masse a tué des pays, des cultures, des langues, des savoir-faire... C'est un système répugnant qui désorganise la pensée et les êtres. Bien sûr, on a le droit de bouger, mais comment ? Telle est la question posée. Aller en Indonésie pour prendre un café chez Starbucks ou un hamburger chez McDo ? Allons.

BERNARD. — Sans oublier que nous trimbalons partout nos virus à vitesse grand V...

PIERRE. — On ne voyage plus, on se déplace. Sous cet angle, le postulat de la modernité est un échec total. La réussite d'une vie, ce qui est précieux, c'est la joie. Je dis bien la joie, à laquelle on substitue aujourd'hui le plaisir…

BERNARD. — Ce triste constat rejoint malheureusement la dérision perpétuelle et la vulgarité qu'on voit grandir sur les réseaux sociaux, même quand on les fréquente *a minima*. Ces réseaux qui illustrent très bien la « montée de l'insignifiance », l'effondrement du sens dont parlait Castoriadis. La dérision, c'est le contraire du sacré, du respect : plus rien n'a de valeur, tout sombre dans le relativisme le plus radical. C'est la loi du nombre et de la masse, le méga « café du Commerce » à l'échelle de la foule. Nous parlions de verticalité : dans le chaos qui s'instaure dans les commentaires, il n'y a plus que de l'horizontalité, de la platitude, de l'émotion. Le bouffon jouait naguère un rôle nécessaire, mais le carnaval n'était pas permanent. Et s'il y avait des fêtes de fous où l'on brûlait dans les églises de vieilles savates en guise d'encens, on ne le faisait qu'une fois l'an !

FABRICE. — La calomnie, la rumeur, la violence verbale sont désormais partout, oui.

BERNARD. — Tout comme le mensonge et le blasphème, qui n'est qu'invective et complexe de supériorité déplacé. Comment reconstruire une société de coopération et de solidarité dans un climat aussi vicié ? Comment accueillir l'autre, le migrant, et les aider dans ces conditions ?

11

Solidarité, entraide et coopération – Anarchie
et utopie – Le sage et l'économiste – L'expérience
anarchiste – Coopérer ou mourir – L'autre loi
de la jungle – Nos amies les abeilles – Sédentaires
et nomades – Le monde n'est plus le monde
– Un enjeu d'humanité – Des solutions ?
– La fin de l'Empire romain – Le recours à la terre
– L'eau fossile – Compost, mon amour – Du concret !

BERNARD. — J'aurais aimé que nous débattions des valeurs de solidarité, d'entraide et de coopération qui dans une société individualiste font souvent défaut, mais qui existent aujourd'hui…

FABRICE. — La tradition anarchiste, la mienne, repose justement sur la coopération. Dans le mouvement ouvrier du XIXe siècle, on a vu naître des milliers de lieux et d'initiatives qui prenaient le contrepied de la société officielle, tournée vers le profit et la domination de quelques-uns sur tous. On l'a oublié, car cet autre monde en gestation a été vaincu. Et l'histoire est écrite par les vainqueurs. Sur le plan politique, deux tendances se sont affrontées dans ce qu'on a appelé la Première Internationale. Avec Marx d'un côté, dont les épigones produisirent le bolchevisme et le stalinisme. Et de l'autre, un courant méconnu, derrière Bakounine, qui se réclamait de l'anarchie. Malgré plus de un siècle de calomnies diverses, je reste convaincu que cette branche-là était féconde. Très féconde. Elle a d'ailleurs donné naissance, sur fond de coopération, d'associations, de réunions, d'éducation populaire, à quantité de réalisations. Brèves peut-être, mais vraies. Et à la différence de tous les marxismes, l'anarchisme de Nestor Makhno ou de Buenaventura Durruti défendait vaillamment la paysannerie. Je n'oublie pas que Michel Bakounine, qui n'est par ailleurs pas ma tasse de thé, déclarait en 1872 : « L'appropriation de toutes les terres et de tout capital par l'État, très puissant et très fortement concentré, ce serait pour le prolétariat un régime de caserne. » C'était prophétique, mais encore très loin des monstruosités du totalitarisme stalinien.

Juste un mot sur mon si cher anarchiste français, Élisée Reclus, dont j'ai préfacé *L'Histoire d'un ruisseau*. Il existe bel et bien une noble tradition de la pensée, opposée à toutes les dictatures et à toutes les dominations. Et j'en suis, même si je ne crois pas une seconde à une société anarchiste. Hélas.

BERNARD. — Servier, l'ethno-sociologue dont je vous ai déjà parlé, a proposé une *Histoire de l'utopie*[1] où il met en perspective tous ces mouvements ouvriers et anarchistes, au sein desquels il retrouve les linéaments des autres grands courants utopistes depuis Platon : le refus d'un présent angoissant et pesant et le rêve d'une cité radieuse forcément plus juste, plus égalitaire et généreuse. En marge, mais

1. Jean Servier, *Histoire de l'utopie*, Gallimard, « Folio », 2007.

tellement important dans l'histoire du développement de la modernité, on trouve le scientisme de Saint-Simon et, plus encore, les saint-simoniens, qui occupent beaucoup de postes d'influence au XIXe siècle – jusque dans la réalisation du canal de Suez... Tout le continent américain a vu des expériences utopistes naître. C'est fascinant, tout y semblait possible. Mais, l'enfer étant pavé de bonnes intentions, le courant utopiste a souvent échoué. Il aurait pu engendrer des effets désastreux par son irréalisme, son idéalisme, sa folie dirigiste... Je pense, par exemple, à l'incroyable et effroyable *Conjuration des Égaux* de Gracchus Babeuf pendant la Révolution.

L'économiste atypique, sinon atterré, Jean-Joseph Boillot, qui nous a accompagnés en 2019 en Mauritanie, a publié récemment un ouvrage sur les *Utopies made in Monde,* sous-titré *Le sage et l'économiste*[1]. Il a beaucoup œuvré en Inde et en Afrique et même écrit *L'Afrique pour les Nuls*... Sa thèse, qui se nourrit de beaucoup d'exemples étudiés dans le monde, est que l'économie et donc la société peuvent changer si elles empruntent résolument la voie de l'utopie, mais en se nourrissant des sagesses du monde... L'apport des sagesses anciennes pourrait être déterminant pour faire réussir les utopies... Selon l'étymologie, *sapere,* la sagesse est une saveur ! Elles vont relever les utopies !

PIERRE. — Pour moi, l'utopie c'est ce qui n'a pas été tenté. Il faut sortir de l'ornière de l'habitude, de la

---

1. Jean-Joseph Boillot, *Utopies made in Monde. Le sage et l'économiste,* Odile Jacob, 2021.

pétrification du convenu, et s'ouvrir à l'inattendu… même au risque de l'échec.

FABRICE. — L'utopie ! Bien sûr, il faut faire très, très attention. Le bolchevisme aura été une utopie, fondée sur l'insupportable prétention d'un tout petit parti – ultra-minoritaire en Russie – à conduire un peuple là où il ne voulait pas aller. Mais en même temps, comment soulever une société sans lui proposer un avenir désirable ? Nous avons désespérément besoin d'une utopie… réaliste.

BERNARD. — L'anarchie et, implicitement, l'utopie sont au cœur de la réflexion de l'ethnologue Pierre Clastres, que vous connaissez probablement au travers de son livre *La Société contre l'État*[1]. Selon lui, dans les sociétés premières, des dispositifs sociétaux avaient été mis en place pour prévenir toute apparition d'une structure étatique. Il travaillait au sein de tribus amazoniennes de petite taille, mais il y a vraiment matière à approfondir…

FABRICE. — Que oui ! Quelques expériences historiques, par exemple la révolte des paysans de Munster au XVIe siècle, expriment un besoin de liberté qui personnellement me rassure. Mais je note bien sûr qu'il y a beaucoup plus de contre-exemples.

BERNARD. — Aussi séduisant et juste que cela puisse être, je ne crois pas qu'à grande échelle, une telle éthique ou une telle organisation sociale donnent des résultats satisfaisants. Le nombre et la démographie ne plaident pas en ce sens…

---

1. Pierre Clastres, *La Société contre l'État*, Les Éditions de Minuit, « Critique », 1974.

FABRICE. — Pour tout dire, je n'y crois pas non plus.

BERNARD. — Je reste convaincu, au vu de l'histoire humaine, qu'il faut une autorité spirituelle et morale et un pouvoir temporel et organisationnel, séparés, mais respectueux l'un de l'autre, qui structurent et équilibrent la société. Autrement dit, la sagesse – si elle n'est pas corrompue ! – et l'action. En revanche, l'autorité spirituelle et morale ne doit pas se substituer au pouvoir politique car cela vire très vite au despotisme théologique, à l'infantilisation des individus et souvent, comme par hasard, à l'exercice de la misogynie la plus hideuse qui soit. Le wahhabisme saoudien et les ayatollahs iraniens en sont aujourd'hui les plus sinistres exemples... La démocratie est une belle utopie, elle aussi, mais il faut, pour qu'elle soit éthique et acceptée, que tout le monde y participe, sans se faire manipuler par les bonimenteurs en tout genre... Les campagnes électorales américaines, avec leurs millions de dollars déversés pour vendre un candidat, sont atterrantes et aux antipodes de l'acte démocratique. Vaste programme donc, comme disait le général...

FABRICE. — Le plus directement utilisable, dans l'expérience anarchiste, c'est qu'elle interroge et conteste l'autorité. Vous connaissez peut-être l'ouvrage passionnant d'un Américain qui s'appelle Stanley Milgram, *Soumission à l'autorité*[1], qui a donné naissance au film d'Henri Verneuil *I comme Icare*. Cela tourne autour de la légitimité de l'autorité. Une université de New York passe une annonce : elle propose 5 dollars

1. Stanley Milgram, *Soumission à l'autorité*, Calmann-Lévy, 1994.

de l'heure à des volontaires acceptant de participer à une expérience. Les candidats arrivent, ils sont reçus par des personnages en blouse blanche, avec grosses lunettes. Ces derniers sont donc l'autorité légitime. On les installe et on leur dit : « Cette personne à côté de vous a appris par cœur des réponses à un questionnaire. Il va être placé dans une autre pièce et vous serez relié par un microphone et des fils. Vous lui poserez des questions et s'il ne répond pas juste, vous lui enverrez avec le petit cadran devant vous une petite décharge d'électricité. »

L'expérience dérape, car l'homme chargé de répondre se trompe de plus en plus. Et à chaque erreur, la décharge est plus forte. Il se met à crier, car il souffre. L'universitaire en blouse blanche, toujours revêtu de son autorité, temporise. « Ne vous inquiétez pas, nous faisons ça depuis des années. Il crie, mais ce n'est rien... » L'expérience de Milgram montre qu'une partie dérisoire des gens payés pour cette expérience refusent tout net d'envoyer de l'électricité. Bien sûr, celui qui crie dans l'autre pièce est un comédien, mais ses « tortionnaires » ne le savent pas. Alors, obéir ? Le point de vue anarchiste, évidemment, c'est le refus. Total. Une part de nos malheurs ne viennent-ils pas d'une obéissance *a priori* à l'autorité « légitime » ?

BERNARD. — Ce qui me trouble dans cette expérience, au-delà de la question de l'obéissance à l'autorité, c'est qu'il y ait si peu de gens susceptibles de refuser de torturer un des leurs et de juger en leur âme et conscience de l'abomination de la chose...

PIERRE. — Dans le cas d'une mobilisation générale pour la guerre, ça se bouscule au portillon ! Quand on t'appelle pour aller sous les drapeaux, tu sais que c'est pour aller tuer ou être tué... À la différence du protocole que tu nous as décrit, la soumission se manifeste sans machine et à une échelle incomparable. Ce qui est terrifiant, avec l'humanité, c'est la sublimation du meurtre. Tu seras décoré si tu as bien tué...

BERNARD. — ... ou si tu t'es défendu courageusement ou héroïquement... En 1916, mon grand-père, cavalier puis aviateur, a été décoré de la Légion d'honneur pour avoir « résisté héroïquement à l'attaque de six avions ennemis »... Ce n'est pas si binaire.

PIERRE. — Il y a évidemment la légitime défense. Celui qui veut attenter à ta vie ou te faire souffrir est aussi un être humain. Dès qu'on érige des frontières, on entre dans la fragmentation d'une réalité humaine discutable. Si l'on crée de la fragmentation, on crée de la dualité et la plupart du temps celle-ci repose sur des bases religieuses, idéologiques ou raciales...

FABRICE. — Pour en revenir à l'objet premier de notre discussion, la coopération est une notion clé par rapport à la crise écologique. C'est la réponse d'une société saine.

PIERRE. — Coopérer ou mourir... Je ne peux néanmoins pas coopérer si je ne sais pas sur quelles valeurs cette coopération est fondée. Une armée, c'est une coopération aussi...

FABRICE. — Dans l'idée de coopération, au sens où je l'entends, il s'agit d'une union d'êtres libres, qui s'associent entre eux pour le bien commun...

BERNARD. — Deux agronomes et « collapsologues » connus, Pablo Servigne et Gauthier Chapelle, ont publié un livre sur l'entraide où ils décrivent celle-ci comme étant « l'autre loi de la jungle[1] ». En réponse à la loi de la compétition darwinienne, la « lutte pour la vie », ils opposent le fait que l'entraide est l'une des règles fondatrices du vivant. Ils discernent dans la biologie beaucoup de coopérations, de solidarités et d'entraides. Ce sont elles, selon eux, qui permettent la perpétuation de la vie. S'il n'y avait qu'une compétition éliminant irrémédiablement les plus faibles, il est à craindre que la vie aurait disparu très vite de la surface du globe.

PIERRE. — Physiquement même, nous savons tous que si notre foie va à l'encontre de nos poumons et de nos reins, cela ne va pas aller. Dans tout organisme, il y a des fonctions qui coopèrent et se conjuguent harmonieusement pour composer une symphonie biologique...

BERNARD. — Belle formule ! Ils n'utilisent pas cette expression, mais ils invoquent le vivant et ils rappellent que, des micro-organismes jusqu'aux humains en passant par les plantes et les champignons, il n'y a pas de place pour le doute, tout est entraide et coopération. En réalité, l'organisme tend à l'autonomie pour vivre, mais les organismes ne survivent que par la corrélation, le collectif harmonieux. « Le but de la vie, c'est la vie » disait Goethe, et tout est mis en œuvre pour assurer la reproductibilité et la pérennité des espèces.

PIERRE. — Le paysan et le jardinier savent depuis longtemps combien le voisinage des plantes les stimulent positivement ou engendrent des détestations

---

1. Pablo Servigne et Gauthier Chapelle, *L'Entraide. L'autre loi de la jungle*, Les Liens qui libèrent, 2017.

inhibitrices. Si l'on veut un dynamisme agricole, il faut rapprocher les plantes qui se complètent et échangent. Sur le plan élémentaire, via les échanges entre azote et carbone, une céréale et une légumineuse s'entraident et tout le monde est content. Cette loi de l'échange est naturelle et universelle.

FABRICE. — On sait que des sociétés high-tech ont imité la texture de la peau de requin pour en habiller le fuselage des avions et limiter le frottement de l'air. La crise écologique commande, sur le mode de l'impératif catégorique, une transformation horizontale du monde, une organisation qui mime la nature et sa complexité, les rhizomes et les mycorhizes, ces symbioses exaltantes entre champignons et racines des plantes. Il faut tirer les vraies leçons de ces observations.

PIERRE. — C'est une des choses que Jean-Marie Pelt et moi avions essayé de préconiser. Dans le vivant, l'alliance prime la rivalité. Jean-Marie parlait d'un « principe d'associativité » qui est peut-être moins finaliste et anthropomorphique que le terme « entraide »...

FABRICE. — Jane Goodall – la célèbre éthologiste – m'a raconté un jour comment le monde s'est trompé sur les chimpanzés. Dans les années 1950, les sociétés de grands singes étaient observées en Afrique par des hommes blancs et britanniques, des universitaires. Dans la société coloniale de l'époque, ils rechignaient à aller au contact en forêt et ils utilisaient plutôt leurs « boys » pour collecter des observations sur le terrain. Comme ils étaient tous en compétition, il leur fallait rentrer au plus vite à Londres, pour publier leurs travaux. Ces gens, me disait-elle, ont imposé l'idée que les sociétés de grands singes sont ultra-hiérarchisées, avec un système de soumis et de dominants. Or, ajoutait-elle, « ils reproduisaient seulement leur schéma idéologique, car quand je suis arrivée sur place, moi qui suis une femme, je n'ai pas vu la même chose. J'y ai découvert beaucoup d'entraide et de coopération ».

PIERRE. — C'est très intéressant. Même chez les humains, il y a eu des organisations, avant les villes, où les êtres étaient répartis entre des groupes sociaux restreints au sein d'un espace de collecte. Il était convenu que dans le groupe social personne ne devait être inconnu. Dès l'instant où l'on disait : « Qui est celui-là ? », cela n'allait plus. Ils mutualisaient les compétences et les aptitudes repérées. L'aptitude n'était pas la propriété de chacun, mais celle du groupe. Ils donnaient et recevaient. Le chef était simplement la clé et, au moment du combat, il ne partait pas se mettre à l'abri, il prenait les devants ! Il était la clé matérielle et il y avait, s'il venait à disparaître, le chef spirituel. Et quand il y avait conflit au sein du groupe, autrement dit quand le groupe se retournait contre lui-même, c'est le chef qui était puni, car c'est lui qui avait failli en ne garantissant pas la pérennité de l'harmonie. Il était exclu et banni.

FABRICE. — Il faut qu'on ajuste notre regard à ce que ces sociétés stables ont inventé pour vivre et s'adapter aux changements.

PIERRE. — C'est néanmoins incompatible avec des groupes humains très importants. Le corps social se constitue, mais il faut prévenir toute excroissance. Dès qu'il y a excroissance, il y a péril. Platon a fait un discours sur ce que devait être la cité idéale et c'est un trait qu'il évoque lorsqu'il donne un chiffre maximal d'habitants, autour de 5 000, pour sa cité utopique. Une coopération diffuse, mais omniprésente... Ma chemise, ce n'est pas moi qui l'ai faite, mais quelqu'un d'autre...

BERNARD. — Dans le même registre, la société des abeilles est un modèle de coopération et de complémentarité, au point qu'on peut considérer que la colonie est un super-organisme où tout n'est qu'échanges et pulsations. En dépit de la brièveté de leur vie – un mois à peine en pleine saison et six mois en hiver –, les abeilles suivent toutes un même cursus, avec des fonctions successives qui les conduisent du cœur battant de la ruche, le centre où réside la ponte, jusqu'à la collecte extérieure du nectar des fleurs. Elles commencent par la nurserie où elles nourrissent les larves, puis endossent le rôle de nettoyeuses et enfin de gardiennes, avant de mourir d'épuisement à l'extérieur après avoir collecté pollen, propolis, eau et nectar, le futur miel. Il y a une extension progressive du centre vers la périphérie, la reine seule – qui vit en moyenne trois ans – reste immuablement au cœur du dispositif et garantit la pérennité du corps social, y compris quand elle essaime avec une partie de la collectivité. C'est la colonie qui offre un nectar de vie issu des glandes hypopharyngiennes des filles – la gelée royale – à sa mère pondeuse responsable du super-organisme...

PIERRE. — Remarque de béotien fasciné : l'abeille court de fleur en fleur, mais revient toujours à sa ruche. Là où nous aurions besoin d'une boussole... elle n'hésite pas !

BERNARD. — Les travaux de Karl von Frisch, avec son explication de la « danse des abeilles » en fonction de l'orientation du soleil, et de ses successeurs comme Jürgen Tautz ont montré que les abeilles ont en quelque sorte un GPS interne, tout comme elles ont au sein de la colonie une sorte de Web interne, un réseau très sophistiqué de vibrations subtiles qui parcourt les cadres et les rayons des ruches et grâce auquel elles communiquent. Toute la colonie est harmonieusement unie pour faire survivre l'ensemble... qui existe peut-être depuis cent millions d'années ! Un modèle de durée... Je sais que ce n'est pas transposable, mais cela montre aussi que la coopération est bien la clé de la vie.

FABRICE. — La plus élémentaire humilité devrait nous conduire à reconsidérer notre attitude. Nous sommes des mammifères, les animaux sont nos frères et sœurs et nous devrions apprendre d'eux, notamment le fait que les espèces adaptent leur nombre aux ressources disponibles, ce que nous ne faisons pas du tout.

PIERRE. — Une toute petite anecdote pour revenir au système de communication intragroupe que nous avons sans doute perdu : des chasseurs bushmen étaient allés chasser pour la tribu. Ils étaient accompagnés par des Européens. Ils avaient réussi à capturer et tuer une antilope mâle, une belle prise. Mais les Blancs s'inquiétaient à cause de la chaleur : « Dommage que le village ne soit pas prévenu pour préparer notre arrivée... » Les bushmen les regardaient avec étonnement : « Mais ils sont déjà prévenus ! Le village sait déjà… » Et effectivement, une fois revenu au village, les Européens purent voir que tout était prêt pour accueillir le retour des chasseurs… Ils avaient été prévenus… Mais comment et par qui ? Le groupe social fonctionnait bien.

BERNARD. — J'aimerais que nous revenions à la question de la migration. Je publie un ouvrage de Félix Marquardt, *Les Nouveaux Nomades. La revanche d'Abel*[1], qui pose la question un peu iconoclaste : « Et si la sédentarité n'était qu'une parenthèse dans l'histoire du monde ? ». La thèse de cet anti-Davos – après en avoir été un thuriféraire –, c'est que le phénomène migratoire est vertueux. Métis naturel et culturel, il conteste le fait que nous possédions de droit divin un territoire qui nous soit attribué en propre au hasard de notre naissance. Au travers de beaucoup d'exemples, il montre la réussite exemplaire de beaucoup de migrants transplantés dans un nouveau terreau. En fait, c'est un éloge de la mixité culturelle et du partage…

PIERRE. — J'ai vécu cela enfant. La sédentarité par l'oasis. On trouve de l'eau, on plante des palmiers, cela fait de l'ombre et l'on fait pousser dessous et ainsi de suite… Les nomades avec leurs dromadaires, les « vaisseaux du désert », circulaient en respectant une forme de calendrier. On les voyait revenir au moment de l'Aïd el-Kébir pour sacrifier le mouton. Ils allaient et disparaissaient à nos yeux de jeunes sédentaires, tout au long des saisons. Eux vivaient

1. Félix Marquardt, *Les Nouveaux Nomades. La revanche d'Abel*, Le Passeur, 2022.

donc bien en mouvement permanent en suivant l'évolution des pâturages...

FABRICE. — J'imagine que, gosse, tu devais rêver de leur retour saisonnier ?

PIERRE. — Sans doute, mais ils étaient dévalorisés et craints par les sédentaires. Comme partout...

FABRICE. — Sur le fond, j'ai un point de vue tout différent du vôtre. Pierre est le bel exemple d'un homme qui change de langue, de culture, de religion, de pays, et qui nous en fait tous profiter. Mais hélas ! ce qui se profile à l'horizon n'a rien à voir. Le grand Lévi-Strauss rappelait que la planète comptait 1 milliard d'êtres à sa naissance, en 1908, et 7 milliards à sa mort en 2009. Le monde n'est plus le monde, et cela pose des problèmes nouveaux. Il ne fait pas de doute que nous sommes à la veille de migrations sans précédent connu, qui ne concerneront plus les individus, mais les peuples et les espaces.

Des études convergentes montrent qu'une bande de terre qui va grossièrement du Maroc à l'Iran est en train de devenir inhabitable à cause du dérèglement climatique. Or il s'y trouve 550 millions d'humains ! Certes, cela prendra encore quelques années, mais la question qui s'impose est celle-ci : où iront-ils sur une terre surchauffée, où on ne les attend pas avec des fleurs ? L'Europe sera à coup sûr une destination majeure. Comment nos peuples vont-ils réagir ? On voit en France, et ailleurs, la puissance infernale des idées racistes, alors même que ces migrations massives n'ont pas commencé. Je le dis : j'ai peur de la guerre de tous contre tous. Nous devons à toute force, et à toute vitesse, chercher des solutions humaines à une situation déjà très grave.

Si nous étions moins aveugles, nous ferions de la lutte contre le dérèglement climatique le socle même de toutes nos politiques, bien avant celles dont les journaux nous parlent chaque matin. Avec des transferts de fonds et de savoir-faire massifs, et pour tout dire, illimités. Mais aveugles, nous le sommes.

PIERRE. — Tout à fait d'accord, mais sous réserve que l'Europe ne soit pas elle-même affectée par la sécheresse radicale et la désertification accélérée. Quelle va être la nouvelle donne climatique ? Quels effets va-t-elle induire ? Il n'est peut-être pas si étrange et fou que ça de dire que le Sahara va reverdir et l'Europe se désertifier... On n'en prend pas le chemin, mais, à notre petite échelle et avec l'incidence de notre propre durée, l'avenir n'est pas complètement écrit. Je pose juste ce que je ressens, même si c'est faux. Est-ce que je me cramponne à l'existant qui me semble stable ou est-ce que je reconnais qu'une large part du bouleversement climatique n'est pas aussi prévisible qu'on l'imagine ? J'entends bien ce que les scientifiques disent et je crains qu'ils n'aient raison, mais dans l'histoire, on a vu des phénomènes inattendus...

FABRICE. — Il reste bien des incertitudes, mais dans l'arc Maroc-Iran, la montée des températures va vite poser des problèmes insolubles et rendre la vie au quotidien à peu près impossible. Plusieurs études de haut niveau s'interrogent dès maintenant sur l'influence des sécheresses à répétition. Le lien semble établi entre dérèglement climatique d'une part, et replis identitaires et guerres civiles d'autre part. Notamment dans le vaste ensemble arabo-islamique, et singulièrement en Syrie. La guerre civile de 2011 pourrait bien – la preuve définitive n'est pas apportée – avoir des soubassements écologiques. De même au Darfour, au Kenya. En Afghanistan, les talibans ont profité d'années de sécheresse pour entraîner derrière eux des paysans qui n'avaient plus rien à perdre. Nous laissons passer sans agir des années décisives.

PIERRE. — On perd du temps… alors que le thermomètre, lui, grimpe !

BERNARD. — En tout cas, l'inhumanité du rejet brutal ne nous mènerait nulle part. D'une manière ou d'une autre, les migrants reviendront semer la mort. Le ressentiment serait tellement fort que rien ne l'arrêterait. Au demeurant, ce n'est pas non plus nouveau, même si l'exacerbation du dérèglement est très rapide. Il y a une étude de Kyle Harper sur le déclin et l'effondrement de l'Empire romain[1] qui montre que l'évolution climatique et la progression des épidémies ont bouleversé le cours de l'histoire. Au VIe siècle, si les Huns ont commencé à bouger, c'est parce qu'ils avaient enduré deux années sans fourrage ni pâturage digne de ce nom pour leurs troupeaux. Ils sont arrivés aux portes de l'Empire et ne se sont pas arrêtés. Face à eux, ils ont trouvé des peuples affaiblis, ravagés par des épidémies de peste noire tout droit venues d'Orient via les blés entreposés et contaminés par les rats à Byzance. Le grenier

1. Kyle Harper, *Comment l'Empire romain s'est effondré. Le climat, les maladies et la chute de Rome*, La Découverte, 2019.

à blé du Nil avait transmis la peste. L'Empire qui semblait immuable s'est effondré en quelques années sous la conjonction de phénomènes climatiques et épidémiques. Le climat, optimal jusqu'alors, s'était temporairement refroidi et cela avait contribué à la chute démographique en boostant la peste bubonique. On peut revivre une même conjonction. Les épidémies semblaient s'éloigner, notamment grâce aux progrès de la science et de l'hygiène, mais la crise climatique et migratoire va les remettre au menu.

PIERRE. — Pour prévenir ce scénario catastrophe, il faut exalter le recours à la terre. Il faut aider massivement et intelligemment ces peuples à répondre au défi. Prélever un pourcentage sur le nucléaire et toutes les folies meurtrières serait bienvenu. Pour avoir fait l'expérience sahélienne, on sait qu'il est possible de mobiliser les mains et les cerveaux à une cause noble. Il y a de l'énergie disponible dans les zones atteintes, il faut urgemment engager de nouveaux programmes de reboisement adapté, développer une prolifération « verte » en utilisant les techniques de préservation des sols, recourir à de nouvelles semences adaptées à l'évolution du climat. Il ne faut pas que les populations désertent à leur tour. On sait que certains ont su regagner des espaces de vie sur le désert. C'est une urgence vitale. Dans l'état actuel, il est impossible qu'on n'aboutisse pas à des pénuries chroniques, alors qu'il y a des moyens de s'en sortir.

FABRICE. — D'autant plus qu'il y a des quantités phénoménales d'eau fossile. Kadhafi a utilisé ses pétrodollars pour capter l'eau fossile et la faire circuler via de gigantesques canaux de béton jusqu'aux villes du littoral.

PIERRE. — Un gaspillage insensé… Au Burkina, nous avions lancé un programme de généralisation des demi-lunes et des diguettes qui retenaient l'eau de pluie afin qu'elle s'infiltre sur place au lieu de s'enfuir dans les dunes lointaines. Cette eau du ciel est une manne extraordinaire qu'il faut savoir retenir.

BERNARD. — À Maaden, en Mauritanie, dans l'oasis où nous opérons, il y a des barrages de sable et de pierres et des murs en gabions très efficaces. Une pluie d'été – qui se fait parfois attendre des années – peut ainsi reconstituer la nappe phréatique lorsqu'elle déboule… Ces systèmes étaient présents avant que nous intervenions, mais on sent que l'État est à la traîne, notamment pour financer les gabions. Dans ce village qui nous est cher, et dans lequel nous substituons progressivement des pompes solaires de qualité aux pompes à gasoil, nous avons mené une étude hydrogéologique préalable qui a montré que l'eau souterraine oscille entre 5 et 15 mètres de la surface, mais que la zone se réduit d'été en été et que les palmiers des extrémités de l'oued souffrent ou succombent. Il a été établi que la réserve sous-jacente est d'environ deux ans d'utilisation, mais si la sécheresse s'établit durablement, cela peut vite devenir critique. L'été, les températures sont accablantes, mais une grosse inondation orageuse peut redonner trois ans de réserve supplémentaire. On sait qu'on peut faire de belles cultures et qu'on peut sur ces bases entamer un travail de fond pour faire évoluer les habitudes culturales en faisant découvrir la puissance du compost plutôt que celle des intrants chimiques coûteux. Pour cela, nous avons fait des formations et notamment fourni un broyeur pour les feuilles de palmiers afin qu'on puisse les composter...

PIERRE. — J'aime à dire que le compost, c'est le rebondissement de la vie ! À force d'engraisser artificiellement la terre, on sous-estime la puissance de l'humus et des bactéries...

BERNARD. — Mais dans des zones désertiques, où les températures côtoient déjà les 45 degrés, si l'on monte à 50 degrés, il va aussi falloir travailler sur l'architecture. Les voûtes nubiennes ne pouvant être mises en œuvre faute de matériaux appropriés sur place, il va falloir faire preuve de créativité. L'isolation est un enjeu quand on sait que le toit des écoles publiques est en tôle... Un vrai four et un répulsif pour l'instruction. Mais en tout cas, c'est un beau chantier et un défi pour les ingénieurs de la modernité !

PIERRE. — À 83 ans, malheureusement, je n'ai plus de second souffle, mais on peut faire des démonstrations extraordinaires, tant au niveau de la gestion de l'eau que de la préservation des espèces, de la mobilisation villageoise, du reboisement bien pensé – en évitant que le « jour de la chèvre » ne suive le « jour de l'arbre » ! Les grands experts des institutions internationales qui tombent du ciel ignorent trop souvent la trivialité du quotidien et c'est pourquoi on ne compte plus les échecs. J'avoue que je bous en voyant cela, mais l'âge et la fatigue me terrassent. Des solutions existent et les communautés doivent absolument acquérir l'autonomie et se nourrir par elles-mêmes.

BERNARD. — C'est sincèrement ce que nous essayons de promouvoir au travers du Fonds de dotation Pierre Rabhi avec nos petits bras, en cherchant ainsi à les encourager à rester chez eux et à accéder à un mieux-vivre indispensable. La fuite migratoire ne sert à rien, mais dans le même temps il faut dénoncer la mentalité d'assiégés que l'on est en train d'instaurer dans les pays riches. J'ai relevé une formule de Xavier Ricard Lanata, un jeune et brillant ethnologue qui est venu te rencontrer à Montchamp, Pierre – il le raconte dans son livre *Blanche est la terre*. Il faisait des pérégrinations solidaires pour le compte du CCFD-Terres solidaires et il s'interroge : « Quel peut être le ressort de cette passion des fortifications ? De cette éthique d'assiégés ? » Et il ajoute : « Il faut apprendre à faire l'épreuve de notre commune humanité en refusant l'enfermement et le repli qui nous condamne à devenir ce que les Andins appellent des *cucuchis*, des morts-vivants. » On ne peut pas, sous prétexte de protéger notre petit territoire lié au hasard de notre naissance, ne pas concevoir qu'il y aura une part de migration acceptée et salutaire. Les nantis qui agitent l'épouvantail du « grand remplacement » font insulte à leur devoir d'humanité.

FABRICE. — Comble de tout, nous pillons leur matière grise en accueillant ici de jeunes diplômés, des ingénieurs, des techniciens, des médecins qui seraient tellement plus utiles là-bas…

BERNARD. — Et des prêtres !

PIERRE. — On ne les attire pas, ils veulent aller vers la modernité et gagner de l'argent…

BERNARD. — De nouveaux programmes de coopérations seraient bienvenus. Pas de projets grandioses focalisés sur de méga-réalisations, mais une multitude d'aides ciblées pour accompagner des petits projets de terrain qui donneraient un élan général. Cela combattrait le sentiment d'abandon et le ressentiment antifrançais et antioccidental qui s'installent.

FABRICE. — Le djihadisme s'est nourri du ressentiment dont tu parles, mais ce n'est sans doute rien à côté de ce qui se prépare si on n'agit pas de concert. Le ressentiment est le terreau de la haine entre Orient et Occident.

PIERRE. — Il y a une humiliation sous-jacente. Aujourd'hui, il est impératif de proposer du concret. C'est que je me suis toujours attaché à faire. Nous sommes dans une société du bla-bla. Il y a pléthore de théories, de thèses et d'antithèses au sein de cette nébuleuse bavarde qu'est devenu notre monde. Je rêve d'un jour de silence où les médias diront : « Nous n'avons rien à dire aujourd'hui » ! C'est en agissant au plus près du terrain, en lien avec les populations, que nous pourrons être utiles...

12

Retour sur un article polémique

Dans son édition d'août 2018, le mensuel Le Monde diplomatique *publie une enquête sur deux pages serrées, consacrée à Pierre Rabhi, accusé d'avoir organisé à son profit un système cynique, entre autres financier. En somme, derrière le vertueux, le combinard, pour ne pas dire l'affairiste. Chez ses amis, l'émotion est grande. Et c'est aussi de cela que nous avions décidé de parler avec Pierre en octobre 2021.*

PIERRE. — J'avoue que je n'ai rien compris à cette diatribe et à cette histoire absurde de « système Rabhi[1] ». Cela m'a néanmoins profondément blessé que l'on puisse m'attribuer des vues spéculatives. S'il y a bien un homme qui n'est pas un homme de système et d'organisation, c'est bien Pierre Rabhi… Tout le monde le sait !

BERNARD. — Apparemment non et, pour le besoin du procès, on fera feu de tout bois. On découvre

---

1. Jean-Baptiste Malet, « Frugalité et marketing. Le système Pierre Rabhi », in *Le Monde diplomatique*, août 2018, ou en ligne : https://www.monde-diplomatique.fr/2018/08/MALET/58981. Voir aussi « Droit de réponse » de Pierre Rabhi, in *Le Monde diplomatique*, « Courrier des lecteurs », septembre 2018 : https://www.monde-diplomatique.fr/2018/11/A/59203 et Jean-Baptiste Malet, « Retour sur "le système Pierre Rabhi" », in *Le Monde diplomatique*, novembre 2018 : https://www.monde-diplomatique.fr/2018/MALET/59190

même que tu es un homme de marketing ! Diantre, tu cachais bien ton jeu ! Ta lointaine amitié avec Gustave Thibon, que j'ai mise en lumière dans notre entretien publié dans *Ultreïa !*[1], sert d'amorce à la mise à feu du bûcher... et à la création d'une fiction intitulée « Frugalité et marketing. Le système Pierre Rabhi » !

FABRICE. — Comment mettre sur le même plan Gustave Thibon et le pétainisme ? C'est ce que fait Malet, et c'est indigne. En juin 1941, Simone Weil s'installe pour un temps chez Gustave Thibon, pour travailler dans sa ferme. Et en 1942, elle lui remet, avant de partir pour les États-Unis, onze cahiers de sa main. Elle meurt en 1943 et Thibon fait éditer le texte le plus connu de Weil, sous le titre *La Pesanteur et la Grâce*. Pour qui connaît un tant soit peu Weil, cela suffit à tordre toutes les calomnies.

BERNARD. — Cela va sans dire. Mieux, elle lui suggère de les utiliser dans ses propres écrits, ce qu'il ne fera pas, évidemment, et c'est effectivement lui qui, en sélectionnant et classant plusieurs perles de ces cahiers – qui occupent trois gros volumes dans l'édition complète de Gallimard –, va la propulser au firmament de la notoriété...

PIERRE. — C'était un homme de très haut niveau intellectuel, affable, ouvert à la discussion ; mais il faut comprendre que lorsque je l'ai rencontré, dans les années 1960, j'étais très jeune, très inexpérimenté, peut-être même pas, ou certainement pas, au niveau... Il m'intimidait par son érudition et son éloquence paysanne...

---

1. Voir le chapitre 14, « La vie est un chemin initiatique ».

FABRICE. — Le plus révoltant, c'est que *Le Monde diplo*, par ailleurs, révère Simone Weil. En fait, l'histoire de ce mensuel plonge ses racines dans l'après-guerre, quand le rideau de fer stalinien se ferme sur l'est de l'Europe. Il faut être avec les staliniens ou avec les Américains. *Le Diplo*, lancé par le journal *Le Monde* en 1954, prend vite des positions favorables à ce qu'on appelle alors le tiers monde. Et transforme ce journal en compagnon de route de toutes les dictatures « de gauche » dès lors qu'elles arborent un certificat « anti-impérialiste » bien visible en sautoir. Il soutient l'URSS et le maoïsme en Chine – il faut relire Alain Bouc –, sans parler des Khmers rouges tant que ce sera possible, du sinistre père Aristide en Haïti, de Cuba, du Nicaragua sandiniste, du Venezuela de Chavez, tant d'autres... Un peu de pudeur, que diable !

BERNARD. — Le coup de pied de l'âne est venu quelques semaines après la sortie, en août 2018, de l'article de Jean-Baptiste Malet. La *Cellule Investigation* de France Inter, animée par Jacques Monin, s'est livrée à une promotion pure et simple dudit article en interviewant l'auteur. Et en proposant en prime sur YouTube de supposées « révélations » concernant la « fortune » de Pierre. À aucun moment, cette radio ne nous a appelés ni n'a sollicité Pierre pour faire contrepoids ou vérifier. Ils auraient pu au moins s'assurer des dires d'un journaliste qui n'était pas de leur sérail. Tout au contraire, ils ont présenté ces prétendues « révélations » comme croustillantes et vraies, puisque provenant d'un « grand journal ». Déontologiquement, bravo. Au prétexte que Pierre

– sur une courte période – avait vendu beaucoup de livres, il aurait dû – selon un décret de Malet – reverser ses droits d'auteur aux ONG qu'il avait contribué à créer. Les livres de Pierre sont le fruit de son travail et lesdites structures sont indépendantes de lui. Il y a là une manière de faire qui est, peut-être inconsciemment, totalitaire, et que j'avais déjà constatée dans les échanges secs que j'avais eus avec lui avant la publication de l'article. Il faut savoir que j'ai répondu en détail à une foule de questions toutes plus inquisitoriales les unes que les autres. Dans le premier mail qu'il m'avait adressé, et où il ne me demandait rien moins que la composition détaillée du patrimoine de Pierre, le montant de l'ensemble des revenus déclarés des quatre dernières années, la somme que lui a rapportée tout au long de sa carrière la vente de ses livres, le montant de sa rémunération pour une conférence de juin 2018 où il s'était rendu, etc., il concluait par : « Je vous prie de bien vouloir répondre à ces questions sous sept jours. » Sous sept jours... On croit rêver ! Même les contrôleurs fiscaux sont plus arrangeants ! Plus tard, il m'a demandé, entre autres choses, la date de ta naturalisation ! Suspicion, quand tu nous tiens... J'ai toujours répondu en détail et patiemment. On m'a dit que j'aurais dû l'envoyer paître. Ce n'est pas faux, mais je suis toujours partisan du dialogue et j'espérais que notre transparence serait payée de retour. Peine perdue. Avec l'accord de Pierre, j'ai répondu à tout, et bien plus même, puisque j'ai transmis ensuite ses déclarations de revenus pour preuve ! Mais quand j'ai vu sur YouTube qu'il ajoutait péremptoirement : « Quand on voit son discours, "sobriété, exemplarité", et ce qu'il fait de son argent… » – pardon ? « Ce qu'il fait de son argent » ? –, j'ai été littéralement suffoqué par l'impudence du propos… Il parlait de l'argent honnêtement gagné dont tu ne fais pas un usage répréhensible, puisque, au contraire, tu le distribues presque systématiquement à tes proches et amis. Fabrice, Pierre est une cigale qui chante en été, mais aussi en hiver ! Malet ne sait rien de cela, il n'a rien appris à cet égard, mais il fanfaronne et disqualifie par l'insinuation. C'est honteux.

FABRICE. — Le *Diplo* a dû accepter un droit de réponse et publier un courrier de lecteurs conséquent, ce qu'il ne fait quasiment jamais. Et c'est bien la preuve que ces graves calomnies ont eu du mal à passer auprès de certains. Oui, cela a dû être une épreuve pour des gens qui sont habitués à ce que l'on se prosterne devant eux, qui seraient une sorte de gauche vertueuse, rappelant sans cesse les principes, et par là même inattaquable. On ne touche pas au parti du bien.

BERNARD. — Dans l'article, tout est fagoté de manière à faire de toi, Pierre, un suppôt de la droite réactionnaire et un profiteur. En lisant le texte de l'entretien que nous avions eu en 2014 et qui sera reproduit dans ce livre, il pensait avoir trouvé le fil d'Ariane de son histoire. Pierre avait fréquenté Gustave Thibon, un royaliste chrétien, et il avait donc été contaminé par des idées d'extrême droite qui ont dès lors guidé sa réflexion à travers les ans ! CQFD. Pourquoi ai-je posé la question à Pierre à propos de ses relations avec Thibon, alors qu'il n'en parle jamais, qu'il ne le cite jamais et qu'il n'y a aucun de ses livres dans sa bibliothèque ? Parce que c'est un auteur dont j'ai admiré très tôt les écrits. C'est un maître de l'aphorisme. J'aime son rapport à la beauté et sa « rencontre nuptiale » avec la nature[1]. En 1975, il y avait eu une série d'émissions télévisées avec Christian Chabanis[2] dont j'avais lu les retranscriptions et j'avais été conquis par sa verve méridionale. Il y disait sa « soif de l'absolu » et je trouvais qu'il faisait bien partager son goût de la poésie. Cela ne veut pas dire pour autant que je sois d'accord avec tout ce qu'il a dit ou fait. Thibon était Ardéchois, j'habitais non loin de chez lui, et pourtant, je ne me suis jamais résolu à aller le voir. Un jour, alors que nous parlions, toi et moi, de Lanza del Vasto, que tu avais rencontré lorsqu'il résidait non loin d'ici, à Bollène, je t'ai posé la question de ta possible rencontre avec Thibon. J'ai compris que vous vous étiez vus occasionnellement à compter de 1962 et que la relation s'était éteinte aux environs de 1975, au moment où tu prenais tes distances avec l'Église et où tu t'investissais dans l'agroécologie. Malet croit que votre relation a perduré plus longtemps, ce qui est déterminant pour servir son propos. Dans notre

---

1. Dans *La Fin de la chrétienté* (Cerf, 2021), la philosophe catholique Chantal Delsol affirme que l'Église exhume aujourd'hui les écrits de Gustave Thibon, comme ceux de François d'Assise, pour montrer son souci écologique. Thibon a publié un texte en 1949, intitulé *Paysages du Bas-Vivarais*, où il note, par exemple : « Ce n'est pas sur le passé que je pleure, c'est pour l'avenir que je tremble, et je m'incline sur ce qui n'est plus de tout le poids de mon amour pour ce qui n'est pas encore. [...] Le passé est mort, l'éternel demeure. Et cette nature qui ne change pas sera plus forte que l'homme changeant : la terre fidèle, après la crise qui nous tourmente, refera des paysans comme elle refait des fleurs après l'hiver. »
2. Gustave Thibon, *Entretiens avec Christian Chabanis*, Fayard, 1975.

entretien, j'avais signalé la mention faite par Thibon, dans *L'Illusion féconde* – un livre paru en 1995 –, d'une de tes remarques sur la chefferie indienne, et Malet croit que cela prouve la durée de votre relation. Il se fourvoie complètement. En fait, en réalisant la compilation issue des notes de l'écrivain, Françoise Chauvin et Thibon lui-même, sans doute, avaient pioché dans des carnets anciens allant de 1983 à 1988[1], mais cela ne date pas la formule pour autant. Celle-ci se trouve en effet dans ton premier livre, *Du Sahara aux Cévennes*, paru en 1983, et tu nous en a reparlé aujourd'hui encore spontanément ! Dans *L'Illusion féconde*, il y a d'ailleurs une faute d'orthographe à ton nom, écrit Rabbi, avec deux *b*. Bref, votre relation n'a pas pu avoir un impact aussi grand qu'il le suppute pour étayer sa thèse.

PIERRE. — J'étais timidement allé le voir parce que je cherchais ma voie. C'était un homme respecté et respectable. Pas un fasciste ! En fait, nous n'avons guère parlé de politique.

FABRICE. — Oui, mais dans l'esprit du *Diplo*, c'est un homme infréquentable.

BERNARD. — Thibon se disait « anarchiste conservateur ». Avant-guerre, Maurras lui avait cassé l'encensoir sur la tête, mais Thibon s'est toujours défié de l'agnosticisme et des idées politiques de Maurras. On le voit dans les carnets publiés depuis sa mort. En 1945, il écrit par exemple : « Les disciples de Maurras en particulier se sont révélés, à l'usage, des êtres sans bon sens, sans équilibre et

1. Françoise Chauvin, préface, in Gustave Thibon, *Aux ailes de la lettre*, Éditions du Rocher, 2005, p. 16.

sans racines... » Et puis, finalement, Thibon et Françoise Chauvin ne sont venus qu'une fois ici à Montchamp pour un déjeuner, comme me l'ont confirmé Michèle et Françoise Chauvin elle-même, sans doute en 1974...

FABRICE. — Surtout, on a le droit d'avoir des relations d'amitié. Thibon ne plaît pas au *Diplo*, c'est entendu, mais ce n'est pas un militant hitlérien. Merde à la fin ! Par bonheur, les êtres changent, évoluent et l'amitié ignore - jusqu'à un certain point - les clivages. Nous ne devons pas nous laisser intimider.

BERNARD. — Dans sa jeunesse, il était parti sur les routes, presque en vagabond, en Angleterre, en Italie, en Algérie... Plus tard, il est allé aux États-Unis et au Canada. On ne sait pas trop ce qu'il a fait pendant les deux ou trois années de sa pérégrination juvénile, sinon qu'il a souffert de la faim et de la misère...

PIERRE. — Je confirme son immense culture, les citations pleuvaient... Il avait une mémoire éblouissante.

BERNARD. — Bref, n'importe qui d'un peu cultivé pouvait avoir envie de rencontrer un homme de cet acabit sans pour autant devenir d'extrême droite ! Mon ami Olivier Germain-Thomas, gaulliste revendiqué, peut en témoigner[1]. Il faut savoir que, pendant la guerre, Thibon s'est tenu très loin des cercles du pouvoir en refusant les prébendes et les décorations qu'on a lui a proposées. Bien sûr, il a été pétainiste - on le voit en particulier dans son ouvrage *Retour au réel* de 1943, où il essaye de tracer les voies d'un

1. Olivier Germain-Thomas, « Gustave Thibon. Retrouver l'éternité », *Ultreïa !*, n° 3, printemps 2015.

redressement par le recours à la terre –, mais il n'est absolument pas collaborationniste, il n'est pas du tout un proche des collabos de Vichy. Si tel avait été le cas, il n'aurait jamais reçu chez lui une juive comme Simone Weil. En 1944, il assure, dans une lettre, détester le « totalitarisme de type nazi » qui s'oppose plus que la démocratie, dit-il, à une certaine conception aristocratique de la vie. C'est un homme libre. En tout cas, qualifier en un raccourci abusif Thibon ou Pierre Richard de « vichysso-ardéchois », c'est vraiment une erreur, une faute même. Finalement, soyons clairs, aujourd'hui c'est moi qui suis intéressé par Thibon, et non toi, Pierre… Et pour tout dire, j'en ai par-dessus la tête de ceux qui décrètent qu'on doit toujours rester dans son couloir, qu'on doit toujours penser en silos. Je revendique le droit de faire son miel partout et de pouvoir s'inspirer – en vrac ! – tout autant d'Élisée Reclus que de Gustave Thibon, d'Hippolyte Taine que de Louise Michel, de Shlomo Sand que de Simon Leys !

FABRICE. — Malet en arrive, et c'est pathétique – pour lui –, à utiliser René Dumont pour attaquer un peu plus Pierre. J'ai connu Dumont à la fin de sa vie. C'était un pacifiste, né en 1904 dans le Nord, qui avait connu, enfant, les tranchées, qu'il ravitaillait, les blessés et les morts. Il a été d'une génération ultra-pacifiste qui, comme Giono ou le père de Lionel Jospin, s'est fourvoyée en refusant la guerre contre Hitler. En août 1939, Giono et d'autres lancent un appel pour discuter avec Hitler… quelques jours avant la mobilisation générale. Giono prétendait régler la question entre gens de bonne volonté !

Il n'avait rien compris. Et Dumont de même, qui a basculé du côté de Pétain, au début en tout cas, parce que pour lui, traumatisé par 1914, le mal absolu, c'était la guerre. Il a écrit des articles techniques – mais tout de même – pour l'hebdomadaire pétainiste et vichyste *Terre française*. À ce compte-là, que ne faudrait-il pas écrire sur lui ?

BERNARD. — Évidemment. J'ajoute qu'on ne devenait pas un vichyste – et donc un collabo pur et dur – au seul prétexte qu'on essayait de proposer d'autres pistes de redressement, notamment par le retour à la terre. La terre est un refuge par temps de crise. Parler à tout va d'idéologie ruraliste n'explique rien. Les procureurs expéditifs d'aujourd'hui devraient avoir plus de modestie et de retenue. Une vision moins binaire. Dumont n'est effectivement pas n'importe qui ! Au lendemain de la guerre, il se retrouve au Plan et commence une carrière d'agronome conseil. C'est un acteur clé du changement et pas du tout un écologiste, mais il veut aider les petits paysans à s'en sortir. On sait que, fervent adepte de la mondialisation, il a ardemment participé à la promotion du machinisme agricole américain et de « la révolution fourragère » qui consistait à labourer les prairies naturelles, réservées jusqu'alors au bétail de trait, pour en faire des terres productives. Il fallait rapidement augmenter les rendements et alterner les cultures herbeuses riches en légumineuses et les céréales. L'arrivée des tracteurs a définitivement bouleversé l'agriculture et ce sont eux qui ont entraîné la suppression des petites parcelles et des haies, facilité l'usage massif des intrants chimiques et donc transformé les paysages, les écosystèmes et la taille des exploitations[1]. Dans les années 1950, il y a vraiment eu un changement radical qui a d'ailleurs induit des faillites et un exode rural massif. On a demandé aux paysans de produire et ils l'ont fait… « quoi qu'il en coûtât » ! Mais cela ne s'est pas fait partout en un claquement de doigts, notamment en Ardèche – au début des années 1960, mon beau-père dressait encore des bœufs ou des vaches au joug… Dumont a eu ensuite un destin tiers-mondiste, d'abord en Asie, autour du riz, puis en Afrique. Pierre, quand tu le retrouves à Gorom-Gorom, au Burkina en 1986, comment cela se passe ?

PIERRE. — Vous connaissez l'histoire. Le Point Mulhouse avait en quelque sorte triomphé sur la guerre du billet d'avion, mais échoué dans l'accueil sur place, puisque les gens venaient festoyer en plein désert au milieu de pauvres gens souvent affamés. Nous avions donc élaboré en accord avec Maurice (Freund), le créateur du Point Mulhouse, un autre programme en transformant Gorom-Gorom en un lieu d'échange et de formation à l'agriculture écologique pour les paysans, démocratique et accessible au plus grand nombre, associatif et solidaire. La Haute-Volta de Sankara jouait le jeu, et ce d'autant plus que l'idée que nous portions tous était celle du partage Nord-Sud.

Je travaillais là-bas avec le Ciepad (Carrefour international d'échanges de pratiques appliquées au développement), un organisme de Montpellier,

---

1. Cf. l'excellent ouvrage de Denis Lefèvre, *Des racines et des gènes. Une histoire mondiale de l'agriculture*, vol. 2, L'Écopoche, 2018, p. 6-21.

depuis deux ou trois ans comme « paysan sans frontière », et on était venu me chercher en raison de mon expérience de terrain en agroécologie. Évidemment, nous expliquions qu'il était malsain d'enrichir les multinationales en leur achetant de l'engrais tout en empoisonnant les sols. Nous proposions d'utiliser des techniques simples autour du compostage en associant la paille de mil, le crottin, le fumier recyclé, la fermentation organique. L'agroécologie permet de booster l'humus, de retenir ainsi l'eau et par ricochet de régénérer les sols dégradés par la sécheresse, mais aussi par l'érosion. Pour valider notre approche, nous faisions des essais en double aveugle en comparant les résultats. Les paysans constataient par eux-mêmes que la matière organique fermentée, riche en bactéries, donnait de meilleurs résultats, même sur le plan gustatif. Et puis, cela ne coûtait rien ! Ils ont donc été vite convaincus et ils ont commencé à gagner en autonomie. Sankara arrive et me dit : « M. Rabhi, ce que vous faites est extraordinaire pour notre pays. Est-ce que vous ne voudriez pas prendre la responsabilité de l'Agriculture nationale ? » Cela me tombe sur la tête. Comment vais-je pouvoir assumer une telle charge ? Je n'ai pas eu besoin de me poser trop longtemps la question, car il a été assassiné peu après… Sankara était un homme visionnaire que j'ai profondément admiré. Il disait que l'aide devait faire disparaître le besoin d'aide…

BERNARD. — Et Dumont dans tout ça ?

PIERRE. — Il arrive à Gorom-Gorom. Au début, Dumont est « émerveillé » par ce que je fais là-bas. Nous allons bras dessus, bras dessous, nous sommes des frères… Le premier incident avec lui, c'est quand j'ai dit, de manière sans doute trop péremptoire : « Zéro engrais chimique. » Il s'est mis à fulminer : « Tu ne te rends pas compte ! On ne pourra pas progresser comme ça ! Pourquoi tu supprimes tout ça ? »

FABRICE. — C'est intéressant. Dumont, excellent homme, incarne en effet le progressisme. Il pense avec sincérité que la technique va libérer l'homme et que les engrais chimiques et les pesticides sont absolument nécessaires. Pierre, de son côté, représente ce que Dumont, au fond, méprise : un praticien de la terre, qui gêne la révolution industrielle qu'il souhaite. Ce sont deux visions antagonistes, il faut avoir le courage de le dire. La vision de Pierre nous oblige à penser autrement la faim et ce qu'on appelle le sous-développement… Dumont est un homme de son temps. Professeur d'agronomie respecté, il a sans doute vu en Pierre un zozo. Pardonne-moi, Pierre.

BERNARD. — C'est ce qui explique sans doute l'acrimonie dont il fait preuve dans ses écrits ultimes à l'égard de Pierre. Il a environ 85 ans à ce moment-là… Il dit que tu manques de connaissances sur « l'utilisation optimale des composts ».

PIERRE. — Ah bon ?

BERNARD. — Oui, il te critique assez vertement. Mais à l'évidence, il y a du ressentiment derrière ; peut-être de ne pas avoir été entendu par Sankara. En 1974, il avait été un candidat surprise à l'élection présidentielle, mais aussi un candidat par défaut, puisqu'on avait d'abord proposé cette candidature à Théodore Monod et à Jean-Jacques Cousteau. Il a fait un petit score, 1,32 %, mais on doit lui rendre grâce d'avoir notamment posé publiquement le problème de l'eau et d'avoir incarné la question écologique, tout en écrivant peu auparavant *L'Utopie ou la mort*. C'est un inconnu qui parvient alors, par ses postures et ses coups d'éclat, à se faire un nom en France... Il était sans doute plus connu en Afrique. Il avait écrit *L'Afrique est mal partie*...

PIERRE. — Et il avait raison... Il m'a fait du mal, mais je ne lui en ai jamais voulu. Une fois, cela lui a échappé lors d'un entretien, il m'a dit : « Je ne peux pas remettre en cause ce que j'enseigne depuis des années. » On avait le sentiment de lui retirer le mât central de son architecture...

FABRICE. — Compétition, jalousie, incompréhension ? Vos deux personnes marquent bien deux conceptions, voire deux époques. Dumont critique, mais accompagne un système. Il veut en corriger certains défauts, l'améliorer sans doute. Mais Pierre veut casser la si belle machine industrielle, en rendant aux paysans un pouvoir sur leur vie. Tu n'es pas un progressiste, contrairement à Dumont.

BERNARD. — Symboliquement, l'humus, cher à Pierre, est un cercle vertueux, tandis que l'engrais, cher à Dumont, est une adjonction destinée à donner une impulsion, un élan... Un élan qui coûte cher.

PIERRE. — J'accompagnais mon enseignement d'une parole symbolique, douce et poétique qui touchait les paysans. Ils étaient sensibles aux expressions comme la « Terre-Mère qui nous nourrit ». Quand on leur parlait du « sol », ils ne comprenaient pas. On leur demandait de rentrer dans le schéma géométrique et angulaire de la pensée occidentale, alors qu'ils vivaient dans une pensée elliptique. La poésie et la douceur ne font jamais de mal…

FABRICE. — Comme on disait en Mai 68, « on ne tombe pas amoureux d'un taux de croissance ». Il faut à l'agronome officiel des règles bien établies, des tableaux Excel, des équilibres acido-basiques. Oui, c'est bien un autre monde.

PIERRE. — Attention tout de même ! On a besoin de rationalité. On ne peut pas faire « à peu près » un moteur à explosion. Cela ne marchera pas… Ce que je prône nécessite de la précision, du savoir, de la technique. Mais autres.

BERNARD. — Autres, en effet. Soit dit en passant, ce que tes détracteurs omettent le plus souvent de préciser, c'est qu'il y a aujourd'hui, autour de toi, plusieurs ingénieurs agronomes dûment diplômés… Mais au Sahel comme dans tous les mondes traditionnels, il vaut mieux parler par symboles, par ellipses. C'est encore le meilleur moyen d'être compris. Même aujourd'hui.

FABRICE. — N'est-ce pas, au fond, ce que cachait le « discours de Dakar » ? En 2007, à peine élu président de la République, Sarkozy se rend au Sénégal et prononce un discours écrit par son conseiller Henri Guaino, qui fait scandale en Afrique. Il y dit notamment que « l'homme africain n'est pas assez entré dans l'histoire ». On reprochait aux Africains de ne pas accepter le temps que nous connaissons. Et imposons…

BERNARD. — En effet, et nous aurions tous pu profiter de ce constat. Dans *Les Forges d'Hiram*, Jean Servier ne dit pas autre chose. Dans l'histoire, c'est l'Occident qui est isolé, avec sa perception linéaire et progressiste du temps. C'est dans la Bible que naît la civilisation tournée vers l'avenir qu'est la nôtre, portée par une promesse acceptant – et c'est proprement révolutionnaire – le libre arbitre donné aux hommes par la révélation mosaïque, il y a plus de trois mille ans. La Bible est le mythe fondateur de notre civilisation initiée par un « peuple élu » et un Dieu unique. La modernité, le progressisme et son civilisationnisme sont les enfants de cette conception du monde qui a ouvert la voie au productivisme en donnant toute latitude aux hommes pour exploiter ou asservir la « Création ». Les peuples traditionnels enfermés dans l'éternel retour des cycles ignoraient l'histoire, le temps linéaire et donc le progrès… Et alors, est-ce rédhibitoire ? Sommes-nous le référent absolu, la fine pointe de l'humanité ?

PIERRE. — Les paysans que j'ai alors côtoyés au Burkina avaient un rapport presque primitif, extrêmement serré avec la nature. Mais même en Ardèche, les vieux paysans que j'ai connus étaient parfois animistes dans leur rapport à l'environnement. Les scientifiques ont longtemps méprisé ou méconnu cette dimension occultée : « On en sait toujours assez pour faire un paysan ! » Or les paysans en savaient beaucoup, en réalité, même si leur mode d'expression n'était pas celui du savant rationaliste.

BERNARD. — Revenons-en aux allégations qui te sont reprochées. Jean-Baptiste Malet a retrouvé le petit opuscule d'Henri Soulerin, *L'« Armagna » de la veillée* de 1964, publié en novembre 1963, où tu as écrit un texte[1]. Je l'ai ici.

PIERRE. — J'avoue que je n'ai aucun souvenir de ce numéro et encore moins de ce texte...

BERNARD. — On voit que c'est un document présentant ta vie qui t'a été demandé. Tu as alors 25 ans à peine. Malet commente ton « autobiographie » et relève que tu y célèbres ta « folie de la Croix ». C'est une formule de saint Paul. Quand tu dis ça, tu veux signifier que tu te considères comme un mystique catholique ?

PIERRE. — Non ! Au moment de notre arrivée à la terre, nous étions très catholiques, Michèle et moi, et c'est peut-être pour ça que j'utilise cette formule. Nous sommes allés voir un prêtre qui nous a signalé l'existence de Thibon, un philosophe, paysan et chrétien, qu'il nous recommandait d'aller voir. C'est ce que nous avons fait.

BERNARD. — Quand tu es allé le voir, c'était pour des questions d'ordre spirituel ?

PIERRE. — Il y avait des questions d'ordre spirituel, évidemment, mais il était surtout le chantre du retour à la terre... et, moi, j'arrivais à la terre.

BERNARD. — Dans sa propre réponse au « droit de réponse » paru dans le courrier des lecteurs du *Diplo*, Malet dit de toi : « Son retour à la terre est celui d'un jeune catholique intransigeant éduqué dans un milieu bourgeois en Algérie française, qui ne supporte rien de la violence industrielle des années

1. Voir le chapitre 13, « Autobiographie ».

1960 ni des discours des syndicalistes de l'époque en faveur de la lutte des classes... »

PIERRE. — J'avoue que j'avais autre chose à faire qu'à m'occuper du syndicalisme... Je devais construire ma vie en débroussaillant !

FABRICE. — Enfin, on en sait un peu plus, mais sur... Malet. Donc, Pierre « ne supporte pas la violence industrielle des années 1960 ». Mais il avait raison. Il était précurseur, pionnier ! Aurait-il fallu, pour complaire à Malet, adorer les usines Renault de Flins ou de Billancourt, l'exploitation capitaliste, les cités d'Aubervilliers, Sarcelles, La Courneuve, Montfermeil, d'où devaient surgir tant de malheurs humains ? Malet reproche donc à un jeune homme de 25 ans qui trime sur une pauvre terre d'Ardèche de ne pas s'intéresser au syndicalisme urbain et à la lutte des classes ? Au fou ! Autant lui brûler les pieds, comme dans la Sainte Inquisition, si proche dans ses méthodes de l'univers stalinien cher au cœur du *Diplo*.

BERNARD. — Je continue, c'est mieux encore : « Il rejoint à cette époque, en Ardèche, des catholiques conservateurs plus âgés que lui et profondément influencés par le ruralisme de Vichy. »

FABRICE. — Eh non, monsieur Malet. Il ne « rejoint » pas. On rejoint un parti, une équipe, un projet, et en ce cas, on peut l'espérer, avec un minimum de conscience. Non, il ne « rejoint » personne. Il *rencontre* des gens, qu'il fréquentera ou non, selon les lois habituelles des affinités réciproques. Cet homme est le roi de l'amalgame et du syllogisme. Tout est plié en une seule phrase. C'est horrible, on ne peut pas s'en sortir.

BERNARD. — Continuons : « Parmi eux, le Dr Richard et son ami Henri Soulerin, tous deux passés par les Chantiers de jeunesse, l'organisation paramilitaire mise en place par le régime collaborationniste de Vichy pour promouvoir la "révolution nationale" »... Décidément, tout y est et rien n'y manque ! Chaque mot compte...

FABRICE. — Mais le créateur du *Monde* et du *Monde diplomatique*, Hubert Beuve-Méry, est lui aussi passé par les Chantiers de jeunesse et l'école de formation d'Uriage, en Isère. Donc, Malet ose travailler pour un horrible collabo ? C'est tellement débile que les mots manquent. Par ailleurs, c'est absurde historiquement. Je vomis en bloc Vichy, Pétain, la collaboration, le fascisme, mais aussi le stalinisme. Or quand Malet parle des Chantiers de jeunesse, il ignore visiblement tout de cette histoire. Bah !

BERNARD. — Ou cela ne sert pas son propos... Tous ceux qui ont un tant soit peu étudié la question sans parti-pris de commande savent que, s'ils sont pétainistes au début comme la plupart des Français, les cadres d'Uriage ne seront quasiment jamais collabos et passeront dans l'opposition ouverte, et souvent à la Résistance ensuite. Le Dr Richard et Henri Soulerin n'étaient pas des collabos, pour dire le moins. Un simple passage aux Chantiers ne signifiait pas l'endoctrinement et l'adhésion à tout un système...

FABRICE. — Pour ce qui me concerne, j'arrête là, car c'est un piège. Je n'ai pas à défendre tel ou tel, selon le bon vouloir de ce policier appelé Jean-Baptiste Malet. Dans la vie réelle, méritant d'être vécue, on ne demande pas aux gens que l'on croise ou que l'on fréquente un passeport idéologique. En 1964, vaut-il mieux être un chrétien fervent ou un stalinien fervent ?

BERNARD. — C'est juste, d'ailleurs l'historienne Karine Larissa-Basset, qui est celle qui a le mieux étudié la personnalité du Dr Richard, s'est fendue d'un long texte s'attaquant à certaines affirmations « particulièrement contestables » de Jean-Baptiste Malet, « effectuées », dit-elle, « sur la base de [s]es travaux ». Elle ajoute : « Un discours entièrement à charge, aux prix de distorsions historiques, qui produit par contrecoup des jugements très réducteurs sur les personnes incriminées. » Elle vise notamment la focalisation excessive sur cet élément mineur et très passager de sa vie de médecin de campagne[1]. Après ça, Pierre,

---

1. Karine Larissa-Basset, « Retour sur le *Retour sur le "système Pierre Rabhi"* de J.-B. Malet », *Le Monde diplomatique*, novembre 2018. L'historienne y précise très justement ce qu'il en fut : « Certes, Pierre Richard, alors étudiant en médecine, fut nommé instructeur du chantier de Villemagne en Lozère, et nul doute, comme il en témoigna lui-même, qu'il fût en parfait accord avec le communautarisme et l'hygiène sociale qu'on y professait. On sait qu'entre août 1940 et 1944, près de quatre cent mille jeunes furent "formés" durant huit mois dans ces "chantiers de la jeunesse", qui ne furent pas initialement mis en place par le régime collaborationniste de Vichy pour promouvoir la révolution nationale, comme nous l'explique M. Malet, mais par un général de l'armée française, La Porte du Theil, confronté à la démobilisation brutale de trois millions de soldats. L'organisation de ces chantiers fut conçue sur le modèle du camp scout, dont les principes – morale communautaire, idées d'hygiène sociale, organisation hiérarchique et apolitisme déclaré – avaient été promus et importés en France trente ans plus tôt. Autrement dit, l'idéologie des "chantiers de la jeunesse" devait tout autant aux principes moraux de l'éducation populaire qu'au maréchalisme. Elle ne devait pas grand-chose en revanche au "collaborationnisme", que la plupart des "cadres" des nombreuses organisations de jeunesses

Malet affirme péremptoirement qu'à ce moment-là tu étais non pas agriculteur, mais sculpteur...

PIERRE. — Mais non, j'ai toujours eu un statut agricole et accessoirement, pour mettre du beurre dans les épinards, je me suis un peu essayé à la sculpture. C'était très marginal. Après avoir appris les rudiments de l'agriculture à la maison rurale de Notre-Dame, j'ai fait plusieurs petits boulots. J'ai été maçon, par exemple, et, grâce à l'habileté de mes mains, j'ai pu restaurer des quantités de ruines devenues des résidences secondaires, notamment sur les gras, pour assurer la subsistance de ma famille. J'ai pioché ce qu'on appelait des « resuivres », l'herbe entre les ceps de vigne, des jours et des jours durant pour 1,32 franc de l'heure. J'ai aussi remonté des murs en pierres sèches. Michèle a fait du secrétariat à Saint-Étienne... Bref, on a fait feu de tout bois pour ne pas être obligés de quitter notre ferme... Toute la partie de la ferme qui est à l'entrée, c'est moi qui l'ai faite dans le style local, après avoir appris à monter les pierres sèches avec un vieux paysan, sourd comme un pot, qui était un maître auprès duquel je faisais office de manœuvre.

FABRICE. — Quand on parcourt le blog de Malet et son plaidoyer de novembre 2018, que je découvre aujourd'hui, on se dit que le ton, c'est celui de la Stasi, la police d'État. Il relève de ce que j'ai appelé le « stalinisme culturel diffus ». Pendant des décennies, ce stalinisme de la pensée – porté par le Parti

---

créées durant cette période avec le soutien du régime avaient en détestation (elles furent d'ailleurs progressivement dissoutes à partir de 1944). »

communiste français – a régné sans partage. Et il n'a pas été extirpé, loin de là. Les autres doivent venir s'expliquer au tribunal suprême. Les juges, eux, ont le droit d'avoir soutenu les pires dictatures du siècle passé, et, nous, nous devrions venir nous excuser d'avoir rencontré un voisin, un homme qui, dans le passé, aurait pu penser d'une manière jugée non convenable. Je crois qu'avec un peu de temps, je pourrais écrire un livre sur l'histoire du parti communiste pendant la guerre. Et comment ils sont allés quémander à l'été 1940, alors que les hitlériens étaient à Paris, le droit de faire *légalement* reparaître *L'Humanité*. Il est vrai que jusqu'en juin 1941, l'Allemagne nazie était l'alliée de Staline, et que les communistes français la ménageaient. Mais oui, monsieur Malet.

BERNARD. — J'en reviens à ton texte « autobiographique ». Malet chipote sur une question d'âge, parce que les chiffres que tu donnes fluctuent d'une année d'un texte à l'autre, notamment sur ton arrivée dans ta nouvelle famille française à 3, 4 ou 5 ans...

PIERRE. — La question de l'âge chez nous, c'est de l'à-peu-près, du pifomètre. Néanmoins, ma naissance le 29 mai 1938 est, paraît-il, juste en ce qui me concerne. Je devais avoir 4 ans, mais en réalité je suis revenu très souvent dans mon village, notamment pendant toutes les vacances scolaires. Il n'y a pas eu de rupture jusqu'à ce que je me convertisse beaucoup plus tard. Et puis, vous vous rappelez ce que vous faisiez à 3 ou 4 ans ?

BERNARD. — Pas vraiment ! Tu es passé sans transition de la forge à la cordonnerie ? Tu as vraiment fait de la cordonnerie ?

PIERRE. — Quand j'avais 10 ans peut-être, j'allais chez un maître artisan qui m'enseignait comment faire des savates.

BERNARD. — Ensuite tu es passé de la « bijouterie nègre à la table de bureau »...

FABRICE. — C'est quoi la « bijouterie nègre » ?

PIERRE. — Des bijoux à la cire perdue avec de l'étain ; on faisait aussi des espèces d'ornements... J'ai appris avec un Soudanais qui travaillait au ras du sol ; moi j'étais là pour maintenir le feu en activant le soufflet. Ce soufflet, raccordé au foyer, était en peau de bête et on soufflait à ras de terre.

FABRICE. — Par association d'idées, cela me fait penser qu'après avoir fait de la chaudronnerie, j'ai fait de la soudure. Nous faisions des armatures pour les robes à crinoline des Folies Bergère ! On faisait une sorte de cage en forme de cloche avec du fil qu'on soudait précautionneusement...

BERNARD. — Faire des robes à crinoline, ça vous pose définitivement un homme !

PIERRE. — Pour ma part, j'ai gardé une cicatrice de brûlure au mollet causée par une théière en étain. Quelqu'un avait apporté à mon maître une théière percée à réparer... et alors qu'il faut faire goutter l'étain fondu avec précaution, l'étain rouge et incandescent est tombé sur mon mollet ! Mon maître l'a vu, mais j'étais dans une telle trouille que mon père le découvre que je me suis bien gardé de le lui dire. J'ai été marqué à vie.

BERNARD. — Tu as fait des prothèses dentaires ?

PIERRE. — Oui, à Oran ; mais j'ai d'abord travaillé à la banque. J'étais le pire banquier, le plus incompétent qui soit. J'avais obtenu ce poste au piston. J'étais catholique converti et le directeur de la Société générale d'Oran était un catho de choc. Je fréquentais la cathédrale et j'ai servi la messe à monseigneur l'évêque d'Oran. Et comme j'étais le prototype de l'Arabe catholique converti en milieu musulman et que je cherchais du boulot, il a fait preuve d'une vraie solidarité vis-à-vis de moi.

FABRICE. — C'était en quelle année ? Après le début de l'insurrection générale ?

PIERRE. — Au milieu des années 1950... C'est anecdotique. Ce qui a compté pour moi, c'est qu'en devenant catholique, j'ai trahi en quelque sorte ma famille. Et c'est pourquoi il m'était devenu impossible de retourner les voir. Qui plus est, j'étais sapé comme un milord. Le directeur m'avait pris sous son aile et m'avait dit : « Je vais vous faire faire le tour de tous les services pour que vous appreniez. Je vous donnerai des responsabilités plus importantes ensuite. » Sauf que s'il y a quelqu'un d'incompétent dans le maniement des chiffres, c'est bien Pierre Rabhi... Au guichet, on m'appréciait parce que j'étais souriant et gentil. Seulement, quand chaque soir, il fallait faire la balance des entrées et sorties, ce n'était plus la même histoire. Mon patron était un prestidigitateur des chiffres et il fonctionnait comme une machine à calculer avec son crayon, puisque tout était écrit à la main. Mais avec moi, quand on clôturait et que tout devait être calé, il y avait toujours quelques centimes qui se baladaient et dont je ne retrouvais jamais la trace. Je suis devenu la patate chaude pour mes responsables qui devaient tout le temps repasser derrière moi. J'ai donc essayé de me familiariser avec les chiffres avec un cerveau qui n'est pas du tout fait pour ça.

BERNARD. — On dit que l'humoriste Robert Lamoureux a séjourné à Kenadsa autour de 1948, après être passé – lui aussi ! – par les Chantiers de jeunesse à Issoire... T'en souviens-tu ?

FABRICE. — Sérieux ?

PIERRE. — Oui, il était régisseur de la mine et j'ai même un vague souvenir d'avoir assisté à l'un de ses premiers sketchs au début des années 1950...

BERNARD. — Dans cet article de 1963, donc – que nous publierons dans cet ouvrage, si tu le veux bien, parce que je le trouve très éclairant sur ta personnalité –, tu parles de tes écrits d'alors... J'ai parcouru le manuscrit *Les Baggaras* que tu présentes comme un « roman à thèse » !

PIERRE. — C'est le nom de ma tribu... Celle des « gardiens de bœufs ».

BERNARD. — Je te proposerai peut-être un jour de le publier ! J'ai aussi pris connaissance du manuscrit intitulé *Ombre et Croix*, que tu ne mentionnes pas là et où l'on trouve une esquisse du plan de ta cheminée ! En revanche, tu cites : *Révélation de l'oasis*, contes sahariens, *Jeune Feu*, un recueil de poèmes, trois poèmes épiques (*La Légende de Bambara, Le Pèlerinage du Franc, Le Chant du Bédouin*), et d'autres poèmes comme *Amitié avec un Blanc, Émigration*... Beaucoup de poèmes donc ; et *Le Pacte*, un roman...

PIERRE. — … inachevé, celui-là. J'ignore ce que les autres sont devenus.

BERNARD. — Quelle activité littéraire et poétique pour un tout jeune homme ! On y perçoit surtout beaucoup de nostalgie, de « nostalgérie » même…

Ici s'achèvent nos entretiens.
Le décès soudain de Pierre ne nous aura pas permis d'aller plus avant.

13

« Autobiographie »

Pierre Rabhi,
automne 1963[1]

Sans la houille que contenait son sous-sol, mon village n'eût différé en rien des myriades de petites cités qui naissaient sous la protection de quelques ramures de dattiers, toujours généreux, et avec la garantie qu'offre la présence de l'eau, même saumâtre. Kenadsa, à 25 kilomètres de Colomb-Béchar, tel est le nom de l'agglomération aux bâtisses de briques de boue qui me vit naître le 29 mai 1938.

J'ai alors augmenté le nombre de descendants d'esclaves soudanais. Ma famille avait été depuis longtemps affranchie, et même anoblie ; mais l'essence est indélébile et la mienne est nègre, malgré les modifications physiques. Aussi, le monde noir, assez étendu, constituait pour moi un centre d'attraction et d'intérêt ; j'y trouvais, et j'y trouve d'ailleurs toujours, joie et compréhension. Et qui peut mieux que ce peuple

1. Texte initialement publié dans Henri Soulerin, *L'« Armagna » de la veillée, 1964*, Imprimerie Lienhart et Cie, 1963.

m'offrir les rythmes enivrants par lesquels j'accède à cet indéfinissable élément qui n'admet que ceux qui portent la marque de la race à laquelle il appartient ?

Les divergences se manifestaient sitôt que j'avais affaire à un berbère ou à un nomade quelconque et, sans que je puisse me défendre de ce sentiment, j'y voyais un étranger : ses manières, ses coutumes me paraissaient barbares. Il est possible que mes descendants aient subi les mêmes effets, car un cloisonnement accentué distinguait, dans mon petit village, le monde des Noirs et celui des Blancs. Peut-être est-ce aussi le mépris des Blancs pour les « Haratines » (les asservis) qui favorisa cet état de choses ? Toujours est-il qu'il demeura longtemps.

C'est dans ces petites ruelles style Moyen-Orient, c'est-à-dire en dédales, et par endroits d'un noir d'encre, que j'ai passé quelques années à courir en compagnie de mes nombreux petits camarades noirs. Nous poussions, dans notre course effrénée, des jantes de bicyclettes qui, à l'heure de la sieste, nous attiraient les malédictions de dormeurs, lesquels, pour oublier qu'au-dehors le soleil est insoutenable, et par son intensité et par sa clarté, se réfugiaient dans les coins obscurs et frais.

Parfois, des plaintes allaient à nos parents. Alors le forgeron, mon père, entrait le visage froissé, profondément contrarié, tant il tenait à ce que ses sept enfants reflétassent la sagesse qu'il cherchait à leur inculquer. Il sermonnait ses petits coupables et, s'il constatait la stérilité de ses propos, les châtiait corporellement. Je tiens à rendre hommage ici au sens de perfection qui, en lui, revêt un caractère sacerdotal.

Il voyait aussi très loin, et sentait le virement de l'histoire favorable aux roumis ; il n'hésita pas, après la mort de ma mère, à me confier à un couple de Français – lui, ingénieur dans les mines ; elle, institutrice enseignant aux enfants de la même entreprise – pour contribuer à mon élévation, pour m'apprendre l'art de tenir un rôle honnête dans la société nouvelle.

Cependant, mon père tint à avoir des garanties de non-influence dans le domaine religieux. Il était de l'islam et tenait à ce que tous ses enfants fussent de l'islam. C'est ainsi que je m'intégrai, à l'âge de 3 ans, au monde européen, mais j'eus le privilège de faire la connaissance, par et à travers le couple sans enfant qui me prit en charge, de la face la plus noble qui soit du monde français.

Mes nouveaux parents, sans m'adopter officiellement, m'adoptèrent totalement, me comblèrent d'amour, s'appliquèrent à me pétrir selon l'image qu'ils se faisaient de la perfection : cela ne veut pas dire qu'ils y aient parfaitement réussi. De mon côté, une grande affection naquit, qui jamais ne s'étiola. Ils respectèrent les accords conclus avec mon père, mais des besoins énormes se manifestèrent en moi ; de nombreuses questions restaient sans réponses, et c'est ainsi que spontanément, vers l'âge de 17 ans, je m'orientai vers le catholicisme.

Mon geste a été vital, car je suis d'une nature exigeante, qui se déplaît dans les demi-mesures, qui hait les solutions lâches, frustrant l'homme de l'enthousiasme qui lui est nécessaire.

« Folie de la Croix », voilà un extrême vivifiant. « Expédition chevaleresque », en voilà un autre. Je ne m'accorde guère avec ceux qui se contentent des milieux ; je ne m'accorde pas avec mon siècle : il engendre des prétextes pour justifier sa fadeur, il perd le sens de l'éternel si cher à certains cœurs, et cette perte, à mes yeux, ligote l'humanité. Mes écrits vous exprimeront bien mieux que tout cela.

Mais où en sont mes études scolaires ?

Sur les bancs peuplés de visages semblables au mien ou carrément noirs, l'on nous enseignait « que nos ancêtres étaient des Gaulois », aberration admise comme tant d'autres beaucoup plus efficientes, et qui sont en quelque sorte les causes de l'échec européen (cela aussi se trouve exprimé dans des écrits plus détaillés). Triomphe au certificat d'études, succès jusqu'à la quatrième moderne.

Pendant ce temps, mon esprit a évolué, il a accru ses besoins : le programme scolaire, constitué presque uniquement dans le but de m'offrir une « situation » dans la vie, me parut dès lors une fausse route. Il y eut alors fléchissement, puis rupture ; la culture présentée sous de telles espèces me parut absurde. Insensiblement, je me repliai sur moi-même ; mon esprit s'orienta de lui-même vers le pôle d'attraction ayant les bases suffisantes pour poursuivre la science qui répondait à mes aspirations. Je me cantonnai dans un travail solitaire, faisant fi des diplômes que l'on décerne à un élève qui a fidèlement suivi la voie tracée. Je me mis à dévorer les ouvrages de pensée pure, faisant confiance à mon intuition pour leur choix. Le subjectif importait beaucoup plus que le reste. Je sentis très tôt la nécessité de m'armer intérieurement ; quant à mon pain, Dieu y pourvoira et n'y a jamais manqué. Mon esprit, libéré des contraintes d'un programme fastidieux qui, à mes oreilles, sonnait creux, me permit d'accéder à cette sphère où l'on trouve de la stabilité, de l'équilibre.

Je n'ai toutefois méprisé aucun métier, maintenant très vivant ce conseil de mon père de sang : « Apprends à faire tout ce que tu pourras, ne te crois pas diminué parce que tu fais une vaisselle ou que tu raccommodes une robe. » Aussi j'ai pu passer sans transition de la forge à la cordonnerie, de la bijouterie nègre à la table de bureau, de la prothèse à la banque, à d'autres emplois divers, puis à l'agriculture (par un retour à la terre, constatant les terribles anomalies qui sont le lot de grandes cités comme Paris, où j'ai vécu trois ans – où j'ai découvert l'âme sœur –, partageant mon temps entre le travail pour l'entretien et l'étude). J'ai enfin découvert les richesses qui résident dans l'intégration de l'homme au monde biologique et végétal. Le temps que je n'occupe pas dans ce domaine est consacré à l'artisanat (travail du bois), à la littérature ou à l'étude.

Je n'ai encore rien publié.

Voici la liste des ouvrages déjà effectués : *Révélation de l'oasis*, contes sahariens ; *Jeune Feu* (recueil de poèmes) ; *Les Baggaras*, roman à thèse ; Trois poèmes épiques : *La Légende de Bambara* ; *Le Pèlerinage du Franc* ; *Le Chant du Bédouin*.

Autres poèmes : *Amitié avec un Blanc* ; *Émigration*.

En cours : *Le Pacte*, roman.

14

La vie est un chemin initiatique

Pierre Rabhi - Bernard Chevilliat[1]

BERNARD. — La radicalité du constat que tu dresses sur l'humanité en devenir devrait déranger. Et sans doute en dérange-t-elle d'ailleurs plus d'un... Quel a été ton cheminement personnel ?

PIERRE. — Je crois qu'aucun de nous ne peut éluder son passé et son histoire. Parce que c'est notre histoire qui nous détermine. Quand on regarde la configuration du monde actuel, on ne peut pas dire qu'il soit homogène. On ne peut pas oublier qu'il y a eu une multitude de cultures. Je dirais même que l'Europe, qui a généré une culture très particulière dominant aujourd'hui l'ensemble de la planète, est la première victime de sa propre idéologie. La modernité, qui s'est imposée partout, s'est construite sur un mode prométhéen. Petit à petit, il s'est créé un courant de pensée démiurgique. On remplace tout, y compris Dieu et la nature, au prétexte que

1. Initialement paru dans le magazine *Ultreïa !*, n° 1, 2014.

la créativité humaine et la technique vont nous débarrasser d'un passé archaïque dans lequel nous sommes enlisés et dont il faut sortir d'urgence. C'est une idéologie très spécifique qui est fondée sur la vanité de l'être humain, grisé de technologie, qui en est arrivé à croire qu'avec le seul progrès on allait sauver l'humanité. Je suis né au Sahara, dans une culture que l'on peut considérer comme archaïque, puis j'ai été propulsé dans la modernité en étant adopté par une famille française. À la suite de cela, j'ai été tiraillé entre tradition et modernité, entre islam et christianisme, et ce passage implique – dans une biographie intime – des ruptures, des écartèlements et des souffrances de toutes sortes. Pour les musulmans, Jésus-Christ n'est qu'un prophète, quand, pour les chrétiens, il est le Fils de Dieu. Alors que dans le Coran il est dit – c'est le credo même de l'islam – que Dieu n'a pas engendré et qu'il n'a pas été engendré. Ce genre de distorsion marque une destinée et on se sent vite pris dans l'étau de l'histoire.

BERNARD. — Une fois arrivé en France, et avant même de revenir à la terre en passant « du Sahara aux Cévennes », tu as travaillé en usine comme ouvrier spécialisé et tu t'es intéressé à la philosophie…

PIERRE. — Partant de cette difficulté à concilier mes deux cultures, j'ai été en effet amené très tôt à fréquenter les philosophes, parce que ce sont eux qui se questionnent sur la vie. Avant même que je pense à gagner mon pain, cela primait dans ma démarche. Je m'interrogeais sur le sens de la vie. Leur proximité m'a donné une maturité qui n'était pas de mon âge. J'ai alors constaté que tous les philosophes n'étaient pas d'accord. La philosophie a d'ailleurs contribué à mettre la pagaille sur cette planète. Quand on voit, par exemple, l'impact des théories d'Engels et Marx sur l'organisation du monde… Je me suis trouvé en plein accord avec Socrate qui disait : « Ce que je sais, c'est que je ne sais pas. » Et pour moi, c'est une évidence que nous ne savons pas. Nous avons une pensée limitée et nous n'avons pas accès à la totalité du savoir. C'est comme si je voulais creuser une montagne avec une fourchette. Nous n'appréhendons pas tout le mystère. Et comme l'être humain est un trouillard – parce qu'il sait qu'il va mourir –, il cherche la sécurité et il s'est construit une sécurité factice en pensant qu'après la mort il renaîtrait.

BERNARD. — As-tu lu Nietzsche ?

PIERRE. — Oui, mais je n'ai pas du tout accroché, parce que cela ne résonnait pas en moi. Et ce d'autant moins que j'étais à ce moment-là dans une perspective christique dont je ne suis d'ailleurs pas du tout sorti. Je veux parler du phénomène de l'amour en tant que puissance absolue pouvant changer le destin de l'humanité. C'est par l'amour que l'humanité peut changer son destin et par rien d'autre.

BERNARD. — Parmi les influences plus souterraines qui t'ont marqué, qui citerais-tu ?

PIERRE. — S'il est quelqu'un que je trouvais génial dans son excès, c'était Léon Bloy. Ses vitupérations extraordinaires… C'était un visionnaire, mais il avait le tort d'être un pamphlétaire… Quelqu'un qui castagnait tout le monde. Il est devenu chrétien. Et radical dans sa chrétienté… Il était redoutable.

BERNARD. — Plusieurs des thématiques que tu portes aujourd'hui étaient déjà en gestation dans les années 1970. Tu parles d'utopie, de retour à la nature, tu cites souvent Rachel Carson et son *Printemps silencieux*, qui décrivait alors un monde universellement pollué par le DDT. Jacques Ellul et sa critique du « bluff technologique » ne sont jamais loin, tout comme le *Small is beautiful* de Schumacher, qui proposait de remettre à la mesure de l'homme le modèle engendré par le productivisme… Lorsque tu prônes le changement de paradigme, cela évoque irrésistiblement Edgar Morin, rentré ébloui de la Californie qui était alors perçue comme le laboratoire du monde. Quel était alors ton champ de réflexion ?

PIERRE. — Je me suis surtout intéressé à l'anthropologie, à Lévi-Strauss et à ses *Tristes tropiques*, par exemple. Ce qui m'intéressait dans ces années-là, c'était de comprendre comment l'être humain s'était organisé spontanément pour « vivre ensemble ». Pas dans l'agitation d'une idéologie, mais plutôt dans la spontanéité. Et cela, je l'avais notamment retrouvé dans un discours de Platon sur les pèlerins de Delphes, qui se questionnaient pour savoir quelle était la communauté idéale, en prenant en compte la densité optimale de population pour que les toxines sociales puissent être éliminées. Comment vivre aussi proche que possible de l'harmonie ? Tous partaient de l'idée que la société humaine est clanique et qu'au-delà d'une certaine densité, le nombre va à l'encontre de l'harmonie. C'est aussi toute la question de l'anonymat, du « qui est celui-là ? ». L'anonymat sécrète le préjugé, le préjugé distille la peur et la peur engendre la violence. On le voit aussi chez les Indiens des plaines, qui vivaient tous dans une même famille en quelque sorte... Ils étaient dispersés pour mieux survivre, puisque la question des ressources vitales se posait à eux. Et ils n'hésitaient pas à dire : « Nous sommes trop nombreux, allons ailleurs... » Ce qui est l'inverse de la société d'aujourd'hui, où l'on trouve des millions de gens concentrés dans des villes qui deviennent des pièges à problèmes, à mal-avoir et à mal-être.

BERNARD. — En quelque sorte, tu es le continuateur du courant de pensée puissamment contestataire qui s'est cristallisé durant les années 1970. Il y a eu alors une rupture avec l'euphorie moderne. Beaucoup ont commencé à s'intéresser aux Amérindiens ou à l'Inde. Le monde s'ouvrait. Il y avait des peuples qui avaient vécu avant nous, sans nous et hors de nous...

PIERRE. — C'est vrai que l'on a heureusement commencé à se retourner vers les peuples premiers, les autochtones spontanés. L'Inde, j'avoue que je n'ai jamais adhéré à cause du système des castes que je ne comprends absolument pas. En 1968, on disait : « La France s'ennuie. » On était dans une hyper-prospérité, celle des Trente Glorieuses, sauf que l'on occultait que ces années généraient de la richesse parce que l'on pillait allégrement la planète. La planète entière perfusait un système qui était censé être le bon modèle... Mais l'espace d'enthousiasme et de créativité se restreignait et les jeunes avaient le sentiment, comme nous dix ans auparavant lorsque nous avons quitté la ville, qu'ils naissaient pour appliquer une règle d'existence préfabriquée. Et c'est pour cela qu'ils sont allés vers ce que l'on peut appeler la transgression.

BERNARD. — Es-tu l'héritier de cette pensée radicale et en rébellion qui s'enracinait dans une contestation des fondements mêmes de la modernité ?

PIERRE. — Pas du tout. L'expérience m'est venue des lectures faites auparavant et surtout de ce que j'ai vécu. Le livre de Fairfield Osborn, *La Planète au pillage*, que j'ai découvert bien après sa parution (1945), m'a en revanche marqué. Au moment où je suis entré en écologie, alors même que j'étais ouvrier agricole dans une ferme où l'on avait recours à des poisons quotidiens dont j'avais pu constater qu'ils pouvaient être mortels. Un de mes voisins est mort d'un épandage que le vent a détourné. Ayant cherché à comprendre l'organisation de la société humaine, j'ai dès lors remis en cause tout ce système. Nous avions tous troqué notre vie contre un salaire. Et je me suis dit : « Que sommes-nous en train de vivre ? » J'avais été employé de banque à Oran. J'étais devenu catholique et le P.-D.G. de l'agence bancaire, qui était très catholique, m'avait pris sous son aile. J'étais le spécimen rare du musulman converti. Il m'a engagé, par générosité, au poste auquel j'étais le plus adapté : les relations avec la clientèle… pour vendre les services de la banque. Il fallait être impeccablement mis pour recevoir les clients. Et un matin, en mettant machinalement ma cravate, je me suis vu en train de me passer un nœud coulant. Cet artifice vestimentaire était un symbole. J'étais en train de me pendre. C'était le symbole d'un enfermement dans un système. Une laisse par laquelle on me tenait. Quelqu'un qui doit donner sa vie contre un salaire est un esclave, sauf si ce qu'il fait l'accomplit.

BERNARD. — Edgar Morin, qui est devenu ton ami, tient aujourd'hui un discours qui est très proche du tien, en disant que nous sommes à un moment crucial de l'humanité et que nous nous « enfonçons dans un âge de fer planétaire où les barbares, ennemis de l'humanité, sont aujourd'hui en activité éruptive ». Il rappelle la formule d'Hamlet, reprise par Hegel, à propos de la « vieille taupe » qui œuvre en silence et mine à son aise le sous-sol du monde… qui s'effondrera bientôt brutalement si rien ne change. Lui aussi appelle à l'émergence d'une nouvelle *Voie* pour l'avenir de l'humanité…

PIERRE. — Oui, nous sommes amis. Nos chemins ont largement convergé. Nous nous retrouvons parfois dans des conférences. Et récemment encore, nous nous sommes vus au Maroc.

BERNARD. — À t'écouter, je pense plus encore à quelqu'un que tu cites parfois, je veux parler d'Ivan Illich (1926-2002). Dans son ouvrage *La Convivialité* (1973), celui qui fut vraiment le philosophe du changement de paradigme parlait d'épilogue de l'âge industriel, d'échec de l'entreprise moderne en raison de la substitution de l'homme par la machine, de « démythologisation » de la science. Il stigmatisait la productivité en parlant d'individus « prisonniers du progrès », d'hommes déracinés « verrouillés dans leur capsule », de nature dénaturée, et prônait l'austérité, le déploiement de la joie et de l'amitié, une société

« sans école » ou plutôt disposant d'une autre école, une société changeant de médecine. Toutes considérations que l'on retrouve chez toi lorsque tu préconises la « sobriété heureuse », lorsque tu parles d'individus enfermés dans des boîtes ou que tu dis : « À quoi bon la prospérité si la joie d'exister n'est plus accessible ? » Ou encore quand tu proposes d'incarner l'utopie, véritable « pulsion de vie », de promouvoir une autre école (comme l'a expérimenté ta fille Sophie, d'ailleurs, au Hameau des Buis) et de porter un changement radical de paradigme et de modèle économique et social...

PIERRE. — Illich abordait tous les problèmes d'organisation sociale. Ce qui est remarquable avec lui, c'est qu'il n'est pas moraliste. Ce qui m'intéresse chez lui, c'est qu'il expose les choses avec beaucoup de rigueur et qu'il laisse libre de conclure. Il n'est pas péremptoire. On retrouve effectivement des points sur la *Société sans école* ou la *Némésis médicale* qui étaient importants. Il décrit tout. C'est une analyse froide de la réalité. Non pas « suivez mon panache blanc », mais « faites le constat vous-même ». Ce que j'avais trouvé de moi-même de manière beaucoup plus large et universelle dans *La Planète au pillage* d'Osborn. Même si je garde une forte réserve sur son obsession par rapport à la hausse de la démographie comme source de tous les déséquilibres, ce livre explique comment l'humanité, depuis les origines, ne fait que désertifier, dégrader et détruire. Le progrès nous a équipés de manière si efficace que nous accélérons le processus de destruction. Plus que jamais, il faut que la conscience s'élève. Si elle ne parvient pas à le faire, je peux vraiment dire que l'humanité va vers sa fin. C'est une évidence pour moi. La pulsion prédatrice est aujourd'hui suréquipée.

BERNARD. — Deux points cruciaux te différencient néanmoins d'Illich, à mon sens : l'agroécologie et la réhabilitation de la beauté – l'« enchantement perdu » –, auxquelles tu accordes une grande importance. Tu proposes, pour ta part, des voies de sortie…

PIERRE. — Je pense que je me serais tu depuis longtemps si je n'avais fait que de l'analyse. J'affirme que la faim dans le monde peut être éradiquée. Non pas en portant des sacs de riz, mais en offrant des solutions à la portée de tous. C'est là ma fierté, parce que nous avons pu le démontrer au Sahel, par exemple, et au Burkina. On peut remettre aux êtres les plus humbles les moyens de leur propre promotion.

BERNARD. — Pour toi, « la beauté est porteuse d'âme et d'esprit » ?

PIERRE. — Vois le lieu où nous sommes… C'est la beauté même du lieu, en dépit des difficultés agricoles évidentes, qui a été déterminante pour nous. Le monde d'aujourd'hui évacue la beauté. Nous sommes dans une société vouée à la laideur. C'est pourquoi les écologistes politiques n'ont pas de succès : parce qu'ils ne parlent pas de beauté, de l'esprit des choses. La quête des êtres humains aujourd'hui est hors du monde factuel. Elle est la recherche de tout ce qui donne une dimension à notre vie autre que celle du consommateur-producteur. Il manque aux écologistes la réponse à cette recherche de supplément d'âme. La beauté est indispensable à notre évolution vers un humanisme authentique qui porte des valeurs de générosité, d'équité et de respect.

Néanmoins, on ne peut qu'être reconnaissant aux écologistes d'au moins poser la problématique. C'est indispensable dans le contexte actuel.

BERNARD. — Tu dis aussi que le monde n'est pas joyeux...

PIERRE. — Absolument. Il ne l'est pas. Quand on constate la surconsommation des anxiolytiques, quand on fait le bilan de tout ce qui concourt aujourd'hui à apporter un bonheur artificiel, c'est terrifiant. On a créé un monde parallèle à qui on a donné un credo – la modernité comme fait religieux –, et on forme les nouvelles générations en fonction du paradigme choisi : la vanité humaine qui se pâme devant la technologie. L'école est devenue une manufacture où l'on fabrique un être humain adapté au système. Tout ce qui est humanisme, bonté, générosité n'est plus d'actualité. Et avec l'informatique est intervenu quelque chose dont on ne mesure pas encore la perversité... Jusque-là, on remplaçait l'énergie humaine par la machine, mais maintenant la machine se substitue au cerveau. Combien de gens sont obligés de sortir leur appareil parce qu'ils ont mis leur esprit « en mémoire » dans leur nouvel appendice... On voit des individus devenir comme amnésiques. Insidieusement, on est en train de porter atteinte aux fonctions cérébrales elles-mêmes. Dès le début, les tout-petits vivent dans un monde virtuel, avant même d'avoir pris connaissance d'eux-mêmes. On oublie les facultés de nos mains. J'ai hérité de mon père une habileté manuelle qui m'a permis de survivre. J'ai fait de la maçonnerie, de la sculpture... Les outils sont en train de nous asservir. La fragilité de la société est patente : plus d'électricité et plus de carburant et c'est l'effondrement général.

BERNARD. — Et on retrouve la « vieille taupe » et son travail de sape...

PIERRE. — Absolument. Mais il faut aussi souligner que nous sommes dans une société qui a choisi la frénésie comme mode d'expression. Nous sommes sortis des rythmes qui nous sont naturels et il semble que nous nous équipions de plus en plus pour supporter cette frénésie, qui est une anomalie en soi. Notre rythme cardiaque et le cadencement de nos rythmes physiologiques, eux, ne changent pas... D'où ma jubilation lorsque je me rends dans mon jardin qui demeure dans le temps réel. Je peux toujours essayer de houspiller mes plants de tomates, ils ne pousseront pas plus vite !

BERNARD. — L'un de tes thèmes favoris porte sur l'importance du féminin...

PIERRE. — On en arrive aujourd'hui à un masculin dépité parce qu'il a tout fondé sur la technologie, l'énergie et la violence, et que c'est un échec. Sauf erreur, je ne crois pas qu'une femme ait jamais inventé une arme. En revanche, le prodige du féminin se déploie dans les situations les plus difficiles... J'ai vu comment réagissaient les femmes au Sahel. On aurait dit qu'elles allaient au front, alors que les hommes s'enfuyaient parce qu'ils se sentaient en état d'échec. Les femmes sont prédisposées à la vie. L'énergie du féminin est donc bien au cœur du changement.

BERNARD. — « Avant tout, aimer, prendre soin, s'émerveiller », écris-tu dans ton *Manifeste pour la terre et l'humanisme*. En quoi peut-on dire que l'agroécologie se conjugue avec l'enchantement, avec la quête de la beauté, et en quoi peut-elle devenir un chemin de vie ?

PIERRE. — L'agroécologie, c'est la plus belle collaboration avec la vie qui soit. On entre dans le cercle du « rien ne se perd, rien ne se crée, tout se transforme ». Sans artifice. Elle contribue à réconcilier l'humain avec la Terre-Mère. La faculté d'enchantement s'est dissipée dans un monde bizarroïde qui oublie la puissance même de la vie. La merveilleuse puissance du grain de blé... qui peut nourrir l'humanité ! La pensée, devenue géométrique, n'est plus elliptique et génère la fragmentation. Un moteur fonctionne avec de simples composants, mais un être vivant, c'est un ensemble d'organes qui collaborent discrètement et harmonieusement. Mon foie ne me consulte pas pour savoir ce qu'il a à faire ! C'est donc tout autre chose. On a mis sur le monde une chape de rationalité, de géométrie stupide et fragmentée. Nous sommes en dysharmonie avec la nature, qui est une symphonie où chaque bestiole gère sa partition. L'univers est un, indivisible et symphonique. Et je dis que la partition est organisée par le Divin. C'est là que je me rapproche le plus de ce que j'appelle le Divin, c'est-à-dire de cette intelligence magnifiquement intégrée dans l'ordre du monde. C'est époustouflant. Les étoiles... On n'a pas besoin de leur mettre des flèches pour leur dire où elles doivent aller, cette chorégraphie est un enchantement ! Mais on ne voit plus tout ça, parce que l'on a ratatiné notre esprit. On a confondu intelligence et aptitudes. L'humanité en tant que telle n'est pas intelligente. Si elle l'était, elle ne ferait pas subir au monde et à elle-même toutes ces maltraitances. Vient aussi la question : être intelligent, c'est quoi ? C'est la lucidité – qui ne vient pas au travers d'un jeu de spéculations – qui nous envahit, émerge en nous et nous fait voir la beauté des choses. L'intelligence est donc bien d'un autre ordre. Ce n'est pas une question de cerveau.

BERNARD. — Emmanuel Levinas évoquait « le sacré filtrant à travers le monde » et Simone Weil soulignait que « l'attention parfaite est prière ». J'aimerais que tu nous parles de Gustave Thibon, notre voisin ardéchois, le philosophe-paysan trop méconnu, qui eut précisément un rôle déterminant pour le rayonnement de l'œuvre de Simone Weil, et dont l'œuvre est à redécouvrir. Dans son beau livre de réflexions, *L'Illusion féconde* (1995), il écrit : « Visite de Rabhi ; il me donne cette définition du chef dans une tribu sauvage : "Celui qui va le premier à la mort." » Peux-tu nous parler de tes relations avec Gustave Thibon ?

PIERRE. — J'ignorais qu'il avait retenu cela. Oui, j'ai connu Gustave Thibon. Quand nous avons décidé de nous installer en Ardèche, je savais qu'il y avait un philosophe chrétien ardéchois... C'est le père Dalmais, un dominicain, qui m'avait parlé de lui. Je l'avais noté dans mon carnet d'adresses, parmi les personnes que l'on m'avait recommandé d'approcher. Je me suis mis à le lire et à découvrir le philosophe, nettement catholique, et la convergence s'est faite très vite. Dès 1962, je suis allé en pèlerinage à Saint-Marcel-d'Ardèche, en tremblant presque. C'était un érudit, un paysan authentique et un vrai philosophe. On voyait chez lui une grande polarisation terrestre et cosmique. Il était très cultivé et avait fréquenté Jacques Maritain. J'étais alors très heureux de rencontrer un tel philosophe chrétien et j'ai adhéré à ce qu'il disait. Je ne connaissais pas bien sa filiation « politique ». Je savais bien sûr qu'il était en quelque sorte l'« inventeur » de Simone Weil par sa publication de *La Pesanteur et la Grâce*. Je l'ai rencontré plusieurs fois et il est même venu ici, à Montchamp.

BERNARD. — Dans *L'Illusion féconde,* il semble avoir pris certaines distances par rapport à l'institution de l'Église et l'on y trouve une grande liberté de ton...

PIERRE. — Je pense effectivement qu'il avait pris une certaine distance, comme beaucoup d'ailleurs, avec la Mère-Église. Elle permet d'avoir un ancrage quelque part, qui est indispensable, mais l'évolution de chacun peut conduire à s'éloigner de l'institution. C'est mon cas. Je reste dans la perspective christique absolue. Pour moi, l'idée de l'amour est décisive. C'est la plus grande puissance et c'est par l'amour qu'il peut y avoir une évolution positive du genre humain. Plutôt que de nourrir des controverses et des bûchers, l'Église aurait dû agir dans l'amour, puisque le Christ a dit : « Aimez même vos ennemis », et non pas « égorgez-les ». Il y a une autre défaillance des religions, c'est le fait écologique.

BERNARD. — Tu as là le beau livre de citations peaux-rouges, *Pieds nus sur la terre sacrée* de Teri Mac Luhan et, dans ta chambre, tu affiches le fameux discours de

1854 – recomposé plus tard – du chef indien Seattle. En quoi la civilisation des Amérindiens est-elle une référence pour toi ?

PIERRE. — J'ai trouvé chez les Indiens une spiritualité directe, simple et sans fioriture. Quand on dit à cet homme : « Vendez-nous votre terre » et qu'il répond : « Mais cette terre ne nous appartient pas, c'est nous qui lui appartenons », il dit une vérité absolue. Nous ne sommes là que provisoirement. Il refuse la profanation des tueurs qui massacrent des bisons pour se divertir. Les religions auraient dû être là pour dire : « Vous profanez, vous êtes en train d'insulter Dieu. Puisque vous reconnaissez que Dieu l'a créée, respectez la Création. »

BERNARD. — C'est peut-être vrai des monothéismes. Cela l'est moins des religions comme le taoïsme, le shintoïsme, le bouddhisme ou l'hindouisme, où le fait divin et l'homme sont intimement liés dans la manifestation divine.

PIERRE. — Le monothéisme pose péremptoirement la Création comme un acte premier. Pourtant, cela me semble tellement simple de reconnaître la majesté et la prépondérance divines sur cette réalité, que la première des choses aurait été de lui rendre un hommage plein de gratitude. Mais il y a le quiproquo biblique. L'être humain arrive comme la cerise sur le gâteau : « Tu es le maître. » Mais la terre n'est que le hall de gare vers le paradis ou l'enfer. Au lieu de se positionner comme responsable, l'homme s'est posé en maître. Donc la terre n'est que l'élément contingent d'un itinéraire de l'âme dont la destination est ailleurs. Alors si la gare est plutôt sale ou négligée, c'est sans importance. Je schématise, bien sûr. Mais il n'empêche que le catéchisme n'insiste pas assez sur le respect de la vie. Sur le « prendre soin », sur le « tu as la chance d'être nourri, sois reconnaissant »... Je dis que le Christ a été trahi par les pinaillages de la théologie. Il a dit : « Aimez authentiquement et tout ira bien. » Et au lieu de cela, on voit les violences entre les protestants, les catholiques et les autres... J'ai pris mes distances, mais je reste dans cette perspective christique qui, pour moi, s'épure de plus en plus, parce que quand on voit le monde évoluer, il est absolument évident que seul l'amour peut solutionner nos problèmes. Il n'y a rien d'autre. Absolument rien d'autre.

BERNARD. — Le penseur qui a été déterminant pour toi est Jiddu Krishnamurti, que l'on considère souvent comme emblématique de la contre-culture des années 1960. Son livre, *L'Éveil de l'intelligence*, a été pour toi une vraie révélation.

PIERRE. — Ses dialogues en particulier sont très intéressants. Ses livres de doctrine, je les ai évités, mais ce qui m'a beaucoup interpellé, c'est lorsqu'il confronte son approche spirituelle avec celles de scientifiques comme David Böhm, qui sont dans la matière et la phénoménologie basique.

BERNARD. — Il est curieux de voir comment il conduit ses entretiens à la manière des maîtres hindous – il n'en était certes pas un –, en développant une suite de questions pour faire progresser l'échange...

PIERRE. — Comme Socrate aussi : c'est ce qu'on appelle la maïeutique. Socrate était un quêteur de vérité, il était confronté aux sophistes qui préféraient triompher de l'autre dans la joute verbale, même si ce qu'ils développaient était complètement faux. Platon a amené la passion de la vérité. Socrate a payé de sa vie son amour de la vérité...

BERNARD. — Je voudrais revenir sur le parcours même de Krishnamurti (1895-1986), tant il éclaire ta propre vie, tant il permet de comprendre aussi ton attachement à sa personne et à sa perspective. On peut en effet tracer un parallèle entre les vies singulières qui furent les vôtres. Au tout début du XXe siècle, il avait été choisi par Annie Besant et la Société théosophique pour être l'« instructeur spirituel » de la future humanité... Ce choix avait été dicté par des considérations réincarnationnistes fantaisistes. Et l'on n'avait pas hésité à arracher ce jeune et bel Indien pauvre, orphelin de mère, à son milieu originel pour l'emmener, à 17 ans, en Angleterre et le préparer à la mission qu'on lui avait attribuée : devenir un distingué « messie » syncrétique. Annie Besant eut d'ailleurs à son égard un comportement de mère possessive. Krishnamurti accepta pendant quelques années de tenir ce rôle, avant de s'insurger en 1929 contre ce formatage et de s'exonérer définitivement du fardeau qu'on lui avait mis sur le dos. Très vite, il a rejeté toute attache traditionnelle et il est devenu un philosophe sans disciple, appelant à se libérer du « vieux cerveau conditionné » et de la peur, en prêchant une « simplicité » libératrice. Il a ensuite parcouru le monde en donnant conférence sur conférence. Exil, arrachement familial, double culture, déconstruction et rejet partiel du conditionnement traditionnel, puis reconstitution de l'être et appel à l'insurrection contre les préjugés et les préceptes, enchaînement de conférences… C'est là tout ton propre parcours.

PIERRE. — Je n'y avais pas songé… Je te remercie de ce rapprochement et c'est vrai qu'il est évident, toutes proportions gardées… C'est très curieux. J'ai toujours eu le sentiment, du fait que ma mère est morte alors que j'étais tout petit, d'être un clandestin. Comme si j'étais arrivé par un autre passage que le corps d'une femme. Je donnerais cher pour avoir une photo de ma mère. Ce qui est étonnant chez Krishnamurti, quand on voit son itinéraire, c'est que l'on peut presque penser que les gens qui l'ont choisi ne se sont pas trompés. C'était un être exceptionnel en quelque sorte. Il s'est révélé, mais pas à leur convenance évidemment, capable d'affirmer une pensée hors normes.

BERNARD. — Il avait une aisance et une distinction naturelle qui ont pu contribuer à ce choix. Et son père travaillait à la Société théosophique…

PIERRE. — Oui, c'était un petit fonctionnaire… Cette proximité explique peut-être pourquoi je me suis trouvé aussi à l'aise dans ce registre après avoir traversé tant de crises intérieures. C'était allé tellement loin que, à 42 ans, j'ai connu une énorme crise. Alors que j'avais traversé beaucoup d'épreuves et que je venais de mettre à flot le bateau de ma vie, voilà que je me suis mis à déprimer, au lieu de savourer la joie de la réussite. C'était insensé. J'avais mis les priorités ailleurs et occulté jusqu'alors mes états d'âme. Ce passage douloureux était lié à un grand questionnement : « Qu'est-ce que la vie ? Que devient-on ? À quoi sert tout ça ? » Pas la déprime au sens de dépression, comme on l'entend, mais un doute immense, une remise en question considérable. C'est la rencontre avec Krishnamurti et avec son œuvre qui m'a tiré d'affaire. Je me souviens quand j'ai commencé à lire *L'Éveil de l'intelligence*… Si je te montrais mes annotations dans l'exemplaire ! J'ai lu ça, ligne après ligne, dans une attention extrêmement aiguë, et je me suis senti ressusciter. Voilà quelqu'un qui se posait les questions que je n'arrivais pas à formuler et encore moins à résoudre. Cela m'a remis sur les rails et m'a donné une nouvelle énergie pour continuer le chemin dont j'avais presque envie qu'il s'interrompe. Le fait d'arrêter le processus de ma propre vie m'a même légèrement effleuré… Les choses étaient compliquées sur le plan matériel et aussi relationnel. Il ne faut pas être hypocrite, les relations de couple ne sont pas toujours faciles. Cela passe par une sorte d'initiation où l'on se met à l'épreuve mutuellement. C'est à ce moment-là que survient la tentation de la rupture. J'étais dans ce marasme-là et c'est grâce à ma lecture de Krishnamurti que les choses se sont mises en ordre. C'est pour cela que je suis très attaché à cet esprit.

BERNARD. — Tu es né aux confins du Sahara, dans une famille très pauvre, tu as été envoyé à l'école coranique, tu as tâté du fouet… Clairement, tu as été élevé dans un milieu purement traditionnel, où la sobriété n'était pas toujours heureuse, mais où le respect des êtres et le rythme de vie étaient assez conformes à ce que tu as souvent développé. Ton père, forgeron, musicien, soufi et sans doute griot et un peu alchimiste à ses heures – je pense notamment au récit que Camara Laye fait de son propre père forgeron dans *L'Enfant noir* – a dû te confier à une famille française après la mort de ta mère. Peux-tu nous parler de lui ?

PIERRE. — Le forgeron, surtout en Afrique noire, était mâtiné d'une réputation de sorcellerie, de guérisseur, de thérapeute. Mon père s'est intéressé à la médecine à partir du jour où il a failli me perdre parce que j'avais été piqué par un scorpion. Chez nous, les piqûres de scorpion sont très sévères. Et ce scorpion, vicieux comme tout, m'avait piqué à la nuque. Normalement, il faut un garrot. L'endroit n'était pas idéal ! Et ce satané scorpion a failli me faire passer de vie à trépas… J'ai un souvenir fugace où je vois cet homme porter son enfant en courant à travers tout le pays pour le sauver. Il a trouvé une espèce de thaumaturge qui m'a sauvé en faisant des scarifications et m'a donné une potion. Je suis passé à l'extrême limite de la mort. Je suis un miraculé. Mon père avait une telle peur de perdre son enfant. Il en avait déjà perdu un alors que ma mère était enceinte de moi. Elle m'a porté avec ce traumatisme-là, ce qui n'a sans doute pas été sans conséquence pour moi. Il y avait beaucoup de monde qui allait et venait sur la place au centre du village, y compris des charmeurs de serpents, et cet homme guérissait les gens avec des formules coraniques écrites avec une encre de suint calciné. Il les écrivait à l'intérieur des parois d'un bol, avant de les diluer dans de l'eau que l'on buvait ensuite. Ce fut là sa seule intervention… Les rationalistes diront que c'est le goudron qui m'a sauvé. Mais je pense qu'il y avait quelque chose d'alchimique… Et mon père n'a eu de cesse que de récupérer le secret de cet homme. Ensuite, il est lui-même devenu guérisseur du village. Et ce don qu'il avait reçu, il l'a lui-même mis au service des autres pour les sauver des piqûres de scorpion. Il s'est aussi aventuré dans la psyché, dans le physiologique, en devenant un thérapeute polyvalent.

BERNARD. — Le fait que, pour survivre, ce père ait été contraint de descendre dans la noirceur de la mine t'a marqué. Tu en as conçu une vraie révulsion à l'égard de la modernité et de ses avatars productivistes.

PIERRE. — Alors que j'étais tout petit, j'ai eu beaucoup de mal à accepter cet état de fait. Je n'arrivais pas à admettre que mon père doive revenir tous les soirs souillé de suie. Comme il était hyper-doué en mécanique, on l'avait propulsé conducteur de locotracteur. Au lieu de descendre dans la mine, il tirait les wagons de charbon. Ce que j'ai vécu enfant, c'est l'oblitération de mon père ; un être oblitéré n'a plus sa liberté. L'enclume ne chante plus et il revient couvert de suie… Tous ces attributs de l'aliénation se sont concentrés en moi et ce qui n'était qu'une blessure s'est réveillé trente ans plus tard dans ma psyché. D'où, peut-être, la question de la révolte que j'aurais voulu voir chez mon père et que j'ai moi-même portée.

BERNARD. — « Oasis en tous lieux », solidarité, humanité, amour du travail bien fait et de l'agriculture de proximité (sans intrants chimiques !), reconnaissance de la sagesse ancestrale, frugalité, hospitalité… Est-ce que tu n'es pas en train de réinventer le monde ancien en l'amendant ?

PIERRE. — Je ne réinvente rien. Je pars d'un constat. Nous sommes dans un monde fini. Au lieu de percevoir la planète comme une merveilleuse oasis dans un grand désert sidéral, on la conçoit comme un gisement à exploiter jusqu'au dernier poisson. Et puis il y a cette fracture entre les hyper-nantis qui se font maigrir et les affamés qui n'ont pas un bol de riz pour leurs enfants. On est dans une situation où les biens de cette planète sont extrêmement mal répartis. Il règne une forme d'iniquité très grave. Les hyper-nantis consomment des anxiolytiques et n'arrêtent pas de se divertir pour oublier la dureté de la vie et leur misère intérieure - souvent importante, comme peuvent malheureusement en témoigner les statistiques des suicides dans les pays riches. Alors que chez les gens démunis et les peuples traditionnels, on trouve parfois une certaine paix et une vraie joie de vivre.

BERNARD. — Tu cites volontiers Maître Eckhart et tu fais, à son instar, référence au Dieu inconnaissable et à l'indicible, tout en invoquant souvent la puissance du Divin dans les manifestations du monde.

PIERRE. — En effet. « Pourquoi bavardez-vous au sujet de Dieu ? Tout ce que vous dites de lui est mensonge » : c'est le drame des monothéismes, avec leurs multitudes d'interprétations et de positionnements entre juifs, chrétiens et musulmans. La prétention de la raison… Or le Divin transcende la raison et relève plus de l'intuition, de l'acceptation et du silence.

BERNARD. — Dès la fin de la guerre de 1940 et au tout début de sa longue carrière, le grand primatologue japonais Kinji Imanishi, fervent naturaliste et alpiniste émérite – un homme de nature, donc ! –, s'est insurgé contre le concept darwinien de « lutte pour la vie ». Sans nier la compétition, il refusait qu'on instaure ce concept comme fondateur de l'évolution de l'univers. Il disait que la reconnaissance de l'affinité précède la compétition, que les êtres vivants tentent en général d'éviter le conflit et que c'est la recherche de collaboration et de conciliation qui fonde les relations sociétales… Tu viens d'écrire avec Jean-Marie Pelt un livre, *Le monde a-t-il un sens ?*, qui reprend une thématique presque analogue.

PIERRE. — Absolument. C'est Jean-Marie qui la reprend. L'univers s'est effectivement fondé d'abord sur la coopération et cela remet en cause, sans le dire ouvertement, le concept de lutte des espèces qui est calquée sur la pulsion humaine. Darwin est parti du fait humain pour l'appliquer à la nature. Il partait d'ailleurs d'un constat fait sur des animaux domestiques et dénaturés. L'animal, à l'état naturel, s'organise pour ne pas avoir de conflit avec les autres. Même dans la sociologie des chèvres – que nous avons élevées –, on peut le voir : la question des territoires est d'importance, mais une fois qu'elle est posée, c'est la convivialité qui s'instaure. Dans le monde de la coopération, l'être humain a introduit la dualité et celle-ci a amené les oppositions. Un processus d'éradication de l'homme par l'homme. De l'homme contre l'humain. Il est singulier qu'à l'école on se préoccupe tant des dates des guerres. On dirait que le courant de l'histoire n'est jalonné que par des conflits que l'on exalte. Cette édulcoration, cette esthétisation de l'horreur est le propre de l'homme.

BERNARD. — Tu as écrit : « La vie est un chemin initiatique. » Il y a aussi une formule de Gandhi qui t'est chère : « Soyez le changement que vous voulez voir dans le monde. » Le cheminement intérieur est primordial pour toi…

PIERRE. — La formule la plus pertinente, je l'ai trouvée chez Krishnamurti. La transformation de l'individu par la lucidité à l'égard de soi-même : « Libère-toi de toi-même », par cette recherche intérieure sur les mécanismes qui amènent l'être humain à se leurrer lui-même et à rentrer dans un champ d'illusions. Ce n'est pas simplement une formule sur le « change-toi » que l'on peut appliquer partout. Même les nazis auraient pu dire « change-toi ». À se limiter au simple changement, on peut changer en bien ou en mal. Le changement ne doit pas être arbitraire et violent. Ce qui est intéressant chez Krishnamurti, c'est que cela part d'une introspection, d'une analyse serrée qui ramène la personne à cette intériorité active qui permet de se décrypter. Il y a une expression paysanne que j'aime bien : « Je suis colère. » Elle est très juste, parce que lorsque je suis en colère, je deviens la colère. Je ne suis pas habité par la colère, je suis la colère. De cette méditation que l'on peut avoir sur sa propre nature, il faut appliquer cette dialectique, cette maïeutique qui enlève les choses surajoutées comme on pèle un oignon. On ne se contente pas de changer pour changer, mais on dit : « Mettez-vous en chantier vous-même », et « Prenez-vous comme objet de ce qui doit changer. »

Annexes

1

Mes si chers amis d'ici et d'ailleurs (à propos de la tuerie du 7 janvier 2015 dans les locaux de *Charlie Hebdo*)

Fabrice Nicolino

Ce texte a été écrit depuis son lit d'hôpital par Fabrice Nicolino, victime avec ses amis de Charlie Hebdo *d'un attentat islamiste au siège du journal. Fabrice Nicolino l'a écrit le 15 janvier 2015, une semaine après l'assassinat de douze personnes, et publié sur* Planète sans visa *(http://fabrice-nicolino.com/?p=1862). Il a suscité une très singulière émotion.*

Je vais aussi bien que possible dans une telle situation. Après une grosse perte de sang, deux transfusions et une opération longue, retour au calme. J'ai reçu des balles dans chacune de mes jambes, j'ai une plaie à la hanche et une autre à l'épaule. Et pas mal d'éclats dans le corps, qui n'en repartiront pas. Ils rejoignent ainsi les éclats d'une bombe fichés dans mon pied gauche depuis le 29 mars 1985. Ce jour-là – *fatalitas* ! –, j'ai été victime d'un attentat au cinéma parisien le Rivoli-Beaubourg.

Retour au présent : à la vérité, je n'ai vraiment recommencé à écrire un peu que ce 15 janvier 2015. Et je n'ai pu parcourir mes mails que ce même jeudi, huit jours après la Grande Tuerie. J'ai reçu pour l'heure près d'un millier de messages par toutes les sources possibles, et le bien que m'ont fait ceux que j'ai pu lire – une cinquantaine – défie déjà tout commentaire. Je vous le demande sans fausse honte : continuez ! Oh ! oui, continuez ! La quasi-totalité expriment une chaleur et une amitié dont j'ai désormais un besoin quotidien.

Je n'ose penser

Coupé de l'extérieur – sans journaux, longtemps sans télé ni téléphone –, je ne sais que les très grandes lignes de ce qui s'est passé. Ce qui suit pourrait donc tomber à plat, mais dans ce cas, vous me pardonnerez. Première évidence : la réaction si spectaculaire de la société française est évidemment un puissant baume pour les blessures du corps et de l'âme. Je n'ose penser à mon état si les manifestations de solidarité n'avaient rassemblé que quelques milliers de personnes.

Bien entendu, à cette hauteur de mobilisation, le malentendu est partout. Des gauchistes antisionistes ont défilé avec des juifs à kippa, des pieux musulmans avec des cathos anti-mariage gay, des sarkozystes et des zemmouristes avec des mélenchonistes. Et c'est vraiment ce qui pouvait arriver de mieux. Un tel déferlement crée nécessairement un substrat, au sens agricole, un compost sur lequel pousseront les réponses que nous saurons formuler ensemble.

Nul ne peut connaître le résultat de tels ébranlements, qui touchent à l'intime des cœurs. Mais on peut du moins dire que sans ces fondations, sans cette fondation, rien n'aurait pu germer demain sur la terre dévastée de ce si petit pays de France. Nous sommes désormais face à une possibilité. Ce qui fait peu, mais surtout beaucoup.

Les contours du Grand Partage

Vous le savez, je tiens la crise écologique, si dramatique, comme le cadre neuf dans lequel penser notre avenir commun, aussi compromis qu'il puisse paraître. Sous ma plume, il ne s'agit pas d'une formule, mais d'une conviction définitive. Elle implique, et je ne vais pas plus avant sur ce terrain instable, une politique révolutionnaire.

Et démocratique, cela va de soi. Il faut définir les contours du Grand Partage. Partage de l'espace et des ressources, évidemment. Mais à condition d'y inclure nos frères les animaux, dont le sort maudit ne cesse d'aggraver celui de la psyché humaine. Hors ce cadre-là, selon moi, il ne peut y avoir que ravage, destruction du monde, mortels affrontements.

Depuis que je suis hospitalisé, dès que j'ai pu m'adresser à mes soignants, je me suis mis à parler. Ceux qui me connaissent savent qu'il s'agit chez moi d'une maladie chronique, qui ne disparaîtra qu'à ma mort. La plupart, depuis les aides-soignants jusqu'aux chirurgiens en passant par les infirmières et infirmiers, m'ont paru admirables. Écrivant cela, je ne veux pas les désigner comme des êtres hors du commun. Ils ne le sont pas.

Le bonheur des nuits d'insomnie

Mais leur comportement réel, dans le quotidien sinistre des services de réanimation, montre qu'il est possible de vivre comme des hommes, dans le respect de ces valeurs essentielles sans lesquelles la vie perd à jamais ses repères. J'ai été heureux, au milieu des nuits de l'insomnie, de parler de la campagne d'avant du côté de Monpazier (Périgord), du sort des cités oubliées dans tant de villes détruites, de mes copains d'enfance et d'adolescence – Arabes, juifs, Portugais ou Blacks – de Villemomble, Montfermeil, Noisy-le-Sec, Gagny, Bondy. La Seine-Saint-Denis de jadis annonçait la suite, sans que nous en ayons la moindre conscience.

Mais j'ai aussi suivi comme un cours accéléré d'écologie, au sens que je donne à ce mot transformateur. À propos du crime global qu'est l'agriculture industrielle, des folies de l'agroalimentaire, des délires de la chimie de synthèse, de ces maladies créées par l'exposition à tant de toxiques, du terrifiant problème posé par le stress hydrique – une raréfaction des ressources en eau –, du climat.

Le monde inquiet des questions angoissées

Je vous le jure : j'ai plus écouté que parlé. Car ce sont eux qui racontaient, montrant à quel point la société française sait être loin des misérables clichés déversés chaque jour par ses « élites » politiques et médiatiques. Il existe un espace inexploré, considérable, où de nouvelles questions, centrales, pourraient enfin être débattues. En somme, ces quelques urgentistes rencontrés ici m'ont paru comme les représentants d'un monde inquiet, qui cherche des réponses à des angoisses désormais évidentes.

Et c'est bien pourquoi je vomis notre classe politique. Aucun de ses membres ne saura se mettre au service de notre peuple et de l'humanité. Chacun joue sa partition attendue. Hollande prend la voix grave, espérant regagner quelques points de popularité, ce qui est d'ores et déjà acquis. Sarkozy, fidèle d'entre les fidèles à lui-même, essaie de se placer sur la photo. Valls peaufine son personnage bien connu de Clemenceau.

La plus merveilleuse des nouvelles

Et pourtant, l'espace existe. Il n'y a aucun doute qu'un politicien qui romprait avec l'ancien crèverait le plafond, et l'écran. Je vous parlais à l'instant de compost. Le soulèvement moral de notre peuple – pas tout le peuple, ne délirons pas – est la plus merveilleuse des nouvelles. Ce mouvement des profondeurs ne saurait disparaître tout à fait, et il ne pourra, en toute hypothèse, conserver des formes aussi belles. Considérons que s'est ouverte une fenêtre, que des forces hostiles tenteront de refermer au plus vite. Ce serait donc l'heure idéale du tournant, mais je redoute que l'occasion historique d'avancer dans la seule direction possible – la fin de la tragédie écologique – ne soit encore gâchée par la petitesse des idées et des caractères.

Malgré cela, avançons, mes si chers amis. Premier impératif catégorique : luttons contre toutes les formes de régression, au premier rang desquelles le racisme, qui trouvera là de primordiales raisons de flamber. Sur ce terrain si difficile, parlons à tout le monde, sans exclusive, car le feu est aux portes. Cela signifie pour moi rechercher l'unité la plus large, y compris – par définition – avec des groupes et des personnes éloignés du combat pour la vie.

Et nous fûmes cent mille en arrivant aux portes

Parallèlement – et en même temps –, considérons avec ceux qui le souhaitent la stupéfiante gravité de la crise écologique mondiale. Dans ce cadre très général, il faudra tout à la fois ouvrir en grand nos yeux, nos oreilles et notre cœur. Jamais la situation n'a été aussi favorable à notre cause, et il me semble possible de réunir à terme, dans un réseau dense, cent mille d'entre nous. Ce serait un véritable tsunami. Une telle masse critique pourrait entraîner dans une autre direction la société tout entière. Vous n'y croyez pas ? Moi, si.

Franchement, qui aurait pu imaginer cette « insurrection des consciences » réclamée depuis si longtemps par mon cher grand ami Pierre Rabhi ? Qui ? Personne. Nul ne savait qu'il existe encore dans ce pays une société vivante et fraternelle. Amorphe en apparence, gorgée de pub et de télé, se battant à l'occasion pour un téléphone portable, obsédée par les écrans plats et les bagnoles dernier cri, la France vient de montrer le visage du bonheur commun. À la stupéfaction générale. La tragédie qui nous a frappés a réussi l'impossible : créer de l'harmonie avec les gestes et les mots de millions de personnes anonymes. Le grand fleuve rentrera dans son lit, mais on se souviendra que la crue régénératrice n'est jamais loin de l'étiage.

La meilleure part de nous vient de montrer ce qu'était la beauté. Ce qu'était la Beauté.

PS : Comme vous l'imaginez, j'enterre mes morts. Cela me prendra bien des mois. J'aimais personnellement certains des assassinés. Je clame à toutes les familles de tous les disparus que je les serre contre ce qui me reste de cœur.

2

« Beaucoup de bruit pour rien »

Une défense factuelle et chiffrée de Pierre Rabhi[1]

Bernard Chevilliat,
octobre 2018

Il y a plus d'un mois, le journaliste Jean-Baptiste Malet a publié dans *Le Monde diplomatique* (août 2018) une longue enquête – en une et sur deux pleines pages –, intitulée « Frugalité et marketing. Le système Rabhi », qui met gravement en cause la réputation et l'intégrité de Pierre Rabhi. Il laisse ainsi entendre par ce titre, au demeurant déconnecté du propos de l'article, que celui-ci a édifié au fil des ans un « système » lucratif qui le servirait, un « petit business ».

Jean-Baptiste Malet a récemment orchestré sur France Inter une deuxième promotion de son article accompagnant la mise en accès gratuit de celui-ci, en axant cette fois son propos sur des questions d'ordre

1. Une version courte de cet article est parue sur le blog de *La Croix* en octobre 2018.

financier, parce que, explique-t-il benoîtement sur les ondes, dans son article, « il n'avait pas eu la place et qu'il voulait rester sur le plan des idées ». De surcroît, la radio nationale diffuse alors une petite vidéo additionnelle de deux minutes proprement diffamatoire où il donne des leçons de morale.

C'est ce même journaliste qui nous écrivait le 2 juillet : « Je n'ai aucune hostilité à l'égard de Pierre Rabhi », tout en ayant au préalable approché le secrétariat de Pierre Rabhi sous le couvert d'une étude sur Thomas Sankara... Cette fois, l'émulsion commence à prendre de l'ampleur et les mots de Malet trouvent vite un écho disproportionné. Dans la mesure où, en parfait accord avec Pierre Rabhi, nous avons patiemment et longuement – et avec quelle transparence ! – répondu pendant plusieurs semaines aux questionnaires inquisitoriaux et tatillons, voire aux ultimatums dudit journaliste, et parce que celui-ci passe outrageusement sous silence nombre de contextualisations ou de réponses pour mieux argumenter à charge et s'exprimer péremptoirement, hors de toute réserve journalistique, puisqu'il pose que Rabhi n'est pas un écologiste au sens où lui l'entend, nous nous devons de revenir ici sur les principaux points qui font aujourd'hui débat.

Jean-Baptiste Malet pose que le succès du « personnage » tient au fait qu'une partie de la population, « rétive à la modernité politique et au rationalisme qui structura le mouvement ouvrier au siècle passé », place ses espoirs dans une « voie faite de tradition d'authenticité, de quête spirituelle et de rapport vrai à la nature ». En un mot, les adeptes du mouvement initié par Pierre Rabhi sont de doux et nostalgiques rêveurs que celui-ci va ensorceler grâce à son talent oratoire et son aura de « grand-père paysan et de vieux sage ».

À partir de là, Malet s'attelle à déconstruire la figure de Pierre Rabhi. Il s'attaque à ce qu'il appelle abusivement ses « fréquentations vichysso-ardéchoises » au cours des années 1960, à la remise en cause de sa compétence agricole et de son rôle à Gorom-Gorom au Burkina-Faso dans les années 1980, aux structures associatives initiées au fil du temps, dont certaines sont gracieusement présentées comme des « fermes Potemkine », ou aux liens, pourtant fort distants, qu'il entretiendrait avec certains entrepreneurs. Nous reviendrons en détail sur chacun de ces points tout en soulignant que curieusement, la plupart de ces thèmes particuliers, sujets à controverses, n'ont pas fait l'objet d'échanges oraux ou écrits, que ce soit directement avec Pierre Rabhi ou par mon entremise, et qu'en conséquence la parole du principal intéressé n'a pas été entendue.

Au préalable cependant, et parce que c'est ce que beaucoup retiendront après la reprise sur France Inter, je voudrais revenir sur les aspects financiers du pseudo-système, et ce d'autant plus que M. Malet porte aussi des jugements expéditifs et calomnieux, puisque dans sa vidéo sur YouTube il est question de « petit business » à propos de Pierre Rabhi et de la gestion du Fonds de dotation Pierre Rabhi que j'ai l'honneur de présider.

Pierre Rabhi s'est-il donc indûment enrichi grâce à la vente de ses livres ?

Depuis le début de son enquête, Malet suppute que les milliers de livres vendus et les dizaines de conférences données ont fatalement dû enrichir leur auteur et, dans une injonction foncièrement totalitaire, il décrète que pour être en accord avec ses idées, Rabhi aurait dû attribuer ces fonds aux associations ou structures qui se revendiquent de lui ou qu'il a inspirées. Celles-ci, totalement indépendantes de Pierre Rabhi, ne demandent rien, mais Malet entend s'exprimer pour elles. Il oublie juste de préciser qu'en dehors de ses droits d'auteur qui fluctuent au fil des années, Pierre Rabhi n'a pour vivre qu'une retraite de paysan et qu'il n'est présent dans ces associations qu'à titre honorifique (à l'exception des Amis de Solan dont il assure toujours la présidence), qu'il n'a avec elles aucun lien organique ni aucun rôle opérationnel et qu'il est donc totalement abusif, voire loufoque quand on connaît Pierre Rabhi, de parler de « système ». Il n'intervient absolument pas dans leur gouvernance et il n'y a d'ailleurs pas de coordination entre elles, même si elles bénéficient toutes depuis des décennies de son temps et de sa notoriété. Au demeurant, Pierre a attribué à l'une d'elle – Colibris – tous les droits d'auteur du *Manifeste pour la Terre et l'Humanisme*, dont Malet affirme un peu vite, pour minimiser cet apport, qu'il ne s'est « pas très bien vendu », alors que les ventes dépassent à ce jour (2018) les 130 000 exemplaires tous réseaux confondus, soit de 11 à 12 % des ventes de tous les livres. Pierre Rabhi a aussi orienté les droits d'un ouvrage collectif (*Se changer pour changer le monde*) vers le Fonds de dotation.

Et puis, au nom de quoi, de quel ukase, de quelle « moraline » – pour reprendre un mot éclairant de Nietzsche –, Pierre Rabhi ne pourrait-il pas disposer librement du fruit de son travail ? Il n'usurpe rien quand il parle de « sobriété heureuse » et il ne s'est jamais engagé à reverser les droits perçus sur ses livres qui relèvent de sa sphère privée. Sans même revenir sur sa naissance dans le Sahara, en Ardèche à ses débuts, il a vécu sept ans sans eau courante et treize ans sans électricité en élevant cinq enfants avec de très modestes revenus, et son mode de vie actuel reste sobre, comme peuvent en témoigner tous ceux qui le côtoient au quotidien.

Les ventes comptabilisées par le GfK indiquent que Pierre Rabhi a effectivement vendu 1 167 000 ouvrages (cumul à juin 2018), mais il s'agit là de toutes les ventes réunies d'une longue vie d'écrivain, et la majeure partie de ces ventes s'est faite en format poche. Pour que l'on comprenne bien, il faut savoir qu'en format poche, les droits d'auteur sont divisés par deux et indexés sur le prix public du livre qui est par définition bas. On parle donc de quelques dizaines de centimes d'euro par livre. Comme l'ont confirmé ses différents éditeurs, Pierre Rabhi n'a jamais discuté le moindre contrat éditorial, acceptant en confiance, sans même regarder, tout ce qui lui était proposé.

Malet s'est aussi inquiété du patrimoine de Pierre Rabhi, mais avec ça il a eu du mal à faire de la mousse. Pierre Rabhi vivrait-il dans l'opulence sur un tas d'or et en contradiction avec ses principes ?

La réalité est tout autre.

Pierre et Michèle Rabhi n'ont pas de villa ou de piscine. Ils sont juste usufruitiers de la ferme dans laquelle ils habitent depuis 1963 et qu'ils ont largement réparée et transformée de leurs propres mains. Pour mémoire, celle-ci se trouve au cœur du bois de Païolive, un désert minéral peu propice à l'agriculture. Ils ne sont détenteurs d'aucune valeur mobilière ou immobilière, ni d'aucun contrat d'assurance-vie, et leur train de vie reste inchangé depuis des années. Leur seule épargne se résume à un livret A et à un livret d'épargne « développement durable ». Pas de comptes offshore, d'œuvres d'art ou de gadgets électroniques ! Une Peugeot 308 (de 2015) et une 206 pour tout luxe.

En réalité, Pierre et Michèle Rabhi n'ont épargné aucune fortune, parce qu'ils ont aidé au fil du temps leur grande famille – y compris algérienne – et leurs amis en difficulté, tout en réparant leur maison usagée. Voilà ce qu'on voit « quand on regarde ce qu'il fait de son argent ». Il n'y a rigoureusement rien à « voir », sinon une évidente vie simple qui n'est pas feinte. Pierre Rabhi dort effectivement dans une chambre-bureau assez sommaire sur une natte. Non par ascèse, mais par habitude. Étant donné l'irrégularité des ventes de livres et des rentrées d'argent, il est en tout cas foncièrement trompeur et erroné d'affirmer que Pierre Rabhi « peut arriver à générer un salaire de 7 000 à 10 000 euros par mois » et qu'il peut donc aisément – et « depuis longtemps ! » – assumer le salaire et les charges d'une assistante ou redistribuer allégrement des sommes aux structures qu'il a créées. Lissés sur dix ans, les revenus – on ne peut pas parler de « salaire » – de Pierre Rabhi avoisinent plutôt les 42 000 euros annuels avant impôts, autrement dit 3 500 euros par mois, même s'ils ont très récemment connu une croissance temporaire liée à la sortie simultanée de plusieurs livres ou rééditions[1].

Pour preuve de sa bonne foi – et parce qu'il est par définition indispensable de considérer de tels revenus

1. Les sommes perçues sur les ouvrages ayant naturellement baissé, ce n'était déjà plus vrai en 2021.

dans la durée –, Pierre Rabhi a même accepté de produire à M. Malet ses cinq dernières déclarations de revenus réalisées par un centre de gestion agréé. M. Malet pérore sur les ondes, mais en tronquant délibérément la vérité pour faire du buzz, et en ne contextualisant pas, il trahit surtout la confiance qui lui a été faite.

Malet revient aussi sur le tarif des conférences que donne Pierre Rabhi chaque année et il laisse entendre que celui-ci serait exorbitant. C'est absurde et faux. Sur les trente ou trente-cinq conférences annuelles, la moitié d'entre elles sont en réalité faites à titre gratuit. L'autre moitié est le plus souvent facturée entre 1 000 et 1 200 euros et, pour se faire une juste idée de la somme effectivement perçue, on doit déduire 40 % de cotisations, ce qui laisse au final 700 euros net. Qui plus est, très souvent et notamment lors de ses voyages à l'étranger, Pierre Rabhi prend à sa charge ses frais de déplacement. Pour mémoire, un conférencier de la notoriété de Pierre Rabhi monnaye volontiers son intervention entre 6 000 et 10 000 euros la conférence. Le coût est donc extrêmement faible en regard de sa notoriété et de son âge. Même Jacques Monin, quand il l'interviewe sur France Inter, reconnaît timidement que « ce n'est pas énorme », mais Malet fait mine de ne pas l'entendre.

Pour le coup, M. Malet lance des chiffres « Potemkine », des chiffres de pure façade, destinés à abuser la galerie et à induire le doute.

Emporté dans son élan, il affirme que le Fonds de dotation regorge de subsides et que nous percevons d'« énormes » sommes d'argent. Pardi ! Nous réussissons péniblement à réunir de 50 000 à 60 000 euros par an, ce qui en comparaison d'autres fondations ou fonds est presque insignifiant, et c'est à peu près ce que nous redistribuons. Depuis sa création, de 2014 à 2017, le Fonds a accompagné trente projets et distribué 250 000 euros[1]. Pour donner du piquant à son propos, Malet parle de soirées « philanthropiques » qui rapportent « beaucoup ». En fait, il n'en sait rien. Nous avons réalisé trois dîners en cinq ans qui, une fois les frais d'organisation décrémentés, sont loin d'avoir généré des sommes importantes. Baliverne. Une soirée « soupe aux choux » pour une école en Haute-Loire rapporte davantage ! Il nous faut aussi préciser que mis à part les frais de fonctionnement, les fonds collectés ne peuvent être utilisés, conformément à nos statuts, que pour la création de centres de formation à l'agroécologie ou pour des actions ciblées et en lien direct avec la promotion de l'agroécologie ou la protection de la nature. Il en va de même pour le seul legs important perçu il y a deux ans, que la généreuse donatrice avait réservé à Pierre Rabhi et à ses actions. Nous nous efforçons donc de gérer en « bon père de famille » plutôt que de dilapider à tout va les fonds qui nous ont été confiés. Qui plus est, le grand projet de « village modèle » cher au cœur de Pierre Rabhi – avec précisément la création d'un centre de formation à l'agroécologie en milieu aride – que nous menons depuis un an à Maaden en Mauritanie saharienne va nécessiter des fonds très importants. En 2018, à ce jour, nous allons ainsi distribuer plus de 150 000 euros, dont un tiers pour le projet mauritanien. Cela étant posé,

1. Mise à jour : à la mi-année 2022, le Fonds a distribué plus de 730 000 euros d'aide depuis sa création. Un autre legs important a permis au Fonds de dotation Pierre Rabhi de répondre à de nouvelles sollicitations.

je précise que tous les membres du Fonds de dotation sont bénévoles et qu'ils prennent à leur charge tous leurs frais. La seule salariée du Fonds est sa secrétaire, qui épaule aussi Pierre Rabhi dans la gestion de son agenda. En contrepartie de cette aide, celui-ci met gratuitement à la disposition du Fonds trois pièces de sa maison, dont une salle de réunion et un bureau. Pourquoi passer cette contribution sous silence ?

En tout cas, il n'y a là rien qui soit illicite ou amoral.

Sur les ondes, Jean-Baptiste Malet claironne que Pierre Rabhi a embauché son gendre dans le Fonds de dotation. Il s'agit là d'une pure supputation et d'une calomnie à son égard. C'est nous, en notre qualité de président, de notre propre initiative et en accord avec le conseil d'administration, qui avons proposé fin 2015 un CDD de huit mois à son gendre afin que celui-ci mette au service du Fonds alors débutant sa connaissance des réseaux et ses compétences informatiques et organisationnelles, et gère différentes tâches administratives que nous ne pouvions alors assumer en raison de nos occupations professionnelles respectives. Il faut le répéter, Pierre Rabhi n'y assure aucune fonction directionnelle ou financière.

Malet s'en prend aussi aux lieux de formation inspirés par Pierre Rabhi : le mas de Beaulieu, où réside Terre & Humanisme, et Les Amanins, lieu de vie et d'éducation fondé par Michel Valentin. Il les traite avec mépris de « fermes Potemkine », autrement dit d'attrape-nigauds, de fermes de façade « où il fait bon jouer de la guitare autour du feu entre jeunes le soir venu ». Mais ces centres de formation et de conférences ont-ils jamais prétendu être des fermes « autosuffisantes » ? Qui peut imaginer que sur le petit hectare difficile du mas, on puisse nourrir des stagiaires, des bénévoles (qui sont aussi apprenants !) et des salariés qui opèrent même au-delà de nos frontières ? Ces structures ont-elles d'ailleurs jamais prétendu être des modèles économiques ? Bien évidemment que non. Ce sont des structures associatives expérimentales et de formation qui n'ont aucune vocation productiviste, même s'il faudrait pondérer le propos au vu de l'autonomie alimentaire à 80 % des Amanins et les 33 000 repas servis chaque année (cf. les communiqués respectifs de ces associations sur leurs sites Web en réponse au dénigrement de leurs activités). Qui plus est, Terre & Humanisme délivre des formations diplômantes agréées. Leur faire un reproche de dépendance économique et d'amateurisme est dénué de fondement et relève de la basse polémique. Et puis cette question lancinante et ridicule des bénévoles prétendument « exploités » ou dont on chiffre la valeur-travail pour montrer l'inadéquation économique des structures qui les accueillent... Toutes les structures associatives utilisent des bénévoles, cela fait partie de leur ADN, et sans eux il n'y aurait plus de milieu associatif. C'est précisément ce qui les distingue du monde productiviste, dont la rentabilité est la pierre angulaire. De plus, on se rappellera que Terre & Humanisme a pu produire un *Manuel des jardins agroécologiques* très détaillé qui offre à chacun la possibilité de bénéficier d'une expérience aujourd'hui avérée.

De toute manière, Malet affirme qu'aucune étude scientifique ne confirme la validité des techniques agroécologiques et qu'il préfère la « rationalité » et l'écologie singulière d'un René Dumont, adepte des engrais chimiques (cf. pour preuve *L'Utopie ou la mort*, 1973, sous-chapitre « Les engrais et pesticides, utiles et parfois dangereux », où l'on trouve p. 32 : « L'agent le plus important du progrès agricole reste encore l'emploi des engrais chimiques. » Et p. 138 : « Nous avons déjà refusé d'accepter la condamnation absolue et dogmatique de toutes les formes d'engrais chimiques par l'agriculture biologique, qui affirme, souvent avant de l'avoir prouvée, la nocivité de tous les fertilisants "chimiques" »). Par idéologie, Malet passe ainsi à côté du vaste mouvement actuel de déploiement de l'agriculture agroécologique qui est loin d'être un travail d'amateurs. Il ignore, par exemple, que Cuba, où Terre & Humanisme a opéré pendant plus de un an, a su développer une remarquable agriculture biologique, imaginative et sans intrants chimiques, en raison de l'embargo qui lui était imposé. Il sert aussi – et c'est un paradoxe de sa part, lui qui se pique d'être un « écologiste de gauche » – sur un plateau des arguments à tous les opposants naturels de Pierre Rabhi que sont les organisations agricoles conventionnelles, les grands semenciers et les industriels de la chimie agricole.

Il se trouve aussi que nous préférons à Dumont l'expérience – chiffrée pour le coup et supervisée par AgroParisTech – de la ferme du Bec-Hellouin, les avancées pratiques de Fermes d'Avenir, le travail sur le terrain de BEDE (Biodiversité : Échanges et Diffusion d'Expériences), les écrits éclairants de Claude et Lydia Bourguignon ou les travaux fondateurs de Claude Aubert et de Marc Dufumier, tous deux experts et ingénieurs agronomes dûment diplômés. Ce dernier, professeur émérite en agriculture comparée et développement agricole à l'AgroParisTech (l'ancien Institut national d'agronomie), expert auprès de la FAO et de la Banque mondiale, a publié, en 2012, *Famine au sud, malbouffe au nord. Comment le bio peut nous sauver*. Il affirme quant à lui qu'en 2050, les 9 milliards d'humains pourront se nourrir grâce à l'agriculture biologique. Jean Ziegler et Olivier De Schutter, tous deux rapporteurs spéciaux pour le droit à l'alimentation mandatés par l'Onu, n'ont pas dit autre chose au terme de plusieurs années de travaux. Pierre Rabhi n'est donc vraiment pas seul à plaider en ce sens.

Sur l'épisode burkinabé de Gorom-Gorom où, dans les années 1980, Pierre Rabhi fut appelé à la rescousse par Maurice Freund pour redonner du sens à un projet économique qui n'en avait plus, Malet se fourvoie. Ce n'est pas le Point Mulhouse qui demande à René Dumont d'expertiser le centre alors animé par Pierre Rabhi. Selon Maurice Freund, c'est le chef d'État, Thomas Sankara lui-même, qui mandate l'ancien candidat à la présidence de la République. L'ingénieur agronome, alors âgé de 80 ans, est *a priori* rétif à la production bio et aux techniques empiriques et, selon des témoins de l'époque, il cherche vite à prendre la main, à écarter Rabhi avec mépris et à imposer ses propres conceptions, en se faisant appuyer par le puissant lobby de la chimie très présent en Afrique sahélienne. Mais, au final, après avoir rencontré Pierre Rabhi, Thomas Sankara tranche en sa faveur. Il n'est pas utile de fantasmer sur de puissants appuis à Ouagadougou. Ce désaveu laisse un goût amer à Dumont et c'est ce qui explique son trait contre Pierre Rabhi dans un livre ultérieur. Dans la vision du jeune chef révolutionnaire, s'exonérer des puissances de l'argent et des pesticides et garder son indépendance de non-aligné primait toute autre considération. Comme peuvent en témoigner Maurice Freund et Guy Delbrel, il proposa même à Pierre Rabhi de devenir secrétaire d'État au Développement rural du Burkina. L'assassinat de Thomas Sankara mit un terme à cette expérience et, une fois Blaise Compaoré au pouvoir, Monsanto ne mit que quelques semaines pour débouler. Cependant, ce que ne dit pas Malet, c'est que grâce à cette expérience de Gorom-Gorom, le développement du bio a perduré au Burkina et au Mali, en grande partie grâce à Terre & Humanisme. Et lorsque Pierre Rabhi y est retourné, vivement acclamé, il y a quelque trois ans, on comptait déjà des milliers de personnes qui s'étaient formées à ces techniques. J'ai moi-même travaillé au Burkina et il est facile d'y entendre parler de Pierre Rabhi. De Gorom-Gorom, Pierre tirera un livre contant son expérience et précisant les techniques mises en œuvre, *L'Offrande au crépuscule*, ouvrage sans prétention scientifique, mais pratico-pratique ; il eut cependant l'heur de plaire au ministère français de l'Agriculture qui lui octroya un prix.

Afin de couronner son portrait tracé à gros traits, Malet évoque, autre baliverne, les relations qu'entretiendrait Pierre Rabhi avec les dirigeants des grandes entreprises ou les patrons des multinationales avec lesquels « il passerait beaucoup de temps ». Cette assertion absurde qui court les réseaux est fausse. Hormis Emmanuel Faber (Danone) – que Pierre n'a cependant pas vu depuis quatre ou cinq ans –, avec lequel il a tissé autrefois des liens d'amitié à l'occasion de la sortie de son livre *Chemins de traverse*, Pierre Rabhi ne fréquente pas les grands patrons. Les quelques rencontres de dirigeants de grands groupes, voire de multinationales – souvent de politesse et brèves, qui ont pu être organisées par tel ou tel intermédiaire et jamais à son initiative – sont restées sans suite. Pierre s'est contenté de les inviter à mettre en place « un management du monde qui ait une âme » et « à faire leur juste part ». Il n'est pas responsable des récupérations, de la curiosité ou des discours sans lendemain des uns ou des autres.

Mais revenons sur l'article et ses autres sous-entendus qui travestissent la vérité.

Autre aberration : faire peu ou prou du Dr Pierre Richard (1918-1968), infatigable initiateur du parc régional des Cévennes et du parc de la Vanoise, un « vichysso-ardéchois » nationaliste et ruraliste au prétexte qu'il fut un temps instructeur d'un Chantier de jeunesse sur le mont Aigoual pendant la guerre. Bien au contraire, selon sa famille, ce grand médecin de campagne était devenu résistant après avoir assisté au massacre d'Oradour-sur-Glane (cf. www.ahpne.fr, Richard Pierre par Karine-Larissa Basset). Malet le conteste, mais il ne peut pas étayer son propos de preuves inverses.

Pierre Rabhi raconte volontiers que le Dr Pierre Richard, futur témoin de son mariage, a accueilli et encouragé le jeune couple à venir s'installer en 1960 dans une région naturelle alors en pleine désertification. Pourquoi tordre la réalité sur cette relation et ne pas reconnaître que c'est tout simplement cet amour commun pour la protection de la nature vierge et le retour à la terre qui les a rapprochés, plutôt qu'une quelconque vision réactionnaire et ruraliste ?

Tout jeune arrivant en Ardèche, Pierre Rabhi eut aussi le privilège de rencontrer Gustave Thibon. Cet intellectuel autodidacte, paysan de souche, philosophe, poète et métaphysicien brillant, passé maître dans l'art de l'aphorisme, avait eu son heure de notoriété en février 1940 en publiant – avant la déroute française – un livre d'articles, écrits entre 1936 et 1939 et réunis par le philosophe chrétien Gabriel Marcel, sous le titre *Diagnostics*. L'État français voulut se saisir de la réputation de ce jeune homme étonnant ayant appris seul plusieurs langues, doté d'une éblouissante mémoire et d'une érudition et d'une plume rares. Plutôt que de se laisser circonscrire et d'accepter toute distinction, Thibon choisit de se tenir à l'écart – même s'il milita pour un redressement national après « l'effondrement » et reconnut une légitimité au pouvoir alors en place sans pour autant en cautionner les actes – et il se retira chez lui en Ardèche, où il accueillit bientôt Simone Weil. Cette jeune femme tourmentée, géniale philosophe, pasionaria d'extrême gauche et mystique d'exception, allait être la rencontre majeure de sa vie intellectuelle. Après sa mort en 1943, c'est Thibon qui la révéla au monde en publiant et en introduisant des extraits des volumineux journaux de son amie sous le titre *La Pesanteur et la Grâce*, livre majeur qui ferait définitivement date.

Toute l'œuvre abondante de Thibon, couronnée par les grands prix de littérature (1964) et de philosophie (2000) de l'Académie française, comporte des références à Simone Weil. Thibon, féru de Victor Hugo, ne se reconnaissait guère que deux maîtres auxquels il aimait se confronter, Nietzsche et Weil, « son antithèse ». Presque chaque page de son dernier livre, *L'illusion féconde* (1995), comporte une citation de Simone Weil. Malet méconnaît et caricature Thibon. Faire de ce monarchiste amoureux de la « tradition éternelle » (et pas seulement de la tradition catholique), mais à l'esprit indomptable un suppôt de Vichy est une insulte à l'intelligence. Ses détracteurs devraient d'abord le lire – et notamment sa paradoxale *Illusion féconde* faite de notes au jour le jour – avant de répéter en boucle qu'il fut un compagnon de route de l'extrême droite. Le personnage est infiniment plus complexe que ça, beaucoup plus profond, et l'on ne peut en tout cas pas décemment le qualifier, si les mots ont encore un sens, du terme infamant de « vichysso-ardéchois ».

À la question « Quelle est la vertu la plus nécessaire aujourd'hui ? », Thibon répondait de manière prémonitoire : « La réaction contre le conformisme qui se cache sous le masque de la liberté. »

À son arrivée en Ardèche, le père Dalmais avait recommandé à Pierre Rabhi, alors fervent catholique, de rencontrer ce voisin érudit de trente-cinq ans son aîné, ce qu'il fit sans doute avec admiration et respect. Thibon disait qu'il voulait « inviter à penser plutôt que d'imposer une pensée : être un aiguillon et non un joug ». Côtoyer une pareille érudition, une telle culture terrienne et surtout théologique ne pouvait qu'être gratifiant pour un jeune homme en quête d'absolu. Mais il faut cependant fortement relativiser cette proximité, car Pierre Rabhi n'a le souvenir que de quatre ou cinq rencontres espacées et Michèle Rabhi n'a rendu visite à Thibon qu'une seule fois. On est un peu loin d'une réelle relation de « maître à disciple » au sens où l'entend l'auteur de l'article !

Cela étant dit et n'engageant que moi, la vraie question est de savoir si Pierre Rabhi cite Thibon dans ses propres livres : la réponse est non. Le présente-t-il comme l'une de ses sources d'inspiration ? Jamais.

Peut-on donc raisonnablement parler d'« influence considérable », comme le dit Malet ? À l'évidence pas.

Pierre Rabhi est-il depuis lors resté chrétien ? Non, pas plus qu'il n'est anthroposophe ou théosophe, même s'il confesse volontiers une affection particulière pour la figure évangélique du Christ.

Sans conteste, on lui fait là un mauvais procès.

Pourquoi ne cite-t-on pas plutôt les amis de cœur ou d'esprit que furent pour lui Krishnamurti (et son livre sur *L'Éveil de l'intelligence* qui, lorsqu'il avait 42 ans, « lui a sauvé la vie », dit-il), Yehudi Menuhin, Edgar Morin, Jean Ziegler, Jean-Marie Pelt ou plus encore Edgar Pisani, qui comptèrent sans doute bien davantage dans sa trajectoire ?

Pourquoi aussi revenir sans cesse sur sa prétendue homophobie ?

Au contraire, dans *La Convergence des consciences*, Rabhi écrit :

> Les attaques portées contre telle ou telle communauté humaine, telle ou telle orientation sexuelle, sont des violences inutiles. Tous les hommes doivent être libres de leurs initiatives sans avoir à supporter le regard ou la réprobation d'autrui. À cet égard, je pense qu'il ne faut pas porter de jugement moral ni édicter de censure. Je crois au contraire qu'il y a des espaces de vie où le respect doit seul l'emporter. Il en va de la liberté et de la responsabilité de chacun et, pour moi, le bonheur prime.

L'idée sous-jacente de toute cette construction est en réalité de créer de toute pièce l'image d'un crypto-homme de droite, réactionnaire en diable et en contradiction avec ses principes, voire avec son histoire. Malet agit dès lors en militant d'inspiration marxiste et non en journaliste. Le masque tombe sur France Inter lorsqu'il critique, devant un Jacques Monin un peu gêné aux entournures, la posture consensuelle de Rabhi à l'égard de tous les êtres conçus comme des « consciences » avec lesquelles on peut dialoguer, et non des individus venus de classes sociales différentes et en opposition frontale. Il affirme tout de go que, pour lui, Rabhi ne se situe pas dans le champ de l'écologie politique au sens où lui, Jean-Baptiste Malet, l'entend, c'est-à-dire dans le cadre d'une écologie « marquée à gauche », et qu'en cela Rabhi est irrecevable. Même l'expression « sobriété heureuse » ne doit être perçue, dit-il dans *Le Monde diplo*, que comme « bien faite pour cacher un projet où même la protection sociale semble un luxe répréhensible » !

Il va sans dire qu'on est en droit de discuter telle ou telle affirmation, action ou posture d'un homme public comme Pierre Rabhi qui n'est pas sans défaut ; mais un tel exercice de mauvaise foi et de parti-pris politique sous couvert de journalisme est confondant, en ce qu'il omet soigneusement de reconnaître tout ce que le mouvement initié par Pierre Rabhi a eu de fécond pendant des décennies pour des milliers de personnes, ici et en Afrique. Libre à M. Malet de penser que la parole de Pierre Rabhi est un placebo pour affronter une « modernité hors de contrôle » ; libre à lui de plastronner et de décréter que l'histoire se fait ailleurs, dans le conflit social et la lutte des classes ; il n'en reste pas moins, pour reprendre un mot de Jean-François Revel, que tant d'acharnement à détruire l'image d'une personnalité de bonne volonté « décourage l'indignation » et dessert sa pertinence journalistique.

3

Défense de Pierre Rabhi

Tentative de décryptage systématique d'un article de désinformation sur Pierre Rabhi[1]

Fabrice Nicolino

Ce texte a été publié le 13 août 2018 sur le blog de Fabrice Nicolino, Planète sans visa. *Il y a été vu plus de cinquante mille fois, alors que les visites quotidiennes n'ont jamais dépassé les dix mille, avec une moyenne de cinq mille visites par jour.*

Ce qui suit est une critique consacrée à l'article signé Jean-Baptiste Malet dans *Le Monde diplomatique* d'août 2018. Il décrit un supposé « système Rabhi ». Pour qu'il n'y ait pas de réclamation à ce sujet, je déclare que je connais Pierre depuis plus de vingt ans. Que je le respecte et qu'il est mon ami. Depuis quand ne pourrait-on défendre un ami ?

---

1. On peut tout d'abord lire l'article « Frugalité et marketing. Le système Pierre Rabhi » du *Monde diplo* sur Rabhi – et même, on le doit. Il est sur le Web (voir p. 199, note 1).

Commençons par le titre du *Diplo*. Il suggère sans détour une organisation, une cohérence, des buts. Dans le langage codé mais évident, « système » est péjoratif. On dira « le système capitaliste » ou plus sûrement « le système ». Voyons de plus près.

1re manip. Les cinq premiers paragraphes permettent de présenter Rabhi, mais d'une manière telle que son sort est déjà scellé. Un, il radote et vend donc une marchandise de piètre qualité. « Vend » ? Par des procédés subliminaux – ou pas, d'ailleurs – bien connus, Malet instille l'idée que tout n'est question que d'argent, et de vilain argent. Tandis que Rabhi ressort sa vieille histoire de colibri dans la salle, eh bien, « dans le hall adjacent », on vend des machines « de redynamisation et restructuration de l'eau par vortex ». N'est-ce pas une preuve manifeste que Rabhi est un fieffé renard ?

Non, c'est la preuve que Malet est dans une entreprise de démolition. Il choisit un élément qui n'a rien à voir avec Rabhi, de manière à l'entortiller dans le ridicule et la rapacité. Car Rabhi est invité par des comités Tartempion et des structures qui le sollicitent pour parler. En quoi serait-il responsable de ce qui se passe dans un « hall adjacent » ? Si moi, Fabrice Nicolino, je parle au salon Marjolaine – ce qui m'est arrivé maintes fois –, suis-je aussi responsable de ce que des stands vendent des colifichets que je trouverais, si l'on m'interrogeait, ridicules ?

Mais Malet vient de gagner la partie en envoyant un énorme clin d'œil aux lecteurs du *Diplo*, qui ont *déjà* compris que l'on parle d'un ruffian.

2e manip. Dès l'ouverture du sixième paragraphe, on apprend qu'Édouard Philippe a cité Pierre Rabhi dans un discours. On ne sait pas ce que le Premier ministre a dit – était-ce une louange, une critique, une allusion ? –, mais l'essentiel est évidemment de disqualifier un homme par sa proximité suggérée avec la droite. Belle méthode. Imaginons qu'un jour Marine Le Pen cite le nom de Serge Halimi – directeur du *Diplo* – et vante même l'un de ses éditos, ce qui est loin d'être impossible. Malet en conclurait quoi ?

3e manip. Malet écrase le temps, ce qui est bien commode. Il feint et amène le lecteur à croire que Rabhi se répète pesamment depuis un demi-siècle. Que s'est-il passé entre 1968 et 2018 dans la vie de Rabhi ? Il a senti, avant 1968 et les beaux mouvements qui ont suivi, la gravité de la crise globale dans laquelle s'enfonçaient les sociétés du Nord. Rappelons qu'à l'époque, les « avant-gardes » soutenues avec ardeur par le *Diplo* magnifiaient la Chine maoïste massacreuse de son peuple, Cuba approuvant l'intervention russe en Tchécoslovaquie, la Corée du Nord du *juche*. Pierre Rabhi, petit homme venu d'une oasis algérienne, travaillant dans une usine de la région parisienne, tombé amoureux d'une secrétaire de l'entreprise, avait choisi, avant tout le monde, une autre voie, ô combien périlleuse. Et non pas, comme le note fielleusement Malet, le « retour à la terre ». J'écris « fielleusement », car cette expression prépare le lecteur à ce qui suit : le compagnonnage avec l'ignominie vichyste. Du « retour à la terre » à « la terre ne ment pas, elle », mots écrits par Emmanuel Berl pour Pétain, il n'y a qu'un pas. Malet sait parfaitement, nouveau clin d'œil, que l'affaire est ainsi lancée : Rabhi ne peut être, au mieux, qu'un archi-réactionnaire. Or, tout au contraire, avec la prescience du poète qu'il est, Pierre Rabhi avait senti qu'une vie d'usine et de soumission à l'ordre industriel ne serait pas une vie. Ce n'était certes pas un révolutionnaire, mais un révolté contre l'ordre social de ce temps, oui, cent fois oui.

4e manip. L'usage orienté du mot « modernité », qui semble être chez Malet un concept positif. Ce qui est fâcheux, c'est qu'il n'est nullement explicité. Or pour moi, la modernité, c'est précisément cette formation sociale qui pose aux humains – et aux autres – des problèmes sinon insolubles, du moins terrifiants. En ce cas, Pierre Rabhi a eu mille milliards de fois raison de s'écarter du chemin. Un chemin d'ailleurs d'une grande complexité, dont Malet, l'ignorant en presque totalité, ne dit à peu près rien. Dans sa langue appauvrie, Pierre Rabhi aurait agi « en réaction », expression très proche, euphoniquement, de « en réactionnaire ». Mais plus simplement, plus vraiment, Rabhi a préféré tracer sa voie, sans payer tribut à Fidel Castro et à Vladimir Oulianov.

5e manip. Finalement, cela se confirme : chez Malet, le mot « modernité » est positif. Le mouvement ouvrier aurait été structuré par la « modernité politique et le rationalisme ». Cette fois, c'est clair : opposé au rationalisme, Pierre Rabhi n'est donc qu'un obscurantiste parmi tant d'autres. Je rappelle pour ceux qui savent trois mots d'histoire que le mouvement ouvrier aura été constamment traversé de tendances, d'idées, de contradictions. Dites-moi : quoi de commun entre Proudhon et Staline ? Entre l'armée paysanne de Makhno et l'armée rouge de Trotski écrasant les révoltés de Kronstadt ? Entre les communautés rouges et noires de Catalogne et les assassins du NKVD ? Le mouvement ouvrier de Malet n'existe que dans son imagination. Plutôt, il n'est que ce rameau pourri qui relie la Première Internationale à Lénine, Lénine à Staline, puis au sinistre reste.

Le « rationalisme » de ce « mouvement ouvrier » là a conduit aux chars sur des foules désarmées, aux camps, à la terreur de masse. Laissons-le sans gêne entre les mains du *Diplo*.

6e manip. L'affaire Pierre Richard. Prenez le temps de lire ce passage chez Malet avant de considérer mon commentaire. Mais d'abord un mot sur la citation que Malet porte au débit de Pierre Rabhi. Dans une lettre de 1960, à 22 ans, Rabhi s'adresse à un médecin d'Ardèche, Pierre Richard, dont il vient d'apprendre qu'il œuvrait à la création du parc national des Cévennes. Et il écrit : « Nous [Pierre et son épouse] sommes sensibles à toutes ces questions et voudrions prendre une part active en retournant à cette nature que vous défendez. » Question à Malet et à tous les autres : qui diable défendait à cette date la nature déjà martyrisée ? Qui en parlait seulement ? Rabhi se montre en la circonstance un magnifique pionnier. Les « révolutionnaires » à la mode du *Diplo*, une fois au pouvoir, ne faisaient que détruire un à un les équilibres naturels, ainsi qu'on l'a vu partout où leur glorieux parti s'est emparé du pouvoir.

Mais pour l'enquêteur Malet, c'est une tout autre histoire. Car lui, il sait. Il sait ce que Rabhi ignorait et dont au reste il se serait moqué éperdument : Pierre Richard a été en 1940 « instructeur d'un Chantier de jeunesse ». Vichy, l'insupportable régime pétainiste, avait en effet créé des chantiers pour encadrer la jeunesse de France. Avoir été instructeur en 1940, est-ce grave ? En tout cas, ce n'est pas glorieux. Je suis d'accord.

Mais. Mais Malet ne prend pas soin de dire ce que Richard a fait, ni combien de temps il a passé dans la structure. Une semaine, un an, quatre ans ? On ne saura pas, car il s'agit, par glissements de sens qui sont le b.a.-ba des entourloupeurs, de signifier au lecteur dûment préparé que Richard n'était qu'un fasciste et que Rabhi lui écrivant vingt ans plus tard se révélait un homme pour le moins trouble. C'est une forme, éloignée mais réelle, de syllogisme. Richard est un fasciste, Rabhi écrit à Richard, *ergo* Rabhi copine avec l'infâme.

Seulement, la France de 1940, M. Malet, comptait les pétainistes par millions, et le parti communiste cher au cœur du *Diplo* – l'Allemagne hitlérienne et l'URSS stalinienne étaient liées par pacte – négociait avec l'occupant nazi la reparution « légale » du journal *L'Humanité* dans Paris sous la botte. Si vous voulez accuser Richard de quelque chose, faites-le, mais abattez vos cartes. Je crains que vous n'en ayez pas.

Enfin, cette éclairante anecdote. Le fondateur du journal *Le Monde*, mais aussi, en 1954, du *Monde diplomatique*, Hubert Beuve-Méry, a servi jusqu'en 1941 dans l'école d'Uriage, qui préparait les cadres du régime de Vichy. Et le même n'a pas hésité à écrire ces mots que – peut-être – Richard n'aura jamais pensés : « Il faut à la révolution un chef, des cadres, des troupes, une foi, ou un mythe. La Révolution nationale a son chef et, grâce à lui, les grandes lignes de sa doctrine. Mais elle cherche ses cadres. » Avec la méthode à Mimile, je pourrais dire approximativement : le *Diplo* a été fondé par un collabo, or Malet écrit dans ce journal, *ergo* ça en dit long sur lui.

Et comme si cela ne suffisait pas, on apprend – encore un clin d'œil supposé éclairer le lecteur – que Richard parle d'âme, de santé des paysans – le *Diplo* a attendu combien de décennies pour seulement évoquer la situation ? – et qu'il combat l'urbanisation, l'État centralisateur, les boîtes de conserve et le départ forcé des paysans. Eh, mais c'est le début d'un programme écologiste, et je le partage, mais oui !

7e manip. Gustave Thibon. Je n'en discute pas : ce philosophe mort en 2001 a eu des idées que je récuse en totalité. Il était monarchiste, sans doute maurassien, et il a été utilisé par Vichy et ses épigones. Il n'empêche que Malet, une nouvelle fois, picore ce qui sert son propos d'origine, en oubliant des points essentiels. Par des procédés casuistiques rebattus, Malet présente Thibon comme un soutien déclaré de Vichy, ce qui ne s'est pourtant pas manifesté pendant la guerre. A-t-il reçu, comme d'autres, la francisque ? A-t-il écrit des mots d'épouvante dans la presse collabo ? Non, non et non. Il est l'un des fondateurs, en 1941, de la revue *Économie et humanisme*, avec des prêtres – oui, il était catho – et l'économiste bien connu François Perroux. On est tout de même loin de la Milice, non ?

Mais il y a bien mieux. En 1941 toujours, il rencontre Simone Weil, la grande, l'admirable Simone Weil de la guerre d'Espagne et des grèves de juin 1936. Elle est, dira-t-il, la grande rencontre de sa vie. Elle lui confie précieusement ses carnets quand elle part pour les États-Unis et Thibon en tirera en 1947 un livre posthume de la grande philosophe, *La Pesanteur et la Grâce*. Alors, fasciste, Thibon ?

Il le faut bien, puisqu'il faut mettre Rabhi à terre. À l'époque où Rabhi fréquente Thibon, il est un fervent catholique, comme ce dernier. A-t-il épousé des idées d'extrême droite pour autant ? Je ne le sais pas, je ne le crois pas, mais surtout Malet, qui se contente de l'insinuation, tellement commode, ne l'établit aucunement. Et c'est grave.

8e manip. Malet, qui n'est pas né de la dernière pluie, cite à Rabhi les travaux d'André Gorz dans les années 1970. J'ai toujours eu et je conserve un vif intérêt pour la pensée de Gorz, avec des réserves qui n'ont cessé de croître. Je suis presque certain que Pierre Rabhi n'a lu aucun des livres de Gorz, et il aurait été plus sain de le lui demander, ce que Malet n'a visiblement pas fait. Pour la raison simple qu'il tenait là une occasion en or – encore un clin d'œil au lecteur de gauche, décidément ! – de montrer le gouffre qu'il faut creuser autour de Rabhi. Car Gorz est infiniment présentable et si Rabhi l'envoie promener, répétant une fois encore son hostilité à la modernité – le nucléaire, le dérèglement climatique, la destruction des sols fertiles, ce n'est pas un peu et beaucoup la modernité ? –, c'est parce qu'il ne fait vraiment pas partie de la famille.

Mais quelle famille ? En janvier 1968, Gorz a près de 45 ans et participe à un congrès culturel international à La Havane (Cuba). Le mojito, les cigares et les tapes dans le dos de Castro tombent comme à Gravelotte. Gorz y va d'un discours délirant d'enthousiasme pour le régime – qui emprisonne homosexuels, marginaux et poètes, sans compter les opposants –, la voix cassée par l'émotion. Six mois plus tard, Castro applaudit des deux mains l'entrée dans Prague des trouves soviétiques. Gorz est donc un modèle de vertu et de clairvoyance ?

9e manip. La question de la famille homosexuelle. Malet, on commence à être habitué, sème le doute et la confusion à partir d'une courte citation, décontextualisée bien sûr. Elle vise à fortement suggérer que Rabhi serait homophobe. Et l'on sait qu'à partir de là – fort justement selon moi –, le poil se hérisse. Car l'homophobie est bien sûr un racisme, et à ce titre une horreur. Mais relisons : Rabhi « considère comme dangereuse pour l'avenir de l'humanité la validation de la famille "homosexuelle", alors que par définition, cette relation est inféconde ». Attaque-t-il si peu que ce soit les homos ? Non, il interroge une vision sur le plan anthropologique, et j'estime qu'il en a le droit. Certes, il exprime un préjugé, une inquiétude qui me paraissent discutables, mais il exerce un droit. Et Malet en fait une accusation. Contre Rabhi.

Idem pour la décisive question des relations entre les hommes et les femmes. Rabhi exprime une vision qui montre qu'il n'a pas été percuté – moi, je l'ai été dès 1971, et j'en suis heureux – par le mouvement féministe. Il n'a pas compris, dommage, mais ses mots, sauf à verser comme Malet dans un grossier idéologisme, n'ont rien de déshonorant. Si ?

Notons, au bas de l'avant-dernière colonne de la page 22, ce venimeux : « En plus de ses fréquentations vichysso-ardéchoises... » On voit la perversité du propos, car Rabhi, vingt ans après la guerre, ne rencontre pas un vichyste dans la personne de Thibon – voir *supra* –, mais un « grand prix de littérature » décerné en 1964 par l'Académie française. Et un ami du grand Lanza del Vasto. Quel rapport avec Vichy ?

10ᵉ manip. Le Burkina Faso et Maurice Freund. Il faut bien parler d'une humiliante – mais pour qui ? – mise en scène. Aussi bien, Malet aurait pu parler d'une aventure humaine exaltante où un enfant d'une oasis algérienne se tourne vers ses frères du Sud pour leur transmettre un précieux savoir. N'oublions pas que Pierre et Michèle Rabhi ont élevé cinq enfants sur une (très) maigre terre d'Ardèche, au moment où poussaient les banlieues et mouraient les paysans. N'importe qui peut comprendre que cette réussite économique, sociale, écologique et spirituelle a un sens. Mais Malet n'en parle pas.

Au contraire, il tente de ridiculiser, en extrayant des paroles prononcées par Freund, le compost si cher au cœur de Rabhi. On n'y trouve que plumes d'oiseau, tiges de mil, excréments de chameaux. Il n'y manque plus que la poudre de Perlimpinpin. Et tout cela – martelons, martelons, il en restera bien quelque chose – parce que Rabhi veut une « revanche » sur la modernité. Sur quelle base repose ce jugement supposément de valeur ? Sur rien du tout. Rabhi, selon Malet, ne noue pas de fructueux échanges avec les paysans burkinabés, il les « initie au calendrier lunaire de la biodynamie ». Quel épouvantable personnage !

Dans une manœuvre désormais connue – souvenons-nous de Gorz –, Malet oppose le vieux Dumont, icône indiscutable, et Rabhi. Dumont, apparemment, détestait

Rabhi et le traitait de charlatan, ce qui était bien son droit. J'ai connu et aimé Dumont, mais avec le regard de Malet, on l'aurait aisément classé dans la catégorie des hideux pétainistes. Car, voyez-vous, Dumont a directement servi Vichy et sa propagande en écrivant en 1942 et 1943, quand tant de juifs étaient raflés dans les rues de nos villes, des articles dans un journal antisémite, *La Terre française*. On trouve sous la plume de Dumont le 30 mai 1942, tandis que le sort du monde se joue devant Stalingrad, ces mots désolants : « Les agriculteurs allemands nous observent, soyons fiers de notre renommée ; sachons leur montrer une agriculture progressiste, au courant des plus récentes techniques. »

Cette mauvaise action rend-elle Dumont infréquentable ? Ma réponse est évidemment non ; mais il faut encore ajouter que Dumont aura été, bien au-delà de ses 60 ans, un productiviste patenté, un défenseur acharné des pesticides et des méthodes industrielles dans l'agriculture. Derechef, cela ne fait pas de lui un criminel – quoique –, mais lorsqu'il s'en prend à Rabhi, il vaut mieux savoir cela. Ne sent-on pas à distance, dans les mots de Dumont choisis par Malet, comme la pénible morgue du sachant – lui – en direction de l'autodidacte, Rabhi ?

11e manip. À propos de Thomas Sankara, ce qui est un comble dans un journal comme *Le Diplo*. Malet ne dit rien du travail concret, acharné de Rabhi au Burkina. Car c'est bien joli de parler depuis un bureau climatisé, et ça l'est moins les pieds dans la terre recuite, à courber l'échine avec des paysans pauvres dont tout le monde se fout. Dont Malet ? Dont Malet. Sinon, il aurait au moins tenté de dresser un quelconque bilan des admirables opérations – limitées, mais admirables – lancées par Rabhi et quelques amis dans certains des pays les plus pauvres du monde.

Quant à Sankara, voici. Malet ne raconte rien des relations d'amitié nouées entre Rabhi et Sankara via Freund. Le président africain assassiné – peut-être par des forces spéciales pas si éloignées de nous – a envisagé un moment de nommer Pierre Rabhi ministre ! Or, dans la mythologie chère au *Diplo*, Sankara était non seulement un homme de fer, mais un révolutionnaire. Et figurez-vous que je suis d'accord ! Sankara était un homme d'exception qui manque et manquera à l'Afrique. Malet, d'ellipses en mots sournois, laisse entendre que Freund et Rabhi, tels deux voleurs, se sont enfuis du Burkina. En effet, « ils quittent précipitamment » le pays. Sauf que quitter le Burkina après le putsch de Compaoré, si favorable aux intérêts occidentaux, devrait en bonne logique apparaître au crédit de Rabhi. Et ce n'est pas le cas.

12ᵉ manip. Sur la pauvreté. Malet a tant besoin de prouver qu'il s'emmêle péniblement les pieds dans sa démonstration. Il veut à toute force montrer que Rabhi récuse la protection sociale, qui serait un « luxe répréhensible ». Il le veut, mais ne le peut. Car voici ce que lui déclare Rabhi : « Beaucoup de gens bénéficient du secourisme social. Mais pour pouvoir secourir de plus en plus de gens, il faut produire des richesses. Va-t-on pouvoir l'assumer longtemps ? » Quoi de plus évident, quoi de plus anodin ? Je défie quiconque d'y voir une mise en cause de la protection sociale. Mais Malet ne s'y trompe pas, qui estime contre l'évidence qu'un tel point de vue pourrait bien expliquer « l'indulgence envers les entreprises multinationales ».

Quant à l'opposition classique – Malet aurait pu lire Majid Rahnema, ami d'Ivan Illich, auteur de *Quand la misère chasse la pauvreté* – entre l'infernale misère et une pauvreté assumée collectivement, on voit bien qu'elle est totalement inconnue du journaliste.

C'est très fâcheux, car qui s'intéresse vraiment à la crise écologique planétaire sait forcément que pour des raisons physiques, bien avant d'être morales ou politiques, la pauvreté ou, pour reprendre l'expression de Rabhi, la « sobriété heureuse » est l'horizon indépassable de l'humanité. Si toutefois, comme moi, on veut éviter le recours à la barbarie.

13e manip. Les Amanins. Ce domaine drômois est le résultat d'une rencontre fulgurante entre Michel Valentin, un industriel – de la plasturgie, qui plus est ! – et Pierre Rabhi. Et Valentin a en effet consacré des millions d'euros à cette œuvre collective. N'est-il pas merveilleux de voir que même un capitaliste peut modifier l'axe de sa vie, et consacrer son argent à l'avenir des hommes ? Malet fait ses comptes d'apothicaire et constate que « seulement » 80 % de la consommation du centre, qui accueille des milliers des visiteurs chaque année, est assurée par la production locale. Pour n'importe qui d'autre, ce serait le signe d'un grand succès, mais pas pour lui, qui insiste sur le passage, en douze ans, de 2 300 bénévoles. Combien de temps sont-ils restés ? Un jour, une heure, dix ans ? Qu'ont-ils fait ? Le formidable mouvement mondial des woofers – explicitement : « vivre et travailler dans des fermes biologiques » – ne méritait-il pas mieux que cet étrange rappel de la loi, c'est-à-dire que ses membres ne sont pas soumis aux cotisations sociales ? Le sous-entendu est limpide : on a affaire à un patronat de combat, qui profite d'une faille pour piétiner le Code du travail.

Le projet des Amanins est critiquable mais pour l'attaquer, Malet cherche des critiques et n'en trouve qu'une (bien qu'elle exonère Rabhi) : des gens ont claqué la porte en se plaignant d'être « exploités ». Malet peut-il citer un lieu de passage et de vie, donc de pouvoir, d'argent et de rivalités, où de telles déceptions sont inconnues ? Pour son info, je lui dirai connaître des contributeurs réguliers du *Diplo* qui assassinent autour d'un verre les mœurs parfois bien curieuses du grand mensuel. Je le dis, je le jure.

N'importe. Le but est évidemment de faire accroire qu'une bande d'assoiffés – de pouvoir et d'argent, pardi – font tourner une affaire commerciale à leur profit. Je serais néanmoins curieux de connaître dans le détail les liens entre les Colibris et le réseau ETW, et je serais preneur d'informations de qualité, même si elles sont désagréables, et elles peuvent l'être. Mais le propos filandreux de Malet sur ce sujet nous en éloigne : tout ce qui l'intéresse est de pouvoir accoler le mot « gourou » au nom de Rabhi. Le lecteur pressé du *Diplo* – et tous ou presque le sont – gardera à l'esprit que Rabhi, Steiner, les gourous indiens et l'exploitation de jeunes victimes sans défense, c'est tout un. *Madre de Dios*.

14e manip, qui n'en est pas (tout à fait) une. Ouf, je sauve les meubles en signalant que j'ai appris des choses dans les derniers paragraphes. Et j'ajoute sans gêne que ces faits me dérangent. Je suis en effet pour la destruction des transnationales, dont je vois, dont je sais qu'elles aggravent chaque jour qui passe la crise écologique planétaire. Telle est leur nature profonde, comme le scorpion de la fable. Je trouve donc désolantes les rencontres de Pierre Rabhi avec des gens de Carrefour et de McDo. Connaissant le zèbre, je suis certain qu'il ne voit pas bien, poussé par une galaxie Rabhi qui le dépasse, les conséquences de ces échanges. Cela dit, je ne lui cherche pas d'excuse, et comme tout le monde, il est responsable de ses actes.

Mais ne faut-il pas aller au-delà ? Les grands patrons qui viennent le voir me font penser à ceux qui croyaient guérir des écrouelles en obtenant le passage de mains royales sur leur cou. Mettez-vous à leur place ! Si la plupart sont de parfaits imbéciles, tout occupés à leur cupidité et à leurs éternelles luttes de pouvoir, certains ont fatalement une sensibilité singulière. Pourquoi ne pas appeler cela une âme ? Le contact direct avec Rabhi, quoique incapable de changer leur être profond, doit sûrement calmer en eux cette douleur existentielle que chaque humain réellement humain ne peut que ressentir face au désastre en cours.

Puis, de vous à moi, deux noms : Badiou et Cordier. Le premier, Alain, est bien connu et souvent apprécié des lecteurs du *Diplo*. Il continue à soutenir l'aventure infernale de la Chine maoïste, exemple sans pareil d'une manipulation et d'une domination meurtrière sur un peuple entier. Lui, qui incarne le pire de la politique, aurait donc droit de cité, car il entre dans le cadre.

Le second, Daniel, a écrit le fulgurant *Alias Caracalla*, dans lequel il montre comment un jeune crétin monarchiste et antisémite peut devenir un héros du combat antifasciste. Et cela devrait donner quelque idée à Malet, car si l'on ne donne pas sa chance au patron de Danone – l'individu, pas le groupe industriel –, au nom de quelle logique folle laisse-t-on pérorer d'anciens staliniens, si nombreux autour du *Diplo*, voire des représentants d'un parti communiste français qui, n'ayant pas, que l'on sache, changé de nom, assume donc en totalité l'histoire sordide du mouvement stalinien ?

Mieux, si l'on veut : la période comprise entre 1941 et 1947 n'a-t-elle pas vu éclore en France une union nationale – staliniens, sociaux-démocrates, gaullistes éventuellement chrétiens – pour cause de grande tragédie ? N'est-ce pas cette union nationale là qui aura permis au passage l'écriture du magnifique programme du Conseil national de la résistance (CNR) ? Faut-il rappeler à Malet le cas Marcel Dassault ? Celui qui allait devenir le Dassault des avions militaires et des tueries lointaines mais certaines a été conduit au camp de Buchenwald à l'été de 1944 et sauvé de la mort par l'appareil communiste stalinien qui tenait l'administration du camp – et singulièrement par Marcel Paul, qui deviendrait ministre du général de Gaulle en 1945. Au nom précisément de l'union nationale avec les capitalistes n'ayant pas défendu Vichy et l'envahisseur. Dites-moi donc, M. Malet, tenez-vous la crise écologique globale, qui menace de dislocation les sociétés humaines, pour moins importante que le terrible conflit de 1939-1945 ? Et ne faut-il pas chercher des alliés et des amis aussi loin qu'il sera nécessaire ?

En vérité, cela ne tient pas debout. Les capitalistes qui ont rendu visite à Rabhi ont-ils reçu quelque chose ? Peuvent-ils arborer un certificat de bonne conduite signé par lui ? Lui ont-ils payé une villa aux Canaries ou à Majorque, lui ont-ils ouvert un compte aux îles Caïman ? Aux dernières nouvelles, non. Ces capitalistes-là sont venus expier, par une pénitence nouvelle manière, quelques-uns de leurs méfaits. Croient-ils.

Ce qui est drôle, dans une certaine mesure, c'est que les bolcheviques chers au cœur du *Diplo* – et de Malet ? je ne sais – n'ont jamais hésité, eux, à traiter avec des capitalistes russes. L'un de leurs congrès, à Londres me semble-t-il – un lecteur voudra-t-il m'éclairer ? –, qui s'est tenu bien avant la Première Guerre mondiale, a bel et bien été financé par un industriel ! Et à ce compte-là, qu'aurait pensé de Marx et Engels un Malet du XIXe siècle ? Autant vous le dire, Engels était riche, car son père possédait une transnationale du textile, avec des intérêts en Allemagne et jusqu'à Manchester, en Angleterre.

Faut-il vous faire un dessin ? Le textile en 1850, le travail des gosses, l'air infect des ateliers, les journées de dix, douze ou quatorze heures. Engels a vécu de cela et, mieux, il est allé travailler pour son père dans une de ses filatures anglaises, pour aider matériellement Marx. Sans surexploitation des ouvrières anglaises et allemandes, pas d'Engels. Et sans l'argent d'Engels, pas de Marx au sens où on l'entend aujourd'hui. Marx n'a jamais voulu s'abaisser à chercher un emploi et il aura vécu des dizaines d'années en homme entretenu. C'est un fait, tout comme *Le Capital* doit beaucoup aux poumons crevés des prolétaires de papa Engels.

La France est sans doute l'un des pays les plus marqués par la si sombre histoire du stalinisme – hors les pays staliniens ou néostaliniens, bien entendu. Pendant des dizaines d'années, le mensonge a régné dans des parties importantes de notre société. Que l'on songe aux procès de Moscou, à la famine en Ukraine, au goulag, aux médecins juifs de Staline, à la « science prolétarienne » de Lyssenko, aux émeutes d'Allemagne de l'Est, aux révoltes polonaise, hongroise, tchécoslovaque, aux aveux extorqués à Padilla ou aux Ochoa, au *Petit Livre rouge*, aux Khmers rouges, à l'Angola du MPLA, au Mozambique du Frelimo, à la Guinée-Bissau, au Portugal de l'été 1975, au sort de Barbé et Célor, de Boris Souvarine, d'Auguste Lecœur, de Charles Tillon, de Laurent Casanova, de Marcel Servin, de tant d'innombrables autres.

La sphère des intellectuels – dans laquelle le *Diplo* joue un rôle certain – n'a pas échappé à la fabrication industrielle du faux. En réalité, sans la participation massive de journalistes et publicistes, d'instituteurs et professeurs, de médecins, d'écrivains, le stalinisme à la française n'aurait pu prospérer.

Il en reste de pesantes traces, ce qui n'a rien d'étonnant. Car ce passé maudit n'a nullement été purgé. Il est possible, admis, et même encensé qu'un partisan de l'Empire totalitaire chinois – Badiou – s'exprime au grand jour. Tous ceux qui ont défendu les divers totalitarismes, de l'Union soviétique à Cuba, gardent leur belle santé et n'estiment, au-delà de larmes de crocodile, n'avoir aucun compte à rendre à la vérité et à la justice.

Je dis, j'affirme qu'il existe en France un stalinisme culturel diffus, qui continue d'impressionner son monde. Du haut d'un Olympe certes rétréci, du haut d'idées qui ont surtout fait la preuve de leur toxicité, des « révolutionnaires » autoproclamés continuent de distinguer pour leurs dupes le bien et le mal. Le *Diplo* est leur maître à tous, qui a promu depuis sa création en 1954 toutes les causes dites « progressistes ». Ce qui va fort loin, car sans entrer dans le détail, ce journal aura défendu à sa manière et l'Union soviétique et la Chine maoïste. Et ne parlons pas de tous les autres, jusqu'au Nicaragua sandiniste du despote Ortega.

Au total, les régimes défendus au fil des décennies par *Le Diplo* ont fait des millions de victimes, mais cela ne compte pas. Le « progressisme », cette invention si commode, qui pense que le destin des hommes est linéaire, des ténèbres à la lumière, domine encore et toujours leur misère intellectuelle. Or la vie des humains est d'une complexité qui repousse toujours plus loin la compréhension qu'on en a. Et les idées nouvelles passent au travers des interstices où l'air pur lui-même ne parvient que rarement.

Il reste et il demeurera pour moi que Jean-Baptiste Malet et *Le Monde diplomatique* ont commis ensemble une mauvaise action contre un homme qui ne méritait pas cela. Pierre Rabhi a ses limites, ses contradictions et ses défauts, ce qui n'étonnera personne. Mais tel qu'il est, il appartient à la très vaillante race des prophètes. Qui montrent par l'exemple de leur vie qu'il est possible de bâtir autre chose. Et selon moi, ce quelque chose que nous apporte à tous Rabhi, et même à Malet à son corps défendant, c'est l'espoir. L'espoir d'un monde où la solidarité, la coopération, l'amour de la nature et des animaux, la pauvreté digne auront triomphé de la domination de quelques-uns sur tous.

4

Appel « Nous voulons des coquelicots »

Ce texte a été écrit par Fabrice Nicolino au printemps 2018. Il a permis de réunir 1 200 000 soutiens. Comme bien d'autres entreprises humaines, il a été percuté par l'irruption du coronavirus, au moment même où il ouvrait en grand ses ailes. Mais rien n'est fini.

Les pesticides sont des poisons qui détruisent tout ce qui est vivant. Ils sont dans l'eau de pluie, dans la rosée du matin, dans le nectar des fleurs et l'estomac des abeilles, dans le cordon ombilical des nouveau-nés, dans le nid des oiseaux, dans le lait des mères, dans les pommes et les cerises.

Les pesticides sont une tragédie pour la santé. Ils provoquent des cancers, la maladie de Parkinson, des troubles psychomoteurs chez les enfants, des infertilités, des malformations à la naissance.

L'exposition aux pesticides est sous-estimée par un système devenu fou, qui a choisi la fuite en avant.

Quand un pesticide est interdit, dix autres prennent sa place. Il y en a des milliers.

Nous ne reconnaissons plus notre pays. La nature y est défigurée. Le tiers des oiseaux ont disparu en quinze ans ; la moitié des papillons en vingt ans ; les abeilles et les pollinisateurs meurent par milliards ; les grenouilles et les sauterelles semblent comme évanouies ; les fleurs sauvages deviennent rares. Ce monde qui s'efface est le nôtre et chaque couleur qui succombe, chaque lumière qui s'éteint est une douleur définitive. Rendez-nous nos coquelicots ! Rendez-nous la beauté du monde !

Non, nous ne voulons plus. À aucun prix. Nous exigeons protection. Nous exigeons de nos gouvernants l'interdiction de tous les pesticides[1] en France. Assez de discours, des actes.

1. De synthèse.

5

Appel
« Nous voulons des paysans »

Ce texte écrit par Fabrice Nicolino à l'automne 2019 devait servir de base à un vaste mouvement de la société. À des retrouvailles sincères entre paysans, consommateurs et cuisiniers de tous talents. L'Appel devait être lancé en mai 2020 depuis une ferme de Loire-Atlantique. Le même jour de septembre 2020, des dizaines de milliers de personnes se seraient retrouvées au cours de mille grands banquets simultanés, dans toute la France. Mais l'élan initial a été fracassé par le coronavirus. Mille fois hélas.

Nous avons tant besoin des paysans. Ils ne sont plus que 430 000 à travailler la terre en France. Ils étaient encore 7,4 millions en 1946. Seront-ils demain moins de 150 000, rescapés au milieu d'un désert de machines et de détresse ? Sur une planète dévastée par la crise climatique, la mort des oiseaux et des insectes, qui nourrira le monde ?

Nous avons tous cru que le glorieux travail de la terre et la puissante relation avec les animaux d'élevage seraient remplacés par le pétrole, les engins et la chimie. Nous, paysans et non-paysans. Cette vision nous a conduits dans une impasse. Un système absurde, celui de l'agriculture industrielle, nous prive de tout avenir commun. Des paysans endettés se suicident, les sols meurent, des maladies chroniques surgissent, la société se détourne de produits qu'elle ne veut plus manger.

Il faut donc changer. Nous voulons de grandes retrouvailles entre les paysans et tous ceux qui ont oublié leur passé. Que l'immense énergie mise au service de l'industrialisation des campagnes serve aujourd'hui à reconstruire sans heurts, avec pour seul mot celui d'espoir. La France manque de millions de paysans heureux, fiers de nourrir la société, fiers d'élever des animaux et d'être en harmonie avec la nature. Seule leur présence permettra de faire face ensemble au grand défi climatique et à l'effacement de la biodiversité. Il s'agirait alors d'une autre France, dans laquelle des milliers de petites villes et de villages ne seraient plus les oubliés des services publics, des transports, et de l'avenir.

Nous affirmons qu'il est possible de réconcilier notre pays avec son agriculture. Et c'est pourquoi nous voulons un plan de sortie de l'agriculture industrielle en dix ans, avec des investissements publics de l'ordre de 300 milliards d'euros au total. Au cours de cette période, nous devons permettre à toutes celles et ceux qui pratiquent ce merveilleux métier de vivre de leur travail et à un million de jeunes et moins jeunes de devenir paysans en accédant à une terre que la spéculation foncière leur refuse. Au passage, chacun doit comprendre que manger, dans la sécurité et le plaisir, a un coût, qu'il faut accepter de payer. En retour, chacun jouira enfin d'une sécurité alimentaire définitive.

Le succès d'un tel plan repose sur un sursaut historique, qui doit imposer d'autres priorités. Ce nouveau contrat social suppose des investissements publics majeurs, car il s'agit de produire des aliments de qualité pour tous, sans pesticides, et de les vendre dans des circuits rémunérateurs, mais aussi stables.

L'objectif est fou, mais il est surtout réaliste. Car il serait fou de continuer sur la voie de la destruction des écosystèmes, de la santé et de la bonne alimentation. Il est temps de se lever et d'annoncer ce que nous voulons vraiment. Car il y a un chemin, et nous allons le parcourir ensemble.

6

Dates clés de la vie de Pierre Rabhi

1938 29 mai : naissance à Kenadsa en Algérie.

1942 Décès de sa mère. Son père le confie bientôt à un couple de Français pour qu'il ait une éducation occidentale. Il continue à venir régulièrement dans son village natal.

1959 Arrivée à Paris. Il trouve un emploi d'ouvrier. Son sentiment d'aliénation l'amène à se tourner vers la philosophie et à entamer une réflexion sur la condition humaine dans notre société.

1961 Départ pour Lablachère (Ardèche) avec son épouse, Michèle. Pierre apprend le métier d'agriculteur.

1963 Le couple achète la ferme de Montchamp au cœur du bois de Païolive, dépourvue d'électricité et d'eau courante.

1975 La famille (cinq enfants) a constitué un troupeau de chèvres, planté des vergers et un potager. Elle accueille de nombreux stagiaires en quête de retour à la terre. Les résultats obtenus au sein de la ferme suscitent localement de l'intérêt.

1980 Pierre Rabhi intègre le Centre de relations internationales entre agriculteurs pour le développement (Criad). L'année suivante, il part en mission en Haute-Volta (futur Burkina Faso), où il sera bientôt chargé de former de jeunes agriculteurs.

1983 Publication de son premier livre, *Du Sahara aux Cévennes. Un itinéraire d'un homme au service de la Terre-Mère*, aux Éditions de Candide (Lavilledieu, Ardèche).

1984 Création, avec Maurice Freund, d'un centre de formation à l'agroécologie à Gorom-Gorom, au nord du Burkina Faso.

1985-86 Publication d'un roman, *Le Gardien du feu*, aux Éditions de Candide.

1988 Pierre Rabhi et Patrice Burger (rencontré à Gorom-Gorom), avec le conseil général de l'Hérault, créent le Carrefour international d'échanges de pratiques appliquées au développement (Ciepad). Son but : valoriser les ressources locales, former des agriculteurs et mettre en œuvre des programmes internationaux pour développer l'agroécologie. Publication de *L'Offrande au crépuscule* (L'Harmattan).

1994 Création de l'association *Les Amis de Pierre Rabhi*, qui deviendra *Terre & Humanisme* en 1999. Elle s'efforce de développer les pratiques agroécologiques, en France comme à l'étranger.

1996 Création du concept des *Oasis en tous lieux* et rédaction du manifeste éponyme. L'idée directrice : pouvoir choisir ses voisins et vivre dans le partage. Pierre Rabhi intensifie son implication publique. Publication d'un roman, *Parole de Terre*, chez Albin Michel, préfacé par Yehudi Menuhin.

2001 À la suite de la rencontre de Pierre Rabhi avec Michel Valentin, homme d'affaires atypique en cours de reconversion, création du centre des Amanins, dans la Drôme.

2002 Pierre Rabhi présente sa candidature à l'élection présidentielle. Les nombreuses conférences données dans ce contexte lui offrent l'opportunité de se faire connaître sur le plan national, mais il n'obtient pas le nombre de signatures lui ouvrant l'accès aux votes.

2005 Création de l'association Terre & Humanisme Maroc. Livre avec Nicolas Hulot, *Graines de possibles* (Calmann-Lévy).

2008 Lancement du Mouvement pour la Terre et l'Humanisme, qui deviendra en 2010 le mouvement Colibris.

2010 Création de la Fondation Pierre Rabhi pour la sécurité, la salubrité et l'autonomie alimentaires des populations, remplacée en 2013 par le Fonds de dotation Pierre Rabhi.

2010 *Vers la sobriété heureuse* (Actes Sud).

2014 *Le monde a-t-il un sens ?* avec Jean-Marie Pelt (Fayard).

2015 *La Puissance de la modération* (Hozhoni).

2016 *La Convergence des consciences*, avec Bernard Chevilliat (Le Passeur).

2021 *Frères d'âme*, avec Edgar Morin et Denis Lafay (L'Aube).

2021 *La Tristesse de Gaïa. De l'effondrement à l'émerveillement* (Actes Sud).

2021 4 décembre : décès à Bron (Rhône).

Table

Annexes

CET OUVRAGE A ÉTÉ MIS EN PAGES
PAR NORD COMPO
À VILLENEUVE-D'ASCQ.

ACHEVÉ D'IMPRIMER PAR CPI FIRMIN-DIDOT
À MESNIL-SUR-L'ESTRÉE, EN OCTOBRE 2022,
POUR LE COMPTE DU PASSEUR ÉDITEUR.

Dépôt légal : novembre 2022
N° d'impression : 171788
Imprimé en France